用心用情

——江苏援黄石医疗队战"疫"手记

主编 鲁翔
副主编 吴红辉 黄英姿 哈维超

江苏凤凰教育出版社

谨以此书
献给奋战在抗疫一线的医务工作者和为抗疫作出贡献的人们

目录

前言　　1

前线鸿雁　　1-73

战地足迹　　75-169

一线心声　　171-337

后记　　363

文中所用图片除署名外，均由江苏对口援黄石医疗队提供

前言

从寒气袭人的大年初一为第一批驰援武汉抗疫的队员壮行，到 2 月 11 日带领江苏对口援黄石医疗队一夜成军出征黄石，在血与火、生与死的战场同病毒殊死搏斗 47 个日夜，有太多感动驻留心底，一幕幕、一帧帧，历历在目。

362 名援黄石医疗队队员胸怀救死扶伤的本能使命，带着"一方有难、八方支援"的中华美德，心里装着 8 000 万家乡父老的嘱托，义无反顾奔赴前线。他们火线上阵，有的来不及告别家人，有的暂别新婚伴侣，有的竟是和亲人从此阴阳两隔。"苟利国家生死以，岂因祸福避趋之"，他们无悔于昨日的挺身而出，今日的山河无恙、同胞平安，便是最好的回报。

江苏援黄石医疗队，是一支技术精湛、不惧险阻的精锐部队，他们是江苏医务工作者精神的缩影，是勇敢担当的江苏人民的写照。他们用汗水上演抢救生命的生死时速，他们像对待亲人般悉心照料和鼓励患者，他们奔波在疫情防控一线，倾注全部热情和爱，践行医者使命与职责。

厚厚的防护服，阻隔不了苏黄两地兄弟战友情，他们朝夕并肩作战，同仇敌忾，共同谱写了黄石战"疫"的伟大篇章。江苏援黄石医疗队在黄石人民心中留下了不可磨灭的印象，黄石战"疫"林的石碑上印刻着他们的名字，他们都被授为黄石"荣誉市民"。这样的"丰功伟绩"，不仅仅属于医疗队，还属于配合理解的湖北人民，属于倾囊相助的社会各界，更是源于党和政府有力的决策和强大的支撑。

用心用情，定能成事。2 820名江苏援湖北医疗队员的白衣战袍上都有统一的"苏"标，中间遒劲的"力"，两边恰似江苏、黄石地图的一点一顿，彰显苏黄一家的战"疫"决心。中央统一领导、江苏省委省政府靠前指挥的用心，医务人员不畏生死救治患者的用心，万众一心、共克时艰的至深情谊，黄石战"疫"打胜仗、零感染是必然的结果。

一封封至情至性的书信、一篇篇娓娓道来的日志、一章章精彩细致的回顾，记下了2020年春天的这场没有硝烟的人民保卫战争，记下了江苏援黄石医疗队的用心用情。本书精选了江苏对口支援黄石医疗队部分队员的文字和摄影作品，分为"前线鸿雁""战地足迹""一线心声"三个部分，每一篇文字都是作者亲历之言，每一幅图片都是战"疫"一线的真实记载。一纸虽短，爱却绵长，当初一句"加油！平安回来"，如今可以禀父母，"楼兰破，人平安,白衣将士把家还"。

感谢江苏凤凰教育出版社对本书的精心策划和编辑,感谢全体362名队员握指成拳的付出,感谢书中每一位作者的倾情记录。时间的脚步在砥砺奋斗中不断前行,谨以此手记载录庚子年江苏援黄石白衣战士不辱使命的冲锋和护佑生命的初心,继往开来。

衷心感谢援黄石医疗队每位队员的无私奉献和倾心付出!向我亲爱的战友们致敬!

江苏援湖北疫情防控前方指挥部副总指挥

江苏对口援黄石医疗支援队领队

南京医科大学副校长

南京医科大学附属逸夫医院院长

2020年7月

黄石，湖北省地级市，位于湖北省东南部，长江中游南岸，东北临长江，与黄冈市隔江相望。黄石是新中国成立后湖北省最早设立的两个省辖市之一，武汉城市圈副中心城市，长江中游城市群重要成员，华中地区重要的原材料工业基地，全国资源枯竭转型试点城市，也是国务院批准的沿江开放城市。

黄石市总面积4 583平方公里，截至2017年3月末，下辖黄石港区、西塞山区、下陆区、铁山区4个市辖区，黄石经济技术开发区(国家级经济技术开发区)，阳新县1个县，代管大冶市1个县级市，全市常住人口268.93万人。黄石是华夏青铜文化的发祥地之一，也是近代中国民族工业的摇篮。2018年10月，获得"2018年国家森林城市"荣誉称号。2018年11月，入选中国城市全面小康指数前100名。

黄石市的新冠肺炎疫情发生比武汉略后，第一批病人以输入为主。截至2020年2月12日，黄石市累计确诊874例，在院治疗患者有重症60例，危重症22例，每天新增确诊患者40例左右。2月11日，江苏援黄石医疗队首批310名队员抵达黄石，2月24日，第二批队员增援，两批共362名队员，与当地医疗机构密切配合，在江苏支援湖北疫情防控前方指挥部及当地党委政府指导下，在江苏大后方强有力的支持下，分别进入黄石市区、大冶市、阳新县等8家医院收治确诊病人，同时参与疑似病人、密切接触者、康复者隔离管理和社区防控、核酸检测等各项防控工作。

2020年3月6日，黄石市疑似病例"清零"；3月13日，大冶最后两例确诊病例康复出院，大冶确诊病例、疑似病例"双清零"；3月17日，阳新县最后一名确诊病例康复出院，阳新确诊患者"清零"；3月21日，黄石最后一个隔离点最后四位隔离人员结束隔离，黄石密接者"清零"；3月27日，黄石最后一例确诊患者治愈出院，黄石确诊病例"清零"。苏黄联手，累计治愈确诊患者976人。

2020年3月20日和3月28日，江苏援黄石医疗队分两批撤离黄石。江苏医疗队在黄石的疫情防控支援工作，得到了黄石市委市政府的肯定。当地政府授予江苏援黄医疗队362名队员"黄石市荣誉市民"称号，并专函致谢江苏省委省政府。中央指导组专家组对江苏援黄石疫情防控工作给予了充分认可。

前线鸿雁

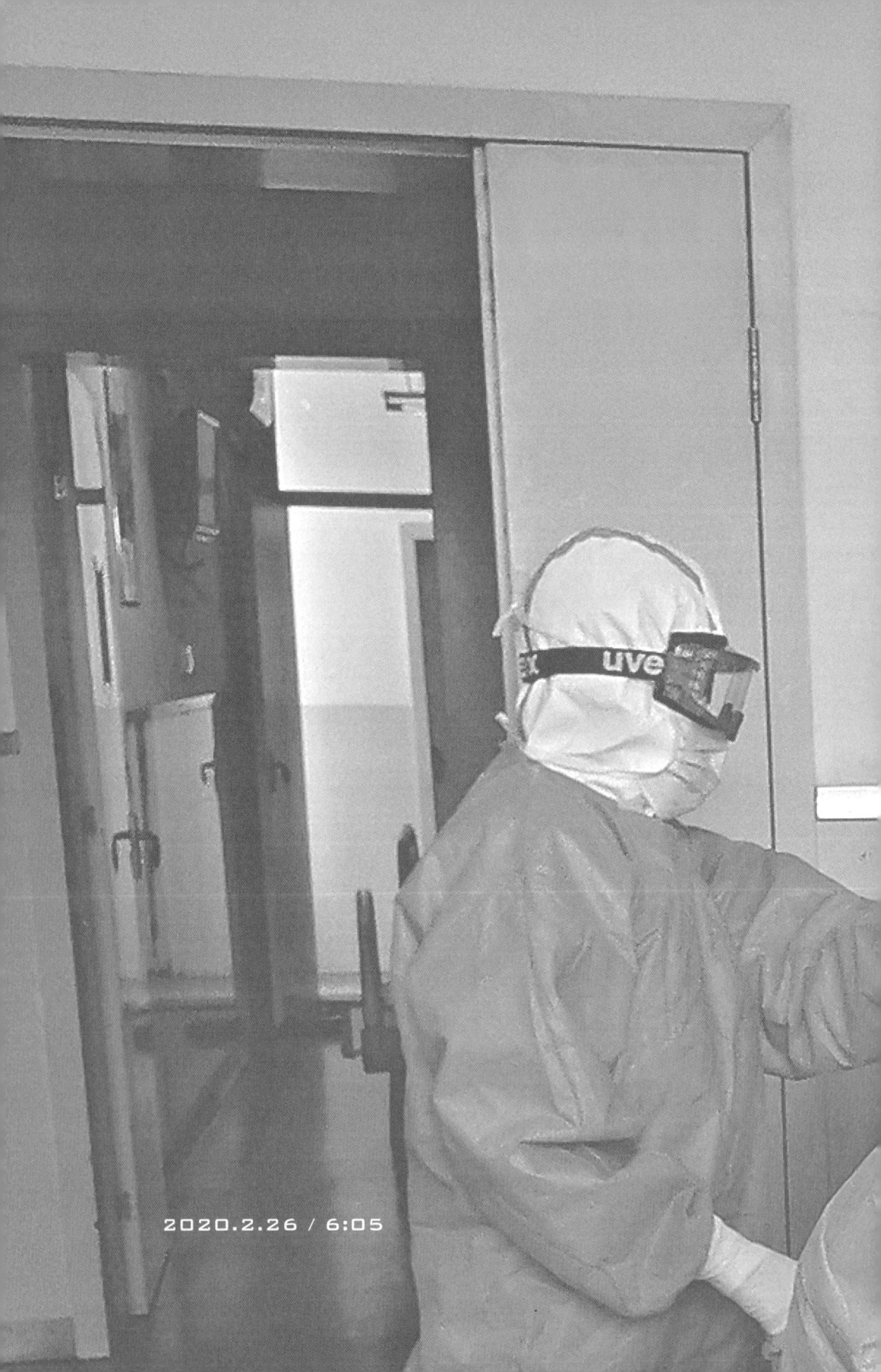

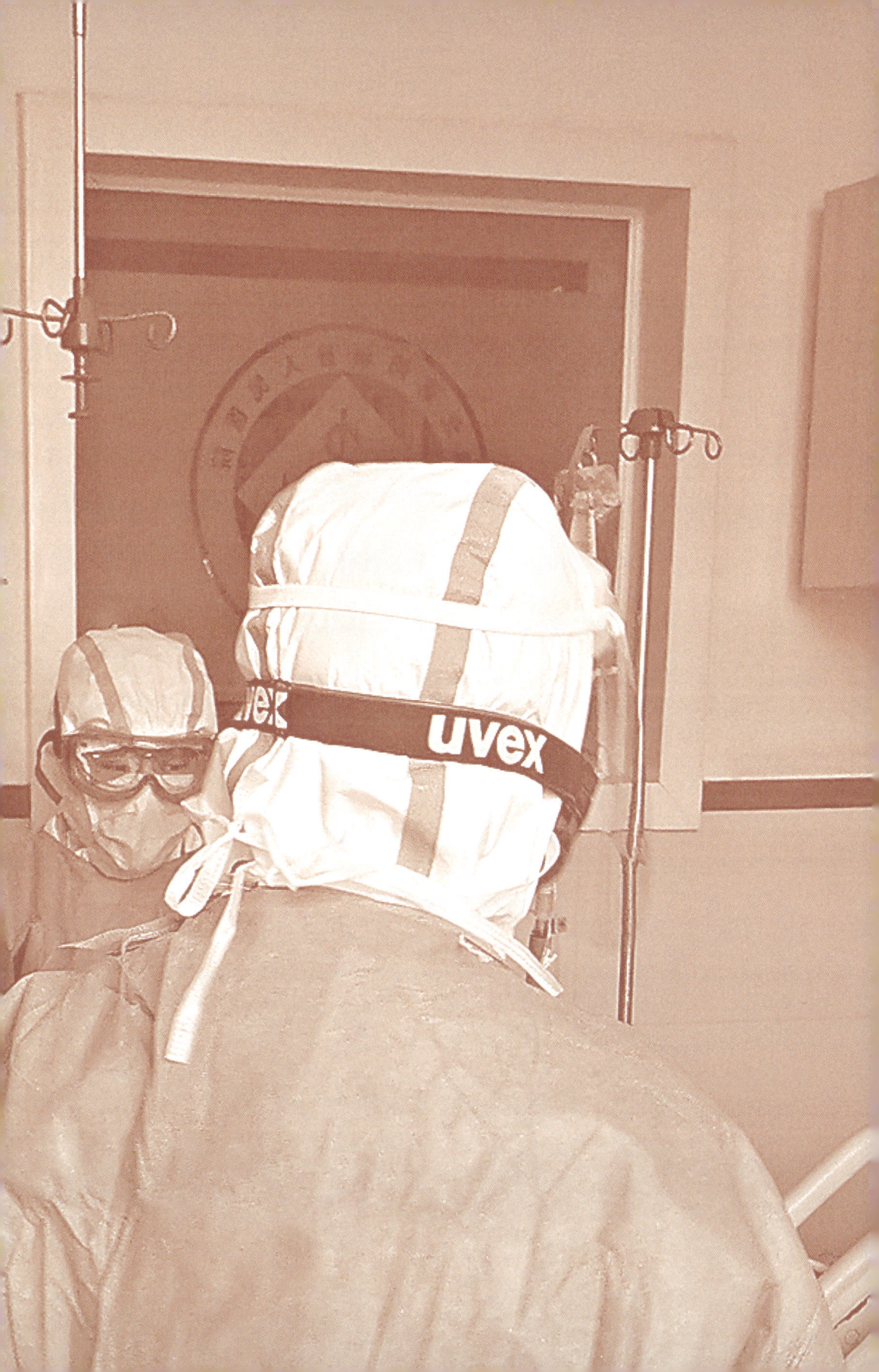

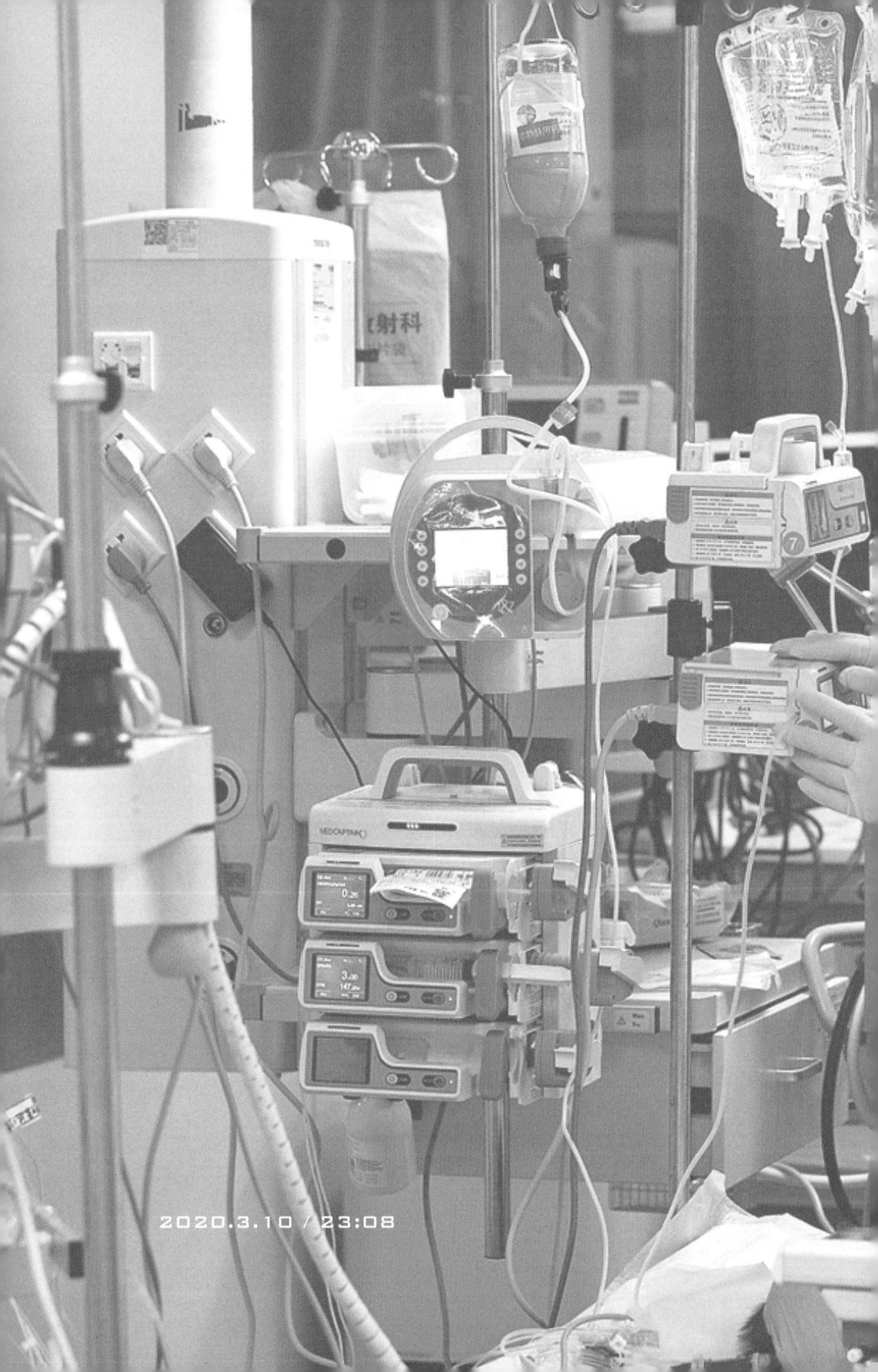

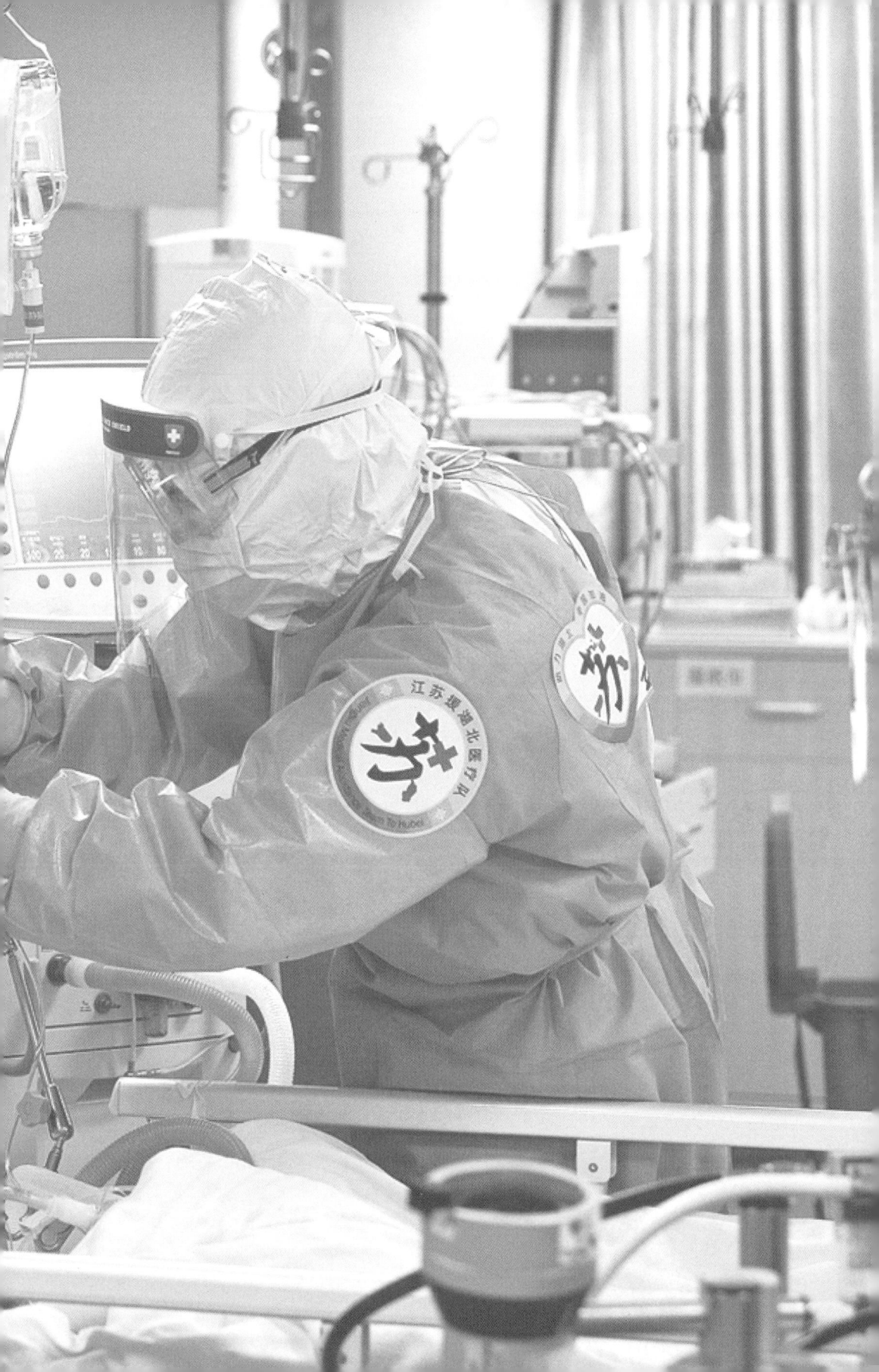

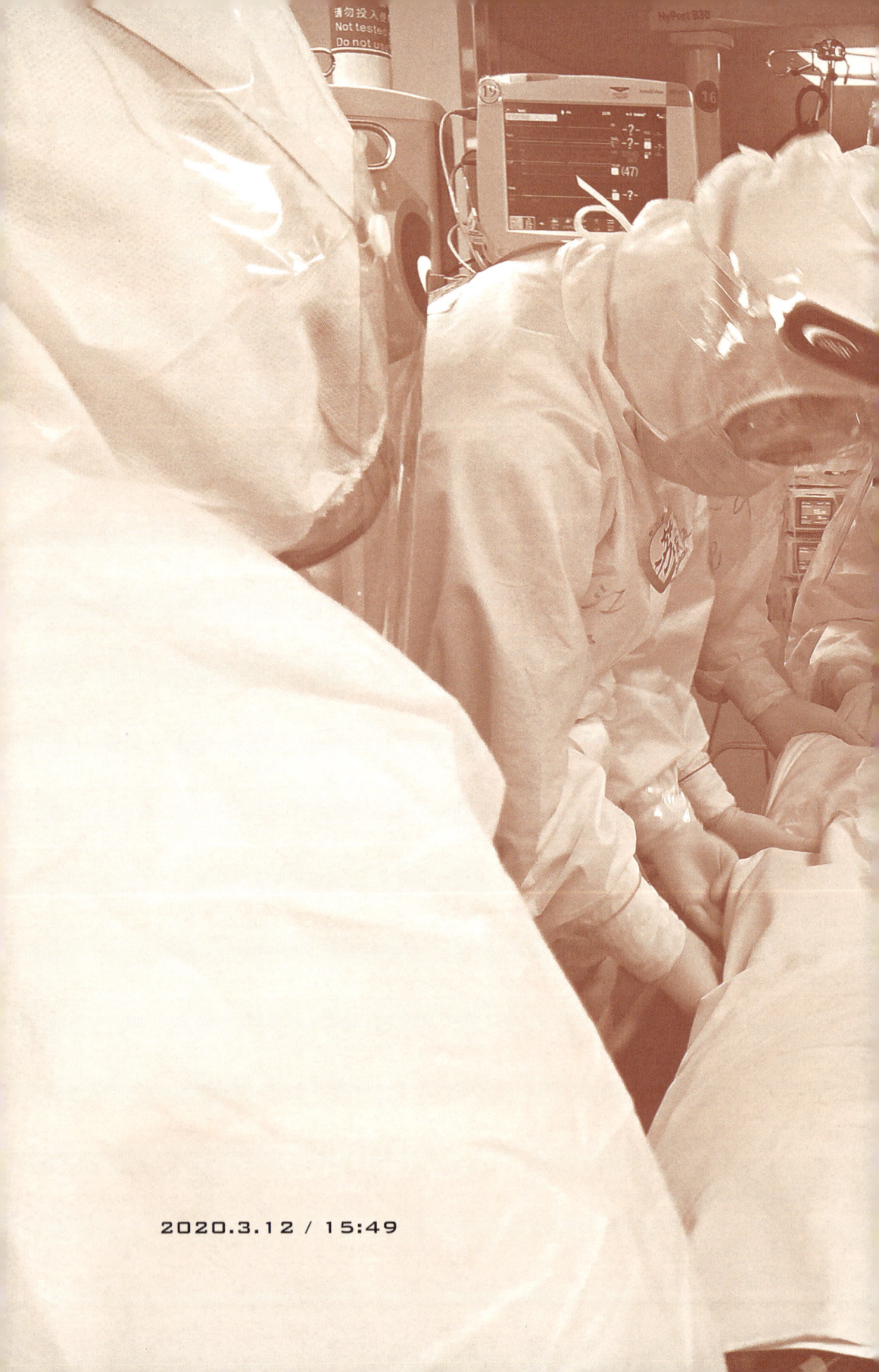

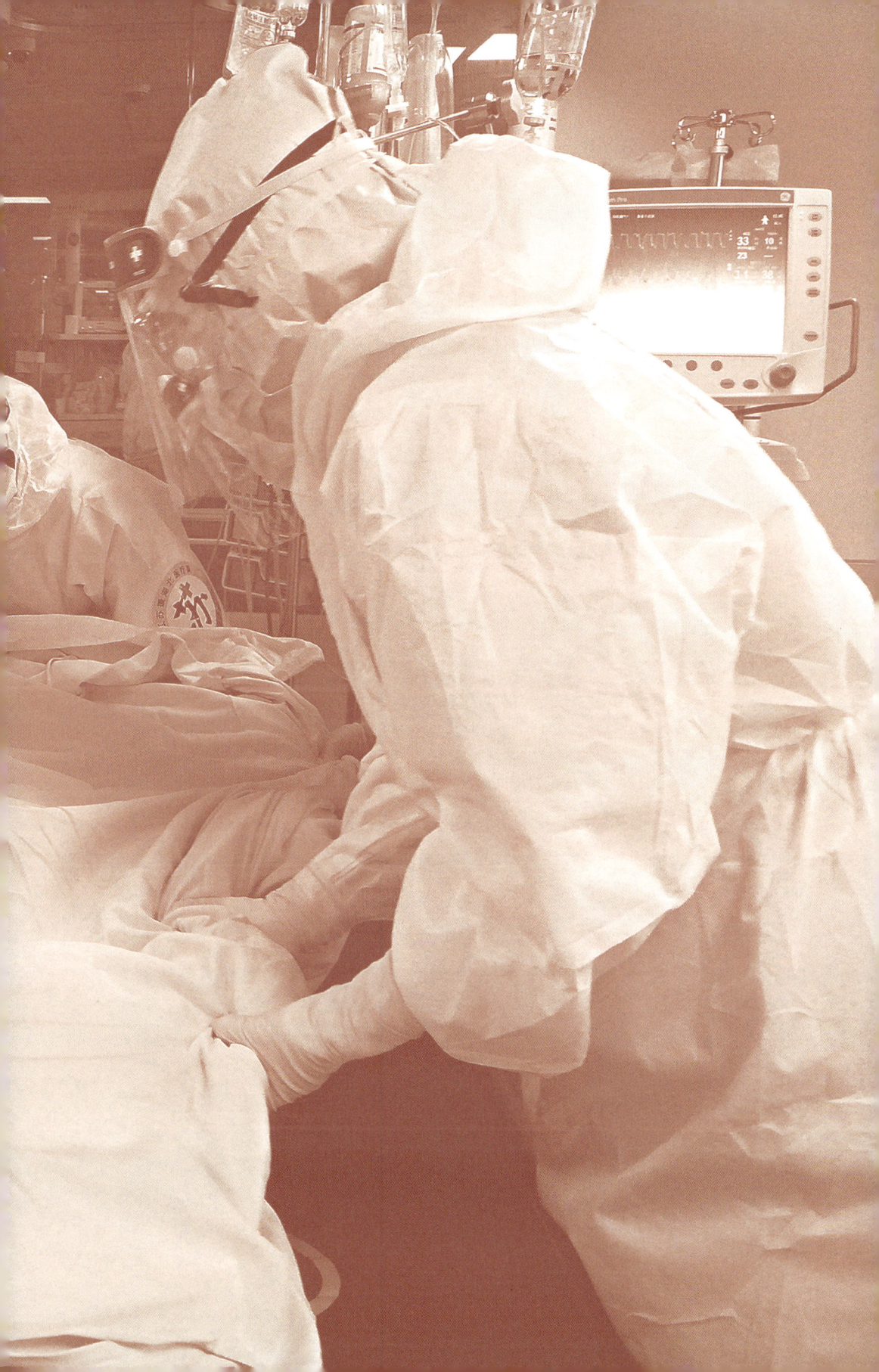

人生本来就是一种修行,"国家兴亡,匹夫有责",国难当头、疫情严峻,身为医师的爸爸自然责无旁贷、理所当然、毫不犹豫地奋斗在这场没有硝烟的疫情阻击战一线,这是一种职责、使命、担当。

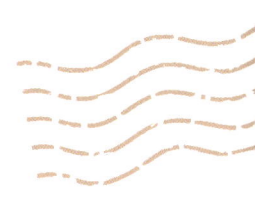

写信人：陈素明
盐城市大丰人民医院，主治医师

———————

吾儿冠文、宣屹：

　　见信如晤，见字如面。一转眼，爸爸到湖北黄石已10天了，趁中午休息，提笔给你们兄弟俩写封信。在这里还算顺利，工作上有当地医院同道的支持，生活上有当地政府的关爱。只是，爸爸不在你们身边，让咱爷仨都有了一份沉甸甸的挂念。

　　吾儿，身在疫区自然更直观地体会到疫情防控的严峻，以及背后潜在的风险。然而，全国3万多名和爸爸一样的医务人员都义无反顾地逆行到湖北支援，真正恪守着"健康所系，性命相托"的誓言。

　　目前，爸爸的工作职责是医院感染控制管理，负责预检分诊处、发热门诊、确诊隔离病房、ICU及确诊隔离病房、医疗废物处置、隔离病房工作人员生活区及驻地酒店的感染控制工作。比如，公共区域、确诊隔离病房、ICU隔离病房的消毒、隔离措施，无菌操作，防护服穿脱培训及督查，医疗废物处置；驻地酒店外衣裤、鞋子的脱放，客房内桌面、把手的擦拭，开窗通风等等方面。每个环节、流程，面面俱到，细致精准，不得闪失。穿着厚重闷热的防护服，不要半天，内衣就都湿透。虽工作内容琐碎，甚至会得罪人，但经过我和同事们的努力，实现了医务人员、服务人员零感染。另外，还有好消息告诉你们，在大家的努力下，这里的一些轻型、普通型患者逐步康复出院，10多例危重型、重型病例也逐步从ICU转到普通病房，这增强了我们救治的信心，鼓舞了我们的斗志。

大宝，你天资聪慧，思维敏捷，但不够静心、细致。你要学习妈妈的坚韧不拔、锲而不舍；学习奶奶的勤劳善良、任劳任怨；学习爷爷的大气豁达、宽容待人；学习弟弟的温和低调、善解人意。近期，你班主任江老师，还亲自把你接到家中，辅导你学习，为你做饭，像妈妈一样无微不至地关心呵护你。请你一定要心存感激，铭记师恩，并化为行动，立志成为一名对国家、人民、社会有用之人。

吾儿小宝，你长得特别像爸爸。每当你调皮、淘气的时候，看到那张一样的脸，我火气就消了大半。每次抽空视频通话，你总是可爱地问："爸爸，你在干什么啊？爸爸，吃饭了没有？爸爸，你什么时候回来？爸爸，你辛苦了！""无情未必真豪杰，怜子如何不丈夫"，每每如此，我总是很享受你天使般的笑容和话语，它们总会触及我心里最柔软的角落。

孩子们，人生本来就是一种修行。"国家兴亡，匹夫有责"，国难当头、疫情严峻，身为医师的爸爸自然责无旁贷、理所当然、毫不犹豫地奋斗在这场没有硝烟的疫情阻击战一线，这是一种职责、使命、担当。

儿子们，待疫情结束，春暖花开，爸爸定平安凯旋，和你们一起奔向美好的春天。

想你们的父亲
湖北省黄石市阳新县
2020年2月21日

宝贝儿，为母为子，我们都是第一次；面对重大挑战，我们都是第一次；这么久的分离，我们都是第一次。如果这是一场比赛，你是冠军；如果这是一次考试，你是满分。

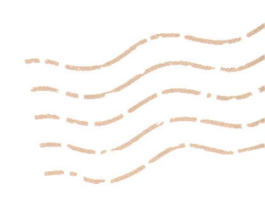

写信人：范春霖
南通大学附属医院，主管护师

———————

淘淘：

　　今天是妈妈来黄石的第29天。因为支援湖北，我们母子俩，第一次共依长江却远隔千里；因为抗击疫情，我们母子俩，第一次以书信的方式对话谈心；因为贡献巾帼力量，我们母子俩，第一次共同用生命的勇气实现跨越式成长。母子连心，妈妈相信，现在的你一定能读懂这封信。

　　在茫茫人海中，你选择了我做你的妈妈。这是我们的缘分。妈妈是第一次当母亲，没有经验。特别是医院护理工作特殊，我不能够像其他妈妈一样周末带你出去共写一本童年嬉游记，不能每晚都当"花婆婆""安徒生"给你讲故事陪你入睡，不能经常参加学校的亲子活动……你心里该有多失望啊！但你却从没有埋怨过。其实，这些都是和你的年龄不相称的重荷。在妈妈心里，你还是那个张开手要妈妈抱，见不到妈妈就会哭的小娃娃。直到这次湖北疫情暴发，我才有了新的发现。看到全国支援武汉时，妈妈就做好随时参加支援的准备，我小心翼翼地向你透露我的想法，你沉默了一会儿说："妈妈，虽然我也很舍不得你走，但是你还是去救人吧。我家有车，到了那里你缺什么要及时给我打电话，我让爸爸给你送过去。"当时妈妈躲进了房间，不想让你看到我眼中的泪光，因为小小的你无法理解妈妈心里的不舍与牵挂，感动和骄傲。"苟利国家生死以，岂因祸福避趋之"。救死扶伤是医者的担当。

  2月10日晚，你知道明天一早妈妈就要出发去黄石，你一直都不睡，直到妈妈抓着你的手你才安心地睡着。第二天你早早地起床送妈妈去医院集合。你小小的年纪，却有一颗大人的心；幼稚的面庞，却有一种坚定的神情。此时，我终于发现，你已经是一个勇敢的小小男子汉了！到黄石上班后，妈妈越来越习惯口罩下的压痕和破溃，但这些都逃不过你锐利的目光，你的表情瞬间变得很严肃，有心疼，也有担忧。有一次你看到妈妈疲惫的样子，关心地说："妈妈，你好好休息，以后不要每天都和我联系，我不会怪你的。"那一刻，妈妈心中乐开了花，所有的劳累化为轻松与惬意。你的幽默是天底下最好的解乏药、开心果。宝贝儿，为母为子，我们都是第一次；面对重大挑战，我们都是第一次；这么久的分离，我们都是第一次。如果这是一场比赛，你是冠军；如果这是一次考试，你是满分。感谢你的理解与宽慰，感谢你的忍耐与割舍。援鄂战"疫"你有份，巾帼建功你有功。你这本书，值得妈妈用一生去品味：静海花开，你是最美的那一朵；山谷鸟语，你是最真的那一唱；绿荫遮阳，你是最善良的那一株；搏击风雨，你是最勇敢的那一个。愿你一生温暖纯良，平安喜乐！

爱你的妈妈
2020 年 3 月 10 日

第一天我们来到病区查房时，那些病人听说我们从江苏来，自发地鼓起了掌，那一刻的感动至今记忆犹新。孩子，好朋友是一生的财富，要真诚平等对待身边的人，你的朋友会越来越多。

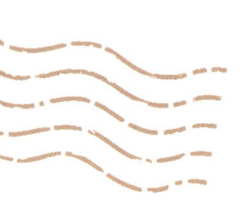

写信人：高娟
江苏省中医院，副主任护师

亲爱的女儿：

你作业都按时做了吗？有没有听爸爸话？要多锻炼，还要记得带上爸爸一起哦！妈妈在黄石工作很忙，一直没有机会静下来好好和你说说话。随着出院患者越来越多，我的心情也渐渐平静，妈妈有很多话想对你说。

妈妈和来自江苏各个城市的叔叔阿姨们到黄石之后就分成好几个小组，进到各个医院。记得第一天来的时候大家心里都很紧张，就像考试开始前你的心情一样。妈妈的"考场"在黄石有色医院，"考卷"题目是救治新冠肺炎患者，主要是题目量太大——第一次查房时，确诊的病人有190多位。

做好充分的准备，才能考到好成绩。医院把确诊的病人集中起来，隔离在6到9楼的病区里，避免病毒扩散。每天我们进出"考场"都有好多步骤——进门要先用酒精喷雾洗手，然后穿戴护目镜、面罩，穿防护服和鞋，每一步之间都要洗手……你也要认真洗手，这个和出门戴口罩一样，是目前防疫非常有效的手段。

住在医院里的这些病人叔叔阿姨们每个人身上都有"一道题"，每题我都事先细心"审题"，事后认真"检查"。每天我们要去和他们聊天，要去看他们的报告，不放过一点信息。这个审题的过程我们在医院里叫查房。紧接着，我们会把所有的已知条件、未知条件都整理出来，然后寻找解题方法和最佳方案——妈妈的考试可容不得粗心，所以压力还很大呢。

我们的考试还在进行，有很多题我们已经解出来了——现在有一大半的病人出院了。病人数量的变少，就像考试成绩的提高——病人都出院了，就说明我们完美地解决了一道又一道题。妈妈在努力，你也要加油哦。

当然，救治新冠肺炎患者这道题妈妈一个人可做不了，很多新朋友和妈妈一起。魏妈妈是我们班的班长，负责领导我们小组的工作和生活。这个班长是名副其实的"学霸"，而且做什么都非常认真。因为魏妈妈这个榜样在身边，我从善如流。你在南京，也要向身边人多学习他们的优点呀。

另一个新朋友是李伯伯。他是一位来自扬州的医生和开心果。我们在隔离区一待就是一天，除了繁重的工作，厚重的防护服、病毒的威胁、焦虑的患者……都会影响我们的情绪。李伯伯总是编出一个又一个有趣的段子，教我们和病人一起学方言，来化解病人的焦虑，安抚我们的情绪。

像魏妈妈、李伯伯这样的好朋友，妈妈在黄石认识了很多。他们既有医生和护士，也有保洁和司机，最多的还是善良、友好的病人。第一天我们来到病区查房时，那些病人听说我们从江苏来，自发地鼓起了掌，那一刻的感动至今记忆犹新。孩子，好朋友是一生的财富，要真诚平等对待身边的人，你的朋友会越来越多。

暂时离开你们，妈妈不舍但是没有犹豫。早点把这个疾病控制住，你、爸爸、外婆……我所有的亲人，才能真正地安全。武汉、黄石和南京一样也是由成千上万的家庭组成的，有成千上万的妈妈、爸爸和儿女。他们为了不让疫情扩散到全国，选择了封城，冒着巨大的风险，作出了巨大的牺牲。我们难道不应该去帮助他们吗？记得你加入少先队那天，回到家，把红领巾叠好放在桌旁，告诉我那是因为红领巾是国旗的一角，是烈士鲜血染成的，不能乱放。是你给我做了好榜样，去该去的地方，做该做的事——我可不能比你落后啊！

孩子，不用担心妈妈。妈妈在这里一切都好。妈妈很想念你，黄石的叔叔阿姨把妈妈和同事们安排住在一个美丽的大湖——磁湖附近，每天下班经过，我都会想起家乡的月牙湖，想起和你漫步湖边的时光……

孩子，对不起。妈妈没有实现春节旅行的约定。不如我们重新约定，待到春暖花开，我们都完成"考试"之后再去旅行。我们去磁湖，去西塞山，去黄鹤楼……妈妈再把这段故事好好说给你听。

爱你的妈妈：高娟

2020 年 3 月 11 日

记得在您临行前的一个晚上，我们交谈了很久。我说："您是共产党员，国家需要您的时候，无论如何都要响应号召。"您回答我："这是一个共青团员对一个共产党员的嘱托，我不会忘记！"

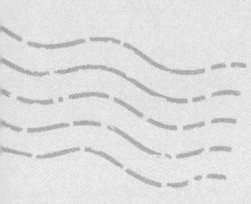

亲爱的妈妈：

您好！从您2月11日那天动身前往湖北黄石算起，已经有一周的时光了。这一周您的工作顺利吗？有时会感到疲惫吗？当地医院的环境适应了吗？虽然平日里，您就是时常四处奔波救死扶伤，但这一次，我有点担心。新冠病毒是"隐形的杀手"，疫情的严重超乎人们的想象。妈妈，您在那边还好吧？上次在新闻报道中看到您时，可把我激动坏了！您被洁白的防护服包裹得严严实实，若不是看到了写在防护服上的名字，我还真的认不出是您。现在电视上每天都在播放关于新冠肺炎疫情的新闻，时不时地闪过医护人员忙碌身影。想必您也身在其中，为抗击疫情而辛苦奋斗着，亲爱的妈妈，我为您自豪。

记得在您临行前的一个晚上，我们交谈了很久。我说："您是共产党员，国家需要您的时候，无论如何都要响应号召。"您回答我："这是一个共青团员对一个共产党员的嘱托，我不会忘记！"您担任本次江苏医疗救援队专家组组长，肩负着重大的责任与光荣的使命。我知道，您是重症医学专家，挽救过无数的生命。当年您参加昆山大爆炸救援，宜兴重大车祸救援，归来时曾跟我讲起救治病人的故事，我为您妙手回春的医术感到叹服。相信这一次，您也一定会成功的！您是我心中的英雄，我永远永远支持您！

　　妈妈，您放心。这段时间通过网络课堂，我的学习生活在有条不紊地进行。在老师和爸爸、爷爷、奶奶的帮助下，我一定努力学习，不会让您担心。

　　亲爱的妈妈，您是这个春寒料峭时节里最美的逆行者。"苟利国家生死以，岂因祸福避趋之"。在抗疫这片没有硝烟的战场上，您便是百步穿杨取敌首的上将军。愿您和您的团队，以及千千万万的医护人员一起，打败疫情，让我们一家团聚，让大家都过上正常的生活。

　　国有难，召必应，战必胜！祝您早日凯旋！

牵挂您的儿子
2020年2月18日晚
　　注：本文作者是东南大学附属中大医院副院长黄英姿的儿子。

这场来势汹汹的疫情，影响了大家的生活、学习和工作。因此，全国数以万计的同妈妈一样的医护人员都义无反顾地来到了湖北。正如你给我的留言："这次出差和以往不同，逆向而行。"

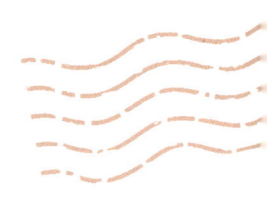

写信人：黄英姿
东南大学附属中大医院，副院长
———

亲爱的轩儿：

　　看到了你的信，非常地高兴，也十分欣慰。字里行间，可以看到你长大了，已经树立了正确的人生观、价值观，面对突如其来的疫情，每个人都无法袖手旁观！

　　这场来势汹汹的疫情，影响了大家的生活、学习和工作，因此，全国数以万计的同妈妈一样的医护人员都义无反顾地来到了湖北。正如你给我的留言："这次出差和以往不同，逆向而行。"这些叔叔阿姨也有父母，有孩子，可是作为医务人员，在这个时候是不能退缩的，也不会退缩的。这里是战场，虽然没有硝烟，但是我们也会像战士一样去战斗，这是我们的职责所在。被病人需要，被国家需要，我们每个人都感到无比自豪。将来，你也一定会成为被"需要"的人！

　　你已经养成了良好的自我管理能力，能安排好自己的学习和生活，这些，我一点都不担心，谢谢你能让妈妈在这里心无旁骛地工作。我也会在黄石照顾好自己，保护好自己，勿念！

疫情虽然凶险，但我们每个人都在努力工作，相信我，我们很快会见面的！

想你的妈妈

2020 年 2 月 20 日凌晨

每一代人都有每一代人的使命和责任，我们这代人所处的是百年之未有大变局的时代，这是祖国赋予我们这代人的使命！面对当前的压力和挑战，我们应当为逐渐老去的长辈和需要养育的孩子们勇敢挑起肩上的担子！我们不能让上一代和下一代失望，我们不能让中华民族失望！

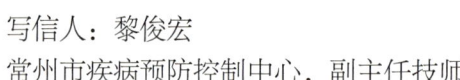

写信人：黎俊宏
常州市疾病预防控制中心，副主任技师

亲爱的红梅：

见信好！

今天是在黄石连轴转的第44天，难得有半天闲暇时间回信。此次席卷神州大地的新冠疫情和全国人民抗击疫情的点点滴滴，令人百感交集、终生难忘。一时半会儿，我不知如何回你的信件，以下寥寥字语，为我的点滴随想，与你分享。

首先，非常感谢你和家人们的支持。我在前方，你在后方；你在支撑着家里的大小事务，同时也在自己的岗位上为抗击疫情作贡献。回想当我决定大年二十九中午从湖南郴州启程，你跟随我，驱车1300公里返回江苏常州，投入新冠病毒检测工作，感谢你的支持！回想当我先斩后奏，毫不犹豫报名驰援湖北参加抗疫，收拾好行李后，才告诉你这个消息，在血站从业的你，不但没有反对，反而十分支持我，感谢你！我想你一定和我感同身受：每一代人都有每一代人的使命和责任，我们这代人所处的是百年之未有大变局的时代，这是祖国赋予我们这代人的使命！面对当前的压力和挑战，我们应当为逐渐老去的长辈和需要养育的孩子们勇敢挑起肩上的担子！我们不能让上一代和下一代失望，我们不能让中华民族失望！

我在黄石一切都好，和黄石疾控检验同行们也配合默契。我们在工作中遇到了各种困难：每天15小时以上的工作强度、初期防护物质的吃紧和核酸提取仪通量不足、核酸检测试剂质量参差不齐……但我们齐心协力都克服了。我每天只要一想到自己单位负责检测、流行病学调查、消杀等工作的同事，以及其他科室的同事，大家不论身在何处工作，都在为抗疫工作添砖加瓦，这也更加激励着我在黄石努力地工作！

我得知常州在逐渐复工复产，老百姓们也能凭码出行了，我非常高兴；同时，黄石这边的情况也在这几天出现明显好转：当地医院送的样本越来越少，隔离点的密切接触者的样本也在逐渐减少，部分公交线路恢复，道路禁行解除，老百姓凭证明每户每天在规定时间能出来一个人采购生活物资……虽然胜利的曙光在望，但我们还是不能松懈，不能掉以轻心，继续内不松、外抓堵，迎接真正国泰民安、举国欢庆的时刻！

没有一个冬天不会过去，没有一个春天不会到来！

你的丈夫：黎俊宏

2020年3月15日

从我踏进医学院的那一刻起，我始终谨记"健康所系，性命相托"的誓言；当我穿上这身白衣，我的职责便是从死神手里抢人。此刻，疫情紧急，时间就是生命，生命重于泰山，我不能也不会做逃兵。你说最后让你动摇的是我眼里的光，是一谈起护理就充满炙热的目光。有一份热，发一份光，即使渺小如萤火，我也希望可以在黑暗里发出一点亮光。

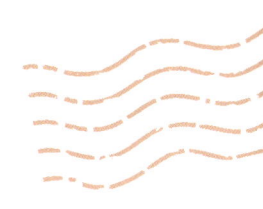

写信人：马玉娇
江苏省人民医院，主管护师
──────

亲爱的孩儿他爸：

　　见字如面，展信舒颜。

　　夜已深，窗外淅淅沥沥下着小雨，我却辗转反侧。到今天为止，我已经来到黄石市整整半个月了，正如《诗经》里所说，"一日不见，如三秋兮"，平时觉得一眨眼就过去的两周，此刻却格外漫长。我有太多的话想和你说，有太多的感悟想与你分享，索性提笔铺纸，让书信遥寄我的思念。

　　这段时间始终在我脑海里浮现的画面，是你红着眼圈说的那一句"我支持你"。我知道这简短的几个字对你来说意味着什么，你所要承受的压力远比我大得多。我们初次相遇时，你问我为什么选择从事护理，我回答你因为热爱。那天你问我为什么非去不可，我回答你因为责任。从我踏进医学院的那一刻起，我始终谨记"健康所系，性命相托"的誓言；当我穿上这身白衣，我的职责便是从死神手里抢人。此刻，疫情紧急，时间就是生命，生命重于泰山，我不能也不会做逃兵。你说最后让你动摇的是我眼里的光，是一谈起护理就充满炙热的目光。有一份热，发一份光，即使渺小如萤火，我也希望可以在黑暗里发出一点亮光。

《霍乱时期的爱情》里提过，"哪里有恐惧，哪里就有爱；灾难中的爱情，更加伟大而高尚"。这十几天来，我一下班就能看见手机里你密密麻麻发来的一堆信息，我笑你恋爱时都没有这么黏人过，其实我心里都知道，你只是太担心我了。视频连线时你总是叮嘱我要按时吃饭，及时添衣，让我不要担心家里，镜头前的你总是表现得很轻松。殊不知，你早已被头上新添的几根白发给出卖了。我知道既要安抚老人、照顾孩子，又要操心身在黄石的我，让你分身乏术。你说，"你保护世界，我保护你"。尽管我们都已不是少年，但我们始终怀着一颗赤子之心，为这场没有硝烟的战役贡献属于自己的力量。爱的模样有千万种，谢谢你一直在后方默默地做我最坚实的后盾，让我可以心无旁骛地投入战斗。

青铜故里，钢铁摇篮，半城山色半城湖，说的就是黄石这座美丽的城市。我在这里感受到了黄石人民的热情，也感受到了中华儿女上下一心、共同抗疫的团结精神。黑夜即使漫长也挡不了曙光，我相信很快我们就会迎来春暖花开的一天。

一纸虽短，爱却绵长。盼君珍重，等我回家。

爱你的娇

2020 年 2 月 26 日

其他人都可以害怕，都可以躲在家里，虽然爸爸、妈妈也害怕，但是爸爸、妈妈不能躲在家里，因为我们是医生和护士，跟病毒和疾病打仗、治病救人是我们的职责。

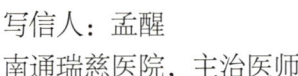

写信人：孟醒
南通瑞慈医院，主治医师
——————

亲爱的遥遥和菲菲：

  我的两个宝贝女儿，你们好，爸爸现在在黄石，见字如面。已是深夜，你们应该都睡着了，爸爸终于可以闲下来，给你们写一封信，说一说话。

  你们都知道，今年过年和以前不一样，大家都要戴口罩，不能出去玩，不能去上学，因为妈妈告诉你们："外面有病毒。"懵懂的你们其实并不理解病毒是什么，只知道是个很危险的东西。其他人都可以害怕，都可以躲在家里，虽然爸爸、妈妈也害怕，但是爸爸、妈妈不能躲在家里，因为我们是医生和护士，跟病毒和疾病打仗、治病救人是我们的职责。爸爸主动请战，从正月初二开始就调到感染性疾病科工作，天天穿着密不透风的防护服上班，一直站在抗疫的第一线。看到在湖北的叔叔阿姨们那么辛苦，爸爸非常心疼，想为他们分担一点，所以爸爸又积极报名，要求支援湖北。2月23日夜里大概10点钟接到通知，要求24日凌晨4点立即出发，军令如山，爸爸赶紧收拾好行李到市卫健委集合。爸爸离开家的时候，你们都在睡梦中，爸爸没有惊扰你们，没有和你们道别，不知道等天亮了你们醒来没有看到爸爸的时候会有怎样的心情，反正爸爸是很舍不得离开你们的。

现在，整个南通市来支援湖北的医护人员一共有138人，在黄石的有28人，我们主要负责黄石市中心医院和黄石市中医医院的危重症患者的救治。我们首先要进行非常严格的感控培训和考核，只有考核合格了才能上岗工作。穿脱防护用品有严格的要求，每一步都绝不能出错。虽然非常繁琐、非常耗时，却非常非常重要。只有做到万无一失才能保护好自己，才能去保护病人。

你们一定想问爸爸什么时候才能回去，爸爸现在还不能回答你们这个问题。省长在看望我们的时候说，他也不知道大家什么时候能回去，激励我们一定要坚持到底，不获全胜决不轻言放弃，坚决打赢黄石保卫战。所以，爸爸应该还要在这里战斗一段时间。

好了，今天就先写到这里吧。这两天有雨，气温有所下降，你们一定要注意保暖，再见！

爱你们的爸爸
2020年2月28日夜于黄石

"从选择呼吸与危重症医学作为专业的那天起,就注定我们会直面最危险的新发突发呼吸道传染病,为控制疫情蔓延和救治患者,为维护中国人的健康而投身战斗,为全人类健康谋取福祉。"

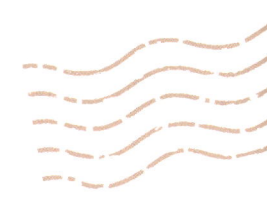

写信人：王文俊
江苏省省级机关医院，主治医师

———

若若：

　　来黄石的几日，思绪万千……原谅我在宝宝刚满1周岁的时候就来到黄石，原谅我总是匆忙挂断你每日的来电。有些话不知道如何和你说起，思考良多还是决定写一封家书，向你传递我的心情。

　　"从选择呼吸与危重症医学作为专业的那天起，就注定我们会直面最危险的新发突发呼吸道传染病，为控制疫情蔓延和救治患者，为维护中国人的健康而投身战斗，为全人类健康谋取福祉。"今年元宵节，中华医学会呼吸病学分会写给所有呼吸科医生的文章在我的微信朋友圈广为流传。而彼时，湖北尤其是武汉的同道已经在一线浴血奋战、身心俱疲。还记得元宵节那天，我和你提起："我是党员、呼吸科男医生，如果哪天国家需要我，我有能力也有责任上前线。"你表现得很平静，慢慢地回答我："如果你真的去前线，我肯定会很担心，但，我支持你。"

恋爱至今刚好10年，我们都太了解彼此，你一定知道我的内心充满斗志。谢谢你，虽然只有寥寥几句，但已经让我内心安稳又坚定。

不知是不是巧合，就在得到你支持的第二天，也就是2月10日，我正骑单车要去医院上班，在路口等红绿灯的我鬼使神差地掏出手机准备看一眼。这一眼，我恰好看见医院要组派医疗队对口援助湖北省黄石市的信息。看到信息后，我第一时间选择报名。其实特别不好意思告诉你，报完名后，我的内心第一反应是激动和振奋，我仿佛可以预见咱们刚满1周岁的儿子会在他将来的小学作文里写下这样一段话："虽然我一直觉得我的爸爸不高也不帅，但在偶然知道我的爸爸曾经参加了新冠肺炎的救治工作，还不怕危险去了黄石一线后，我的心里瞬间觉得爸爸的角色光辉了起来！"想到这里，我去往前线的信念更加坚定。

写到这，特别想只写下我的骄傲和勇敢等你夸赞，但是不得不承认，白天的一腔热血在夜晚总会降温。报完名后那个夜晚，想到第二天真的要去往前线，我的内心也有过畏惧和胆怯，不断有前线医务人员被感染的消息传来，再加上前方物资紧张、黄石当地情况不明朗等，我的内心也没了底。但看了看身边平时夜里总是爱磨人的臭小子睡得那么香甜，我想也许他在用这种特别的方式让爸爸好好休息从而以更好的状态出征吧。

其实想说的话还有很多很多，每天的工作，每天的心情，但是就写到这吧。剩下的话，等我平安归来，再细细说给你听！等到黄石人民摘下口罩的那天，我一定带你来看西塞山前白鹭美景！

王文俊

2020年2月20日夜

爸爸，我以您为荣，以后长大了，也要像您一样做个勇敢的人。爸爸，希望你们尽快战胜病毒，平安归来。

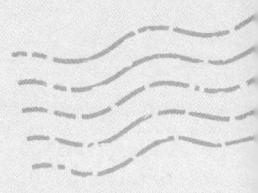

亲爱的爸爸：

　　您去支援湖北黄石已经好多天了，每天一定很累很辛苦吧！我好想您啊！您一定要保重身体，注意安全，不要担心我们。

　　我现在已经是一个小男子汉了，可以照顾好妈妈和弟弟，每天我都认真学习，好好锻炼身体，我可以帮妈妈做家务了呢！

　　爸爸，我以您为荣，以后长大了，也要像您一样做个勇敢的人。爸爸，希望你们尽快战胜病毒，平安归来。

　　黄石加油！

　　徐州加油！

　　中国加油！

您的儿子：王致远
2020年2月20日

亲爱的宝贝们，爸爸工作的地方是湖北省黄石市阳新县人民医院，这里收治得了一种叫新型冠状病毒肺炎的病人。能在这里工作和战斗，爸爸感到非常光荣。这里有非常好的防护设备和后勤保障，在这里工作非常安全。

写信人：王元刚
徐州市贾汪区人民医院，主治医师
———————

亲爱的宝贝们：

今天收到来信，非常欣慰。孩子们，你们长大了，有了自己的想法和主见。

亲爱的宝贝们，爸爸工作的地方是湖北省黄石市阳新县人民医院，这里收治得了一种叫新型冠状病毒肺炎的病人。能在这里工作和战斗，爸爸感到非常光荣。这里有非常好的防护设备和后勤保障，在这里工作非常安全。呵呵，你们还小，跟你们说这些，你们也还不懂，等你们长大后，爸爸会把这些事详细地讲给你们听，告诉你们爸爸和医院里其他叔叔阿姨们都做了什么。

其实在爸爸眼中，病毒不可怕，爸爸妈妈都是白衣大夫，无论什么病毒怪兽，我们都能把它们消灭掉，保护你们不被病毒怪兽伤害。现在这里好多人已经被病毒怪兽咬了一口，还有的被病毒怪兽抓走了，爸爸要变成超人，还有好多像爸爸一样的叔叔阿姨,也会变成超人,我们会去和病毒怪兽打一架,把病人救出来!你们是不是觉得我们很厉害?所以你们不要怕病毒怪兽,还要告诉其他小朋友不要害怕,因为我们一定会打赢怪兽的!

亲爱的宝贝致远,你快开学了,在家一定要听爷爷奶奶的话。爸爸妈妈爱你们,爱我们的家,也爱我们的国家。亲爱的宝贝们,我们一起加油,为湖北加油,中国必胜!

爱你们的爸爸:王元刚
2020 年 2 月 20 日夜

你知道我深知"苟利国家生死以,岂因祸福避趋之"的含义,你知道我必须冲锋在前以对得起别人叫我一声"白衣天使"。

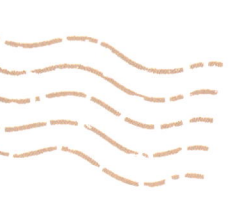

写信人：吴雷
江苏省肿瘤医院，护师

亲爱的娟娟：

今天是我来黄石的第三天，也是情人节。心中有千言万语想要对你说，但每次打电话或者视频连线时，话到嘴边却又不知从何说起。你笑我是"钢铁直男"，我也傻呵呵地笑笑。既然言语上比较木讷，那就以文字的形式来表达吧，也不负了今天这个甜蜜的节日。

面对来势汹汹的疫情，我和同事们主动请战，奔赴一线，一直到临出征前当晚我才告诉你我明天要去支援湖北，电话中你无语凝噎了几秒钟。我知道你既惊愕又早已想到我会主动请缨，你既心系我的安全又不想让我感知到你的担忧，你只简短地说了句："加油！平安回来！"然而这短短的六个字已让我的眼泪夺眶而出！你知道作为医务人员我深深明白职责是什么，你知道我深知"苟利国家生死以，岂因祸福避趋之"的含义，你知道我必须冲锋在前以对得起别人叫我一声"白衣天使"。

出征当天,我请一位记者朋友帮我向你转达,给我们未出生的宝宝取名叫作"吴汉",取"武汉""无憾"的谐音,以此来纪念全国人民为了湖北为了武汉不畏生死、不计报酬的大无畏精神。"此生无悔入华夏,来世还做中国人!"等疫情结束后,我第一时间陪你去医院做产检,见见我们的宝宝。愿我们的宝宝将来懂事后能懂得每个人人生中都应该有一段舍己为人、荡气回肠的经历。

黄石呼,江苏应。接到对口支援黄石的指令后,我们江苏58家医疗机构的300多名医护人员迅速组队,在鲁院长的率领下一夜成军。来到黄石后,我们感受到黄石政府及人民对我们的欢迎及感激,我们每个人在心底暗暗打气:一定要完成国家和省里交给我们的任务,一定要战胜黄石的疫情,"不破楼兰终不还"!这一刻我感觉我已经从一个"白衣天使"成了一个白衣战士!

这两天队里给我们进行了统一的培训,内容主要是个人防护用品的穿脱及相关感控要求,每个队员都反复练习,逐一考核。队里的感控专家也对驻地及黄石当地医院进行了区域划分,所有的隔离病房也都进行了"三区两通道"的改造,保证我们每个医疗队员的安全。鲁院长在大会上也说了:"必须保证我们整整齐齐地来,平平安安地回!"我们每个队员都已经跃跃欲试,恨不得马上扑到临床工作中去,去救治饱受病毒折磨的患者,去帮助黄石当地的医务人员。

虽然我身在湖北一线进行治疗支援工作,然而我们全家人的心是紧密连接在一起的。这段时间肯定要辛苦你了，既要照顾肚里的宝宝，又要照顾家里。奶奶前几天不幸摔倒后至今卧床不起，父亲作为一个在基层工作了30多年的老党员、老支书，从年三十就一直坚持奋斗在社区防疫的一线，他因身患慢性肾小球肾炎身体也一直不好。临行前他只对我嘱咐了句："尽全力救治别人的同时保护好自己，我为你骄傲！"父亲也是不擅表达的，这是他第一次在我面前这么动容，我必不能辜负他对我的期望！

你一定要照顾好自己，照顾好肚里的宝宝，照顾好爸妈。我们必定会战胜疫情，等我凯旋！

爱你的吴雷

2020年2月14日

至今都难忘隔离病房里那一双双虽饱受病痛却充满希望的眼睛,难忘一位又一位康复患者流下的喜极而泣的泪水,这使得我们备受鼓舞。更加难忘的是我们苏鄂医护战友们深厚的情感,这些朝夕相处的日子,我们不是亲人胜似亲人。

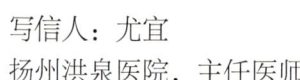

写信人：尤宜
扬州洪泉医院，主任医师

亲爱的爸爸、妈妈，亲爱的老公：

你们好！

时间过得真快，转眼间，我们已经胜利完成了江苏省医疗队的援鄂工作，明天就是我们返程的日子了。

我还清晰地记得 2020 年 2 月 11 日一大早，我带着院领导的嘱托和信任，带着全院同事的关心，还有金哥（老公）依依不舍的目光，没来得及向爸爸妈妈你们辞行，就随江苏省援鄂医疗队出发到湖北黄石。

2 月 12 日凌晨，雨雪霏霏，我们到达湖北黄石大冶。经过简短的休整和培训，我们第一时间投入大冶市人民医院新冠肺炎的救治工作中，那时是新冠肺炎肆意横行的暴发期，大冶市人民医院 9 个病区收治了 200 多名新冠患者，我们医疗队 40 多名医护的加入，立刻缓解了医院医疗人员的缺口，加强了医疗队伍的力量，同时也带来了我们江苏的医疗水平和雄厚的医疗物资。我被安排在隔离6病区工作，因为隔离6病区收治的大多是有肺部基础疾病的老年患者，在那段时期，我们很多的检查和检测手段用不上，我用20多年丰富的临床工作经验武装自己和我的团队，帮助了很多患者，使他们转危为安，康复出院。至今都难忘隔离病房里那一双双虽饱受病痛却充满希望的眼睛，难忘一位又一位康复患者流下的喜极而泣的泪水，这使得我们备受鼓舞。更加难忘的是我们苏鄂医护战友们深厚的情感，这些朝夕相处的日子，我们不是亲人胜似亲人。和当地医护人员共同奋战了一个月的时间后，3月13日，大冶实现了确诊和疑似患者双清零。从那天起，我们江苏医疗队调整了工作重点，组建多支市级巡回医疗组，为就医不便的群众提供上门诊疗服务。也因为这次医疗队的工作，我和大冶市大箕铺镇小箕铺村吕家湾的吕权（化名）一家人，结下了不解之缘。经过我们苏鄂两地医护战友20多天的精心治疗，终于把吕权从死亡线上拉了回来，让他康复出院。当得知吕权一家生活比较困难时，我和队友特意购买了生活日用品、食品来到吕家，希望帮助他们建立战胜困难的信心，早日渡过难关！在我们临走之际，他家人和村干部以及社区医护人员再次对我们表示感谢，并执意赶到我们驻地送来"医德高尚暖人间，医术精湛传四方"的锦旗和表扬信。这是我们在湖北大冶工作收到的最珍贵的礼物，也是我们在大冶39天交上的最好的答卷。

爸爸妈妈，一想到很快就能和你们团聚，我激动得睡不着觉，回到家乡还有14天的隔离期，但无论如何，我们见面的日子很快就要到来了。亲爱的爸爸妈妈，还有金哥，很快，我们一家人就能团聚在一起，聊一聊天气，说一说美食……

思念你们的女儿、妻子

2020年3月19日

至今我还清晰记得,过年时,我向您申请:"女儿想去湖北一线抗疫。"您批准我说:"国家需要,你就去。"名单出来时,我并未告诉您,但我知道,您肯定支持我并相信我能履行好党员的职责。

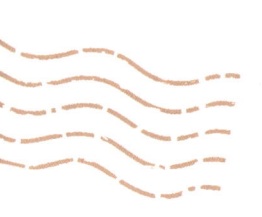

写信人：余荣玲
江苏省肿瘤医院，主管护师

敬爱的父亲：

您好！从小就听爷爷讲述抗美援朝时的英雄事迹，也听您诉说军营生活中的自豪与战友情。作为我家的第三代党员，一直也有个军旅情结、上战场的梦想。至今我还清晰记得，过年时，我向您申请："女儿想去湖北一线抗疫。"您批准我说："国家需要，你就去。"名单出来时，我并未告诉您，但我知道，您肯定支持我并相信我能履行好党员的职责。在黄石重症病房战斗30多天了，我认真用自己的所学，帮助我的患者做好身体和心理上的治疗和护理。

最近有位和您年纪一般大的患者，不仅经受了病情考验，更感受到了我们江苏医疗队的专业救治和温暖关爱。从最开始的新冠肺炎合并中风、瘫痪在床，到病情逐渐好转，可以站起来；从最开始发脾气、不配合治疗，到如今为江苏援黄石医疗队竖起大拇指……

这位患者72岁，3月1日由其他医院转入黄石市中心医院呼吸重症病房治疗。他病情比较特殊，新冠肺炎合并中风，还伴有糖尿病、高血压等基础疾病。他刚来时病情很重，瘫痪、大小便失禁，语言障碍，脾气也很大。最开始他特别不配合治疗，几次把尿管拔掉，每次生活护理会抓得满床都是大便。心情不好时还会扔东西，拔掉输液针头，甚至向我们医护人员抡起拳头。面对患者突如其来的"拳头"，我曾被吓了一跳，但作为医护人员，我没有后退，我能理解。我至今记得第一次给这位患者擦大便时的场景，他明显有些不好意思，一直叹气，想要拒绝我们，我安慰他："爹爹，我也有个70岁的父亲，你就把我们当作是自己的女儿吧！"

每天喂饭、擦身、治疗……慢慢地，新冠肺炎的治疗初见成效。医生还为他请来了医院康复科、营养科、心理科医生，给他会诊进行专项治疗。他不能说话，我们就从他的表情和很少的肢体语言来判断他喜欢吃什么、什么体位会让他感到舒服。知道老人想和家人见面，医护人员还拿出自己的手机给他和女儿视频连线。经过治疗和心理护理，这位患者的病情一天天好转，语言和运动功能开始恢复，脾气也渐渐好转。从起初的不能说话，到能清晰地说出两个字；从拒绝治疗、乱发脾气，到积极配合治疗，真诚对医护人员说出"谢谢"；从第一次治疗时对医护人员挥舞拳头，到对着防护衣上的"江苏"两个字竖起大拇指……这位患者不仅病情上逐渐好转，心态也渐渐好了起来。3月15日这天，这位患者能站起来了，大家都感动得落泪！我想把这个好消息告诉您，您必定为我感到骄傲。

父亲，期待疫情早日结束，父女团聚，我也可以和您说说我的战场，我勇敢的同事。

女儿：余荣玲
2020 年 3 月 17 日

听说那里的医疗资源现在还是很匮乏,你的防护能够到位吗?听说口罩和眼罩会把鼻梁磨出水泡,会在脸上留下很深的压痕,你疼吗?听说防护服穿起来的时候会很热,喘不过气,甚至会浑身湿透,而脱下防护服的时候又会冷得直哆嗦,你扛得住吗?

亲：

自你去湖北黄石已有 9 天了，高邮还是你离开时的样子，一个疑似病例也没有。我和宝宝都挺想你的，想与你带着葱葱一起玩耍了。今晚在饭桌上，老公说现在感染的医护人员已过 3 000 了，听到这个数字我有点害怕：疫情还没有结束，你还在一线。对别人来说，你只是万千个抗疫英雄中的一员，可对我来说，你是我珍惜了 16 年的知己好友：从同窗到同事，从青涩走到成熟，看着彼此结婚生子，然后还要一起陪伴着老去，这些都是我们一起经历过和将要一起经历的美好。但现在我害怕这样平凡温馨的事情会被突然打断，我害怕体质不强的你会因为水土不服饮食不惯，我更害怕经常忘我工作的你会被病毒找上门……我不敢往下想，只希望你能够平安回来，抱抱你，一切平安就好，平安就好！

亲，我想你了，现在在湖北过得怎么样呀？听说你们经常吃冷饭冷菜，你的胃受得了吗？听说那里的医疗资源现在还是很匮乏，你的防护能够到位吗？听说口罩和眼罩会把鼻梁磨出水泡，会在脸上留下很深的压痕，你疼吗？听说防护服穿起来的时候会很热，喘不过气，甚至会浑身湿透，而脱下防护服的时候又会冷得直哆嗦，你扛得住吗？……多想让你给我看看现在的你到底怎么样了，多想听听你现在的生活和见闻。我多希望你告诉我的话是"都挺好"，但我更希望听到你说的真话，因为我很担心你，希望能够真切地体会到你的安康！

亲，早点平安回来吧，我们全家都盼着你早日归来！

菁菁的妈妈携全家盼

挚友萍于高邮①

2020 年 2 月 20 日

---

① 本文作者是高邮市中医医院赵慧的朋友。编者注。

写信人：赵慧
高邮市中医医院，主管护师

———

阿萍：

今天收到你的来信问候，饱含真情的字语间满是你对我的担心与关切，这份难得的温情令我感动不已。阿萍，我们是高中同学，工作后的同事。你在检验科，我在临床做护士，原谅我到大冶后未能及时回复你的信，因为我知道你不会跟我计较。每次只要我有不开心的事都会第一个跟你倾诉，你都会耐心聆听，为我出谋划策、支招解答。原谅我这次没来得及告诉你。

我在这边工作已慢慢地适应了，领导、战友和大冶人民都很热情，后勤保障很到位，我吃得好睡得着。这里的防护物资目前是充足的，省医疗队和我们高邮市卫健委，还有咱高邮市中医院都是我们坚强的后盾。

只是偶尔想家，还想你和菁菁了。刚来的那会儿担心因为我脸太小，发的N95口罩不能完全贴合，这一度令我焦虑不安。后来我尝试了多加一层外科口罩，现在问题解决了。还有就是近视眼的辛酸，戴多层口罩和面屏压得脸部是有些痛，还好我准备了水胶体透明贴保护了皮肤，已经不那么疼了。总之，困难在一点点被克服，瘦小的我可是有大大的能量哦，相信战"疫"的全面胜利也指日可待啦！

你放心，我一定会保护好自己的。现在我们都已长大，都已成家，有了娃，我知道我们都有不易，但是我们始终相信会获得幸福。所谓朋友不在多，一两个知己足矣！感谢那么优秀的你成为我的朋友，希望我们是一辈子的知己，相守到老。希望我们的孩子一同健康长大，平安快乐。希望这次疫情早点结束，待到春暖花开时我们再相聚！

葱葱的妈妈
挚友赵慧于黄石大冶
2020 年 2 月 20 日

我在黄石，你在南京，我们都是在平凡的岗位上做着自己的本职工作，谈不上伟大，却始终同甘共苦，坚守着初心。通往幸福的道路，也许充满挑战，我在前方抗战，你在后方支援，我们会一起经历风雨，也会一起见证雨后的彩虹。

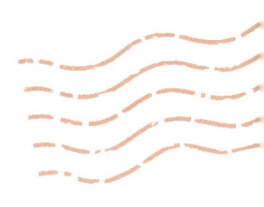

写信人：周继圣
江苏省肿瘤医院，护师

———

亲爱的悦：

"江水三千里，家书十五行。行行无别语，只道早还乡。"相隔500多公里的距离，同饮长江水的你，还有生我养我的南京，都让我无时无刻不魂牵梦绕。

身处抗疫前线已有一个多月，眼看胜利在即，思乡的情绪也越发强烈。依然记得出发前父母对我的支持让我对这份职业更加认定，勤劳朴实的他们25年来的关爱都浓缩在"注意防护，保护好自己，吃好睡好"这几个字中，离别前不舍的含泪挥手，还有你消失在禄口机场送达大厅的人群中的样子，让我一辈子都难以忘怀。"注意防护，我等你回来"，亲爱的悦，你不知道这几个月，我都是靠你这一句话支撑着自己继续前行，只盼春天到来，山河无恙，能早日与你重逢，一同于明媚春光下赏樱。

国家有难，匹夫有责，更何况我们都是白衣战士。"我支持你，我也会紧跟你的步伐。"回想起你当初相信我的坚定眼神，我仿佛看到我们一起携手走进婚姻殿堂你坚定地说"我愿意"的场景。我是个不称职的"未婚夫"，说好年后一起筹备婚礼，却因为别的原因"临阵脱逃"，让你独自一个人默默承受计划婚典的一切，真是不应该。你是如此识大体与善解人意，身为共产党员，一直认为只有祖国强盛、人间皆安的情况下我们的小家才能幸福。2020年3月18日，谢谢你发来零点的生日祝福，今年4月底我们的恋情也即将迎来第五个年头，这是我一生当中最有意义的一次生日，虽没有你在身边略觉孤单，却承担着责任，肩负着使命，也憧憬着将来。

我在黄石，你在南京，我们都是在平凡的岗位上做着自己的本职工作，谈不上伟大，却始终同甘共苦，坚守着初心。通往幸福的道路，也许充满挑战，我在前方抗战，你在后方支援，我们会一起经历风雨，也会一起见证雨后的彩虹。亲爱的悦，谢谢你，一直静候我平安归来。待我回来，没有什么能将我们分开；待我回来，与你一起共享春光烂漫！

周继圣

2020年3月18日

您不在家的日子过得很慢，因为我很想念您，在我眼中您是位雷厉风行的"虎爸"，又是一位可以促膝谈心的"慈父"。您不在家的日子过得也很快，一转眼您已经到黄石一个多月了，随着国内疫情逐渐被控制，我仿佛已经听到您归来的号角。

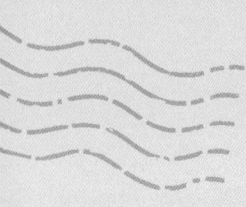

写信人：哈睿涵
南京医科大学第二附属医院副院长哈维超之子

爸爸：

"总是向你索取却不曾说谢谢你，直到长大以后才懂得你不容易……"当这首《父亲》的旋律萦绕在我耳边的时候，我的思绪便飘向了湖北黄石，飘到了还在黄石抗击新冠肺炎医疗前线的您身边……

您是一位普通的医务工作者，印象中您总是早出晚归忙忙碌碌，周末也经常加班，对此您从来没有怨言，身上似乎永远都充满了对工作的热情和干劲。每每我埋怨您把带我出去旅行的承诺抛到脑后的时候，您总是说"孩子，这是爸爸应该承担的责任"，对此我很不理解，还曾经和您发生过"冷战"。

这次面对突如其来的新冠肺炎疫情，您也义无反顾地选择成为了一名"逆行者"——

作为江苏援湖北黄石医疗队的成员，前往抗疫前线治病救人。接到通知的那天，我很担心您的安危，因为从电视、广播和报纸上，我也了解了发生在湖北的新冠肺炎疫情，知道您这次任务的艰难和危险。我有一肚子的话想跟您说，可是当看到您坚定与自信的眼神时，我又把到嘴的话咽了下去，您似乎看透了我的心思，摸摸我的头笑着说："孩子，这是爸爸应该承担的责任，爸爸一定会和其他叔叔、阿姨一起战胜疫情，平安回来。"我也肯定地点了点头。

　　自从您去湖北黄石，我就格外关注来自湖北抗疫一线的报道，从各个渠道了解您以及像您一样在前线战斗的医护人员的消息，当得知湖北的疫情被控制住了，很多患者脱离了危险，我也非常地开心，知道这里面也有您的付出与汗水。

　　您不在家的日子过得很慢，因为我很想念您，在我眼中您是位雷厉风行的"虎爸"，又是一位可以促膝谈心的"慈父"。您不在家的日子过得也很快，一转眼您已经到黄石一个多月了，随着国内疫情逐渐被控制，我仿佛已经听到您归来的号角。我想对您说："亲爱的爸爸，家里一切都挺好的，您放心！我为有您这样一位不畏艰险、迎难而上的爸爸感到骄傲和自豪。学校已经开始进行网上授课，老师随时在线答疑，我会每天按时完成学习任务，也会担负起小男子汉的责任，把妈妈照顾好。您在抗疫一线要做好防护，我们一家人等待您早日平安归来。"最后悄悄告诉您一个秘密，我在这段时间自学了一首吉他曲《夜空中最亮的星》，等您回来弹给您听，因为在我心目中，您就是那颗最亮的星！

哈睿涵

南京外国语学校初二（2）班

妈妈啊，我真的不知道，这一别就是永远；我不知道，您真的就这样把我丢下。我想给您看看我的勋章；我想跟您说说，我这一个月来认识的朋友，做过的事；我想让您知道，您的女儿多么勇敢。

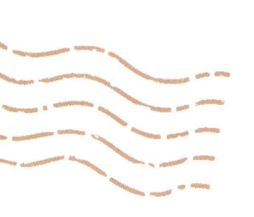

写信人：陈燕
江苏省肿瘤医院，护师

亲爱的妈妈：

您现在还好吗？

每当夜幕降临，我都会不自觉地流泪，这个世界上，我没有了妈妈……

我从来都没有给您写过信，这是第一封，却也是永远没有机会被您打开的唯一一封。妈妈，您知道我多想您吗？

您没有上过学，却识得一些字，这是让我钦佩的。您有坚强的心，过得再苦，也一直拼命向上，在您身上，我看不到懒惰的字样。我的妈妈，您知道您多伟大吗？

表哥上大学，家里清贫，您坐了一天的公交，跑遍了学校所有的教室，只为送一双您亲自为他做的布鞋，您还记得吗？我的妈妈，您是多么纯良！

生下我后，没有母乳，您种菜出去卖，只为给我买一罐好一点的奶粉。夏天天气炎热，坐月子的您，为了让我不再哭闹，整夜整夜抱着我在院子里，只有那样我才能真正睡去，而您因此落下一身的病。我的妈妈，您是多么辛苦啊！

工作繁重，您生病了，依旧自己一个人扛；我没时间过去看您，您从来没有一句怨言。可每次我看到您渴望我留下的眼神，我内心是多么愧疚和慌张！妈妈，我是多么对不起您啊！

去湖北支援，唯一不知道的就是您。即将回来之前，突然收到您的微信，问我是不是来支援了，我还当作没有看到信息，没有直接回复。最后您说的话，是一定要照顾好自己，什么时候回家，回家一定要告诉妈妈……

我的妈妈呀，我好想跟您说，我真的好想您啊！我真的不知道什么时候能回家，我不想您一直提心吊胆。走之前，我好想跟您说，我一定会平安回家，回来给您买好吃的，我要继续喂您吃饭，多陪陪您，可是我没勇气，我不想让您害怕。

妈妈啊，我真的不知道，这一别就是永远；我不知道，您真的就这样把我丢下。我想给您看看我的勋章；我想跟您说说，我这一个月来认识的朋友，做过的事；我想让您知道，您的女儿多么勇敢。

人的一生中，会有很多的离别，很多的相聚，却不曾想到，有的离别竟是永别。

妈妈呀，我已经回家，可是家里却没有了您……此刻我与您之间，隔着一个墓碑；我们的心近在咫尺，却远隔天涯……

您的女儿：陈燕

2020 年 3 月 18 日

战地足迹

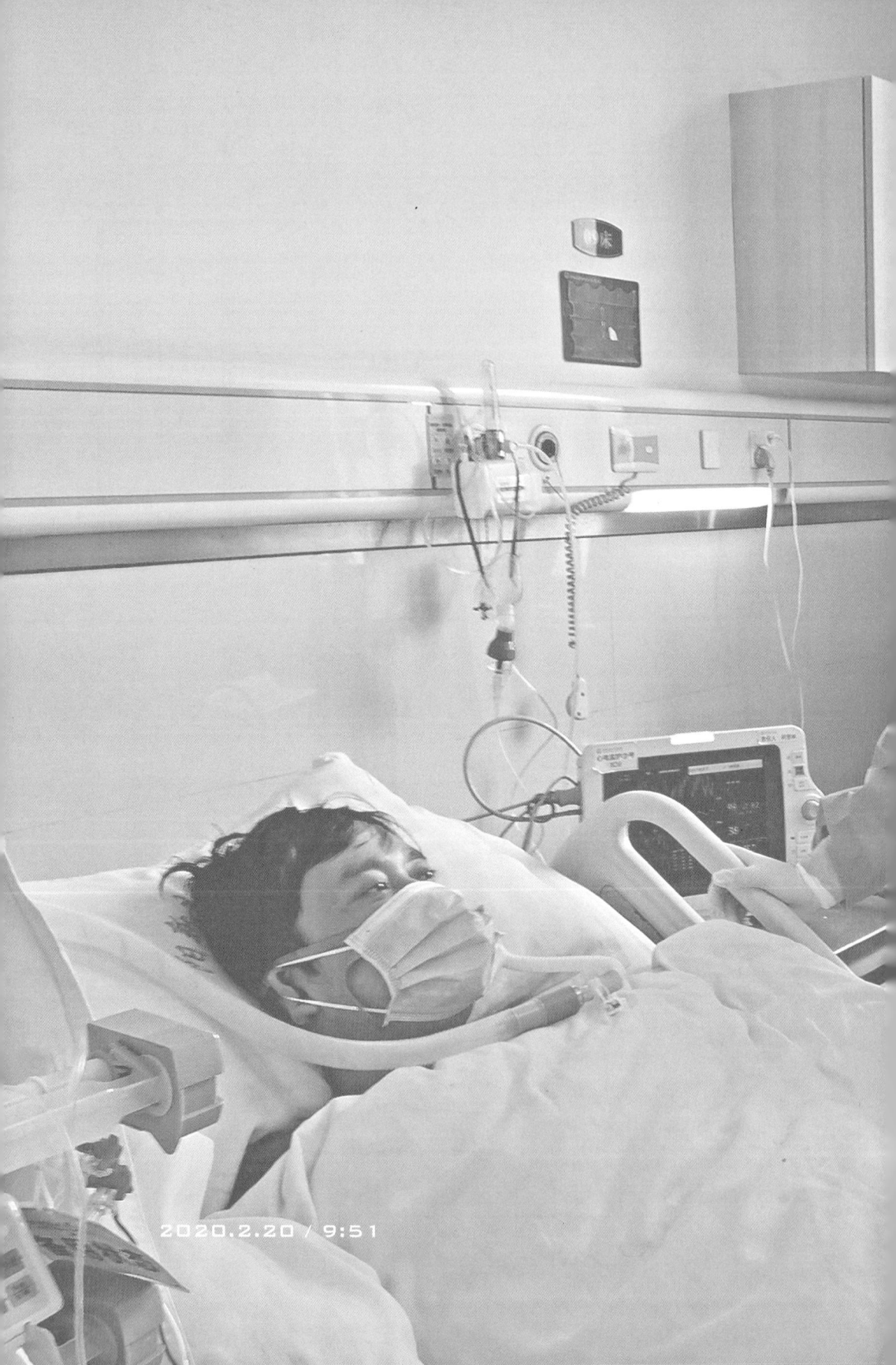

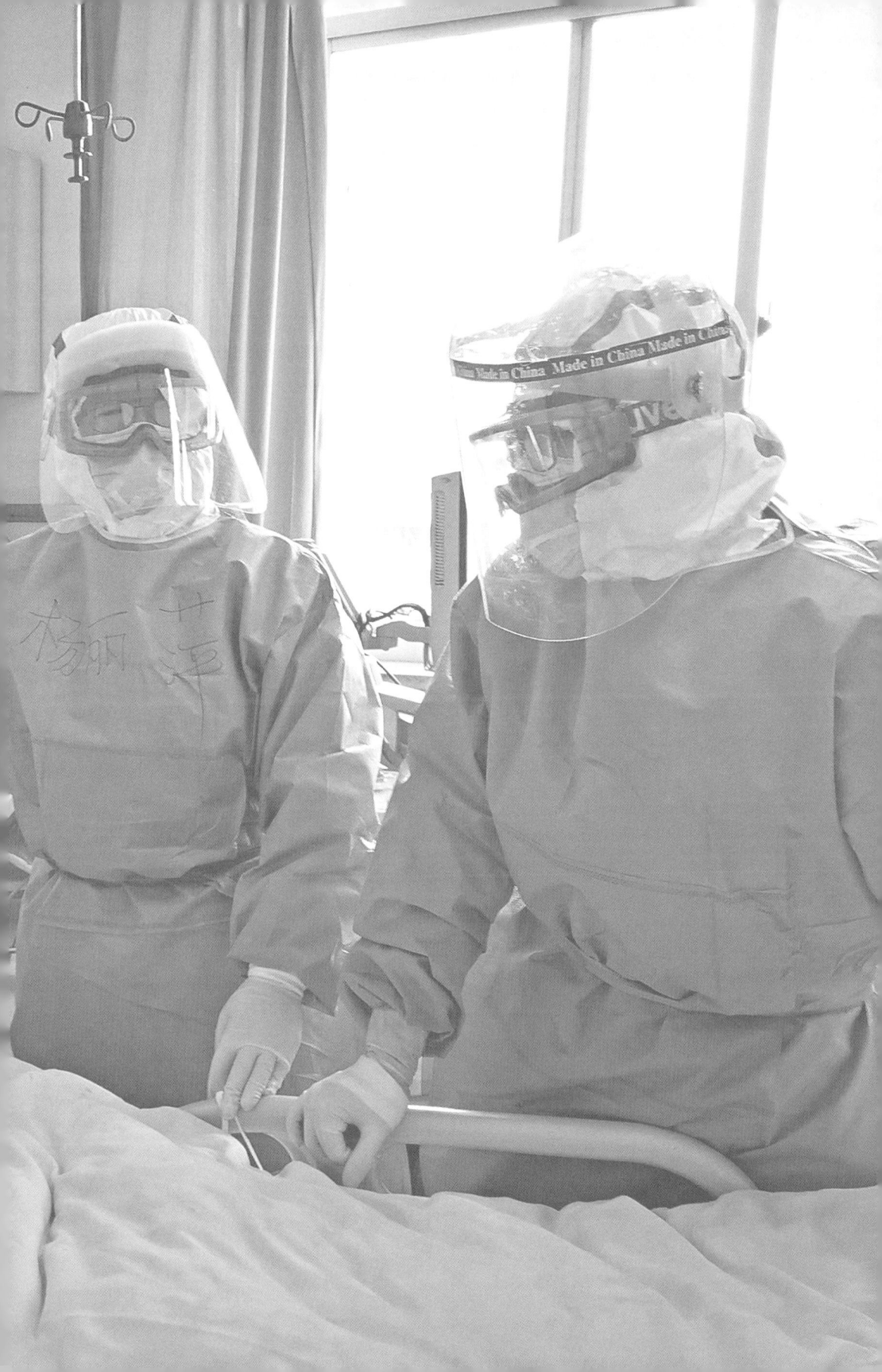

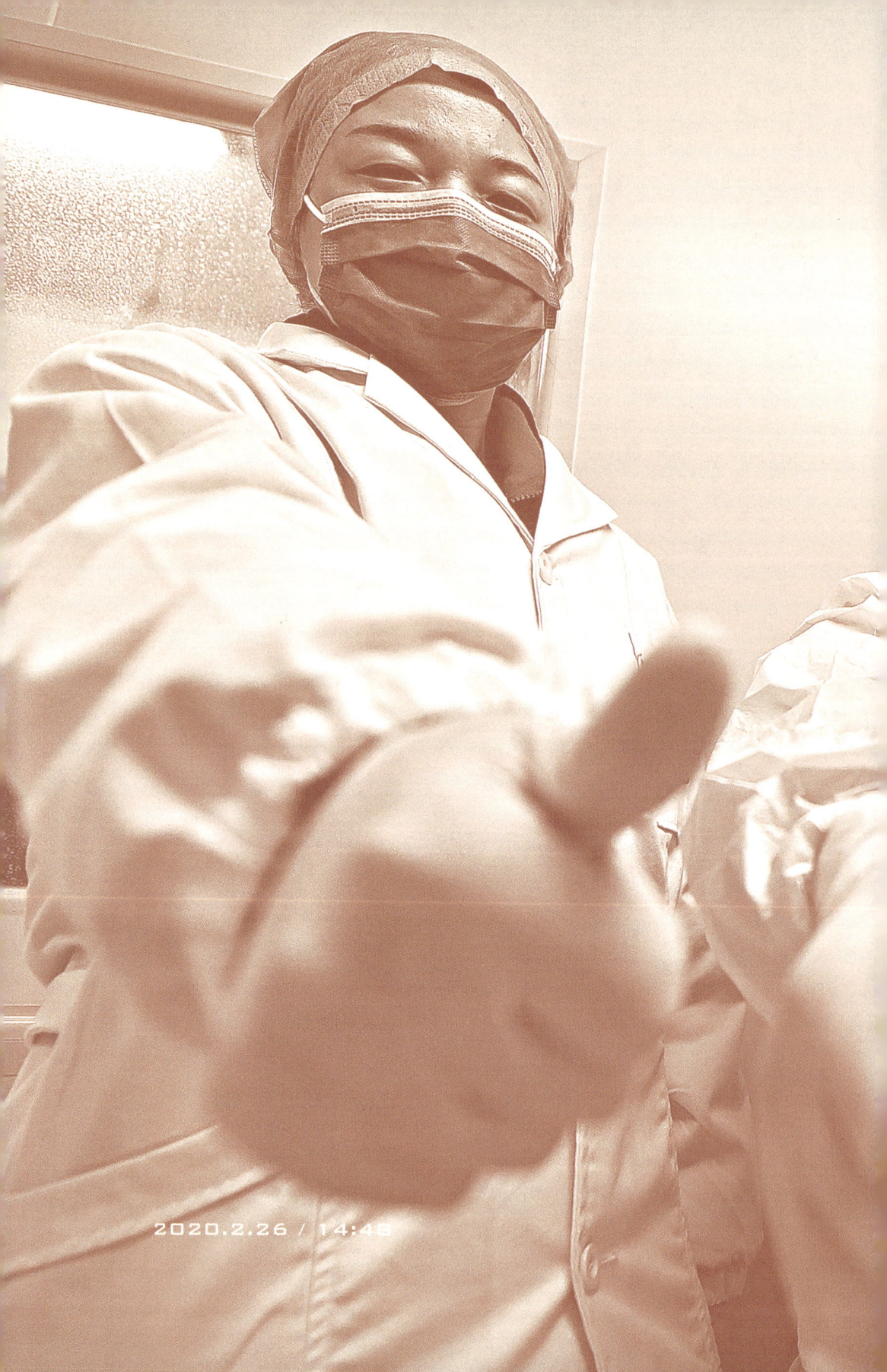

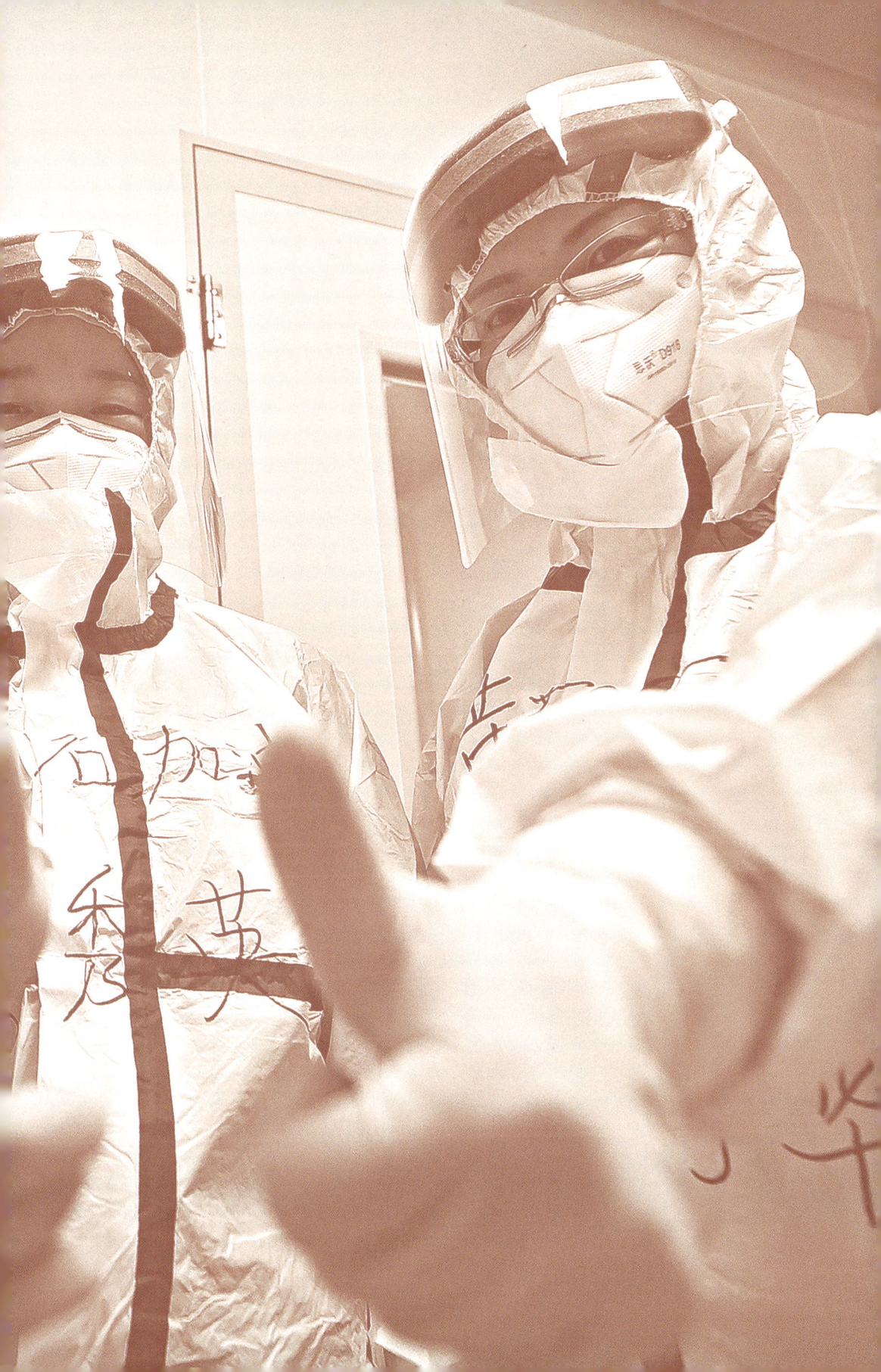

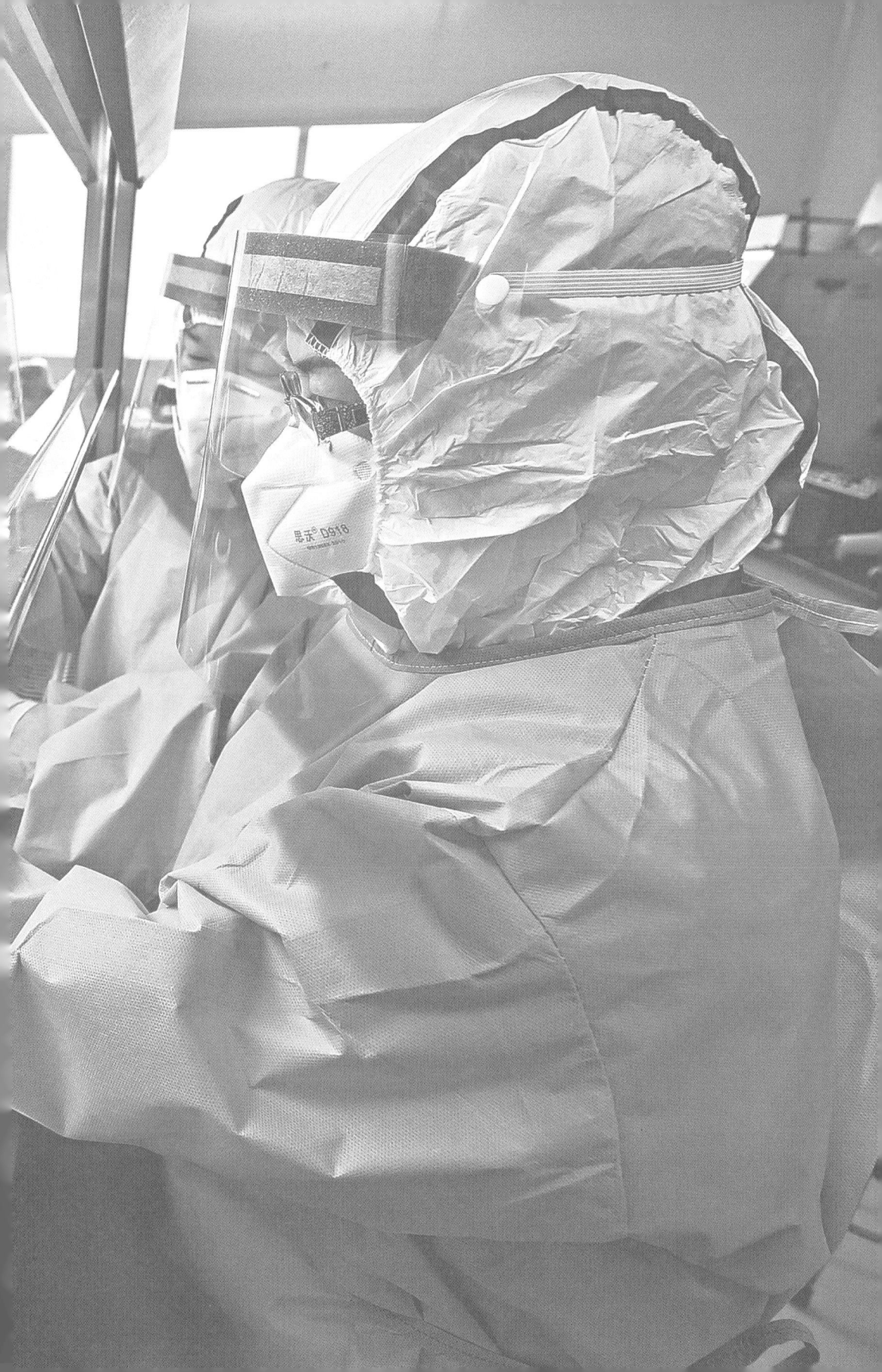

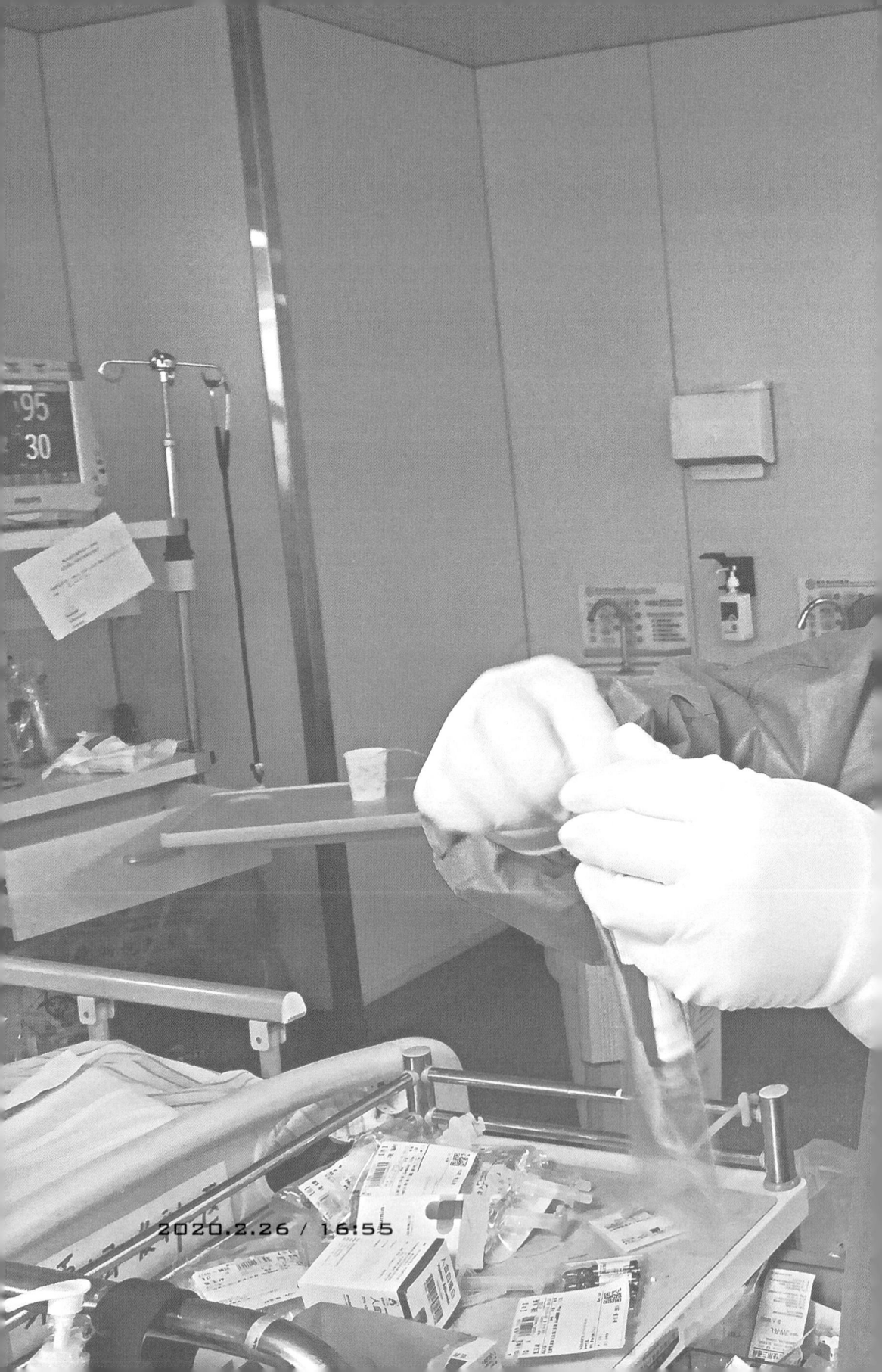

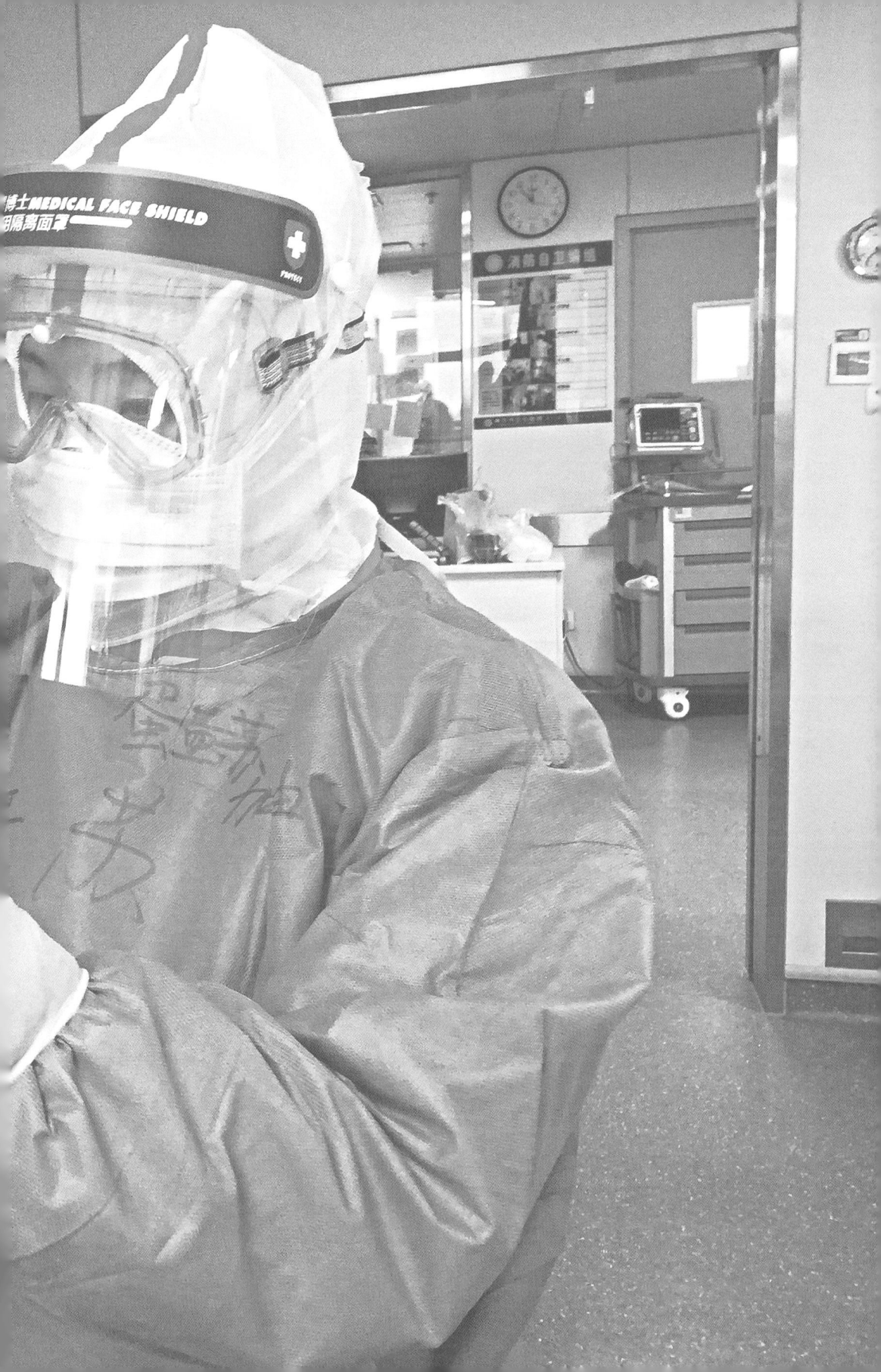

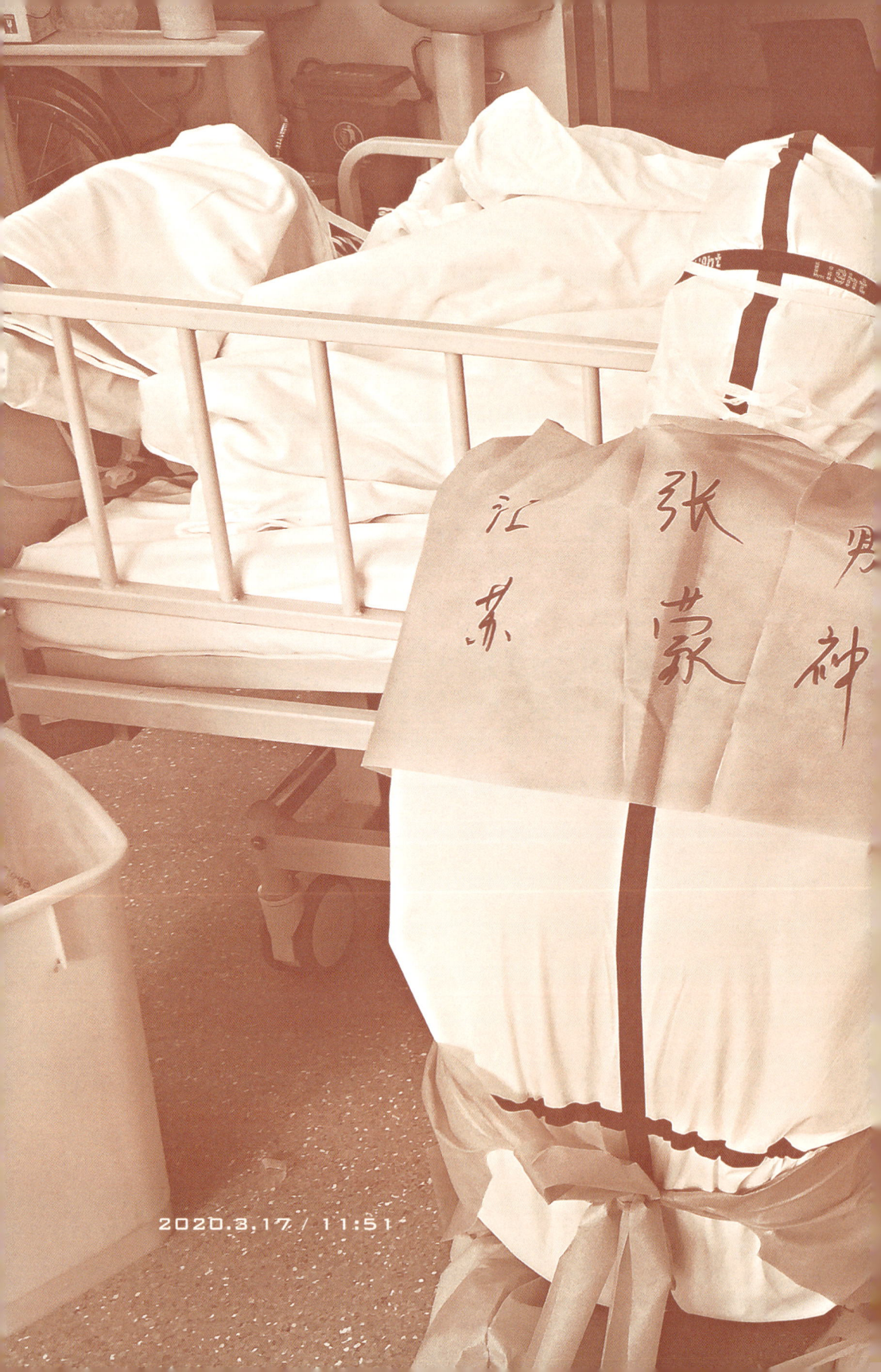

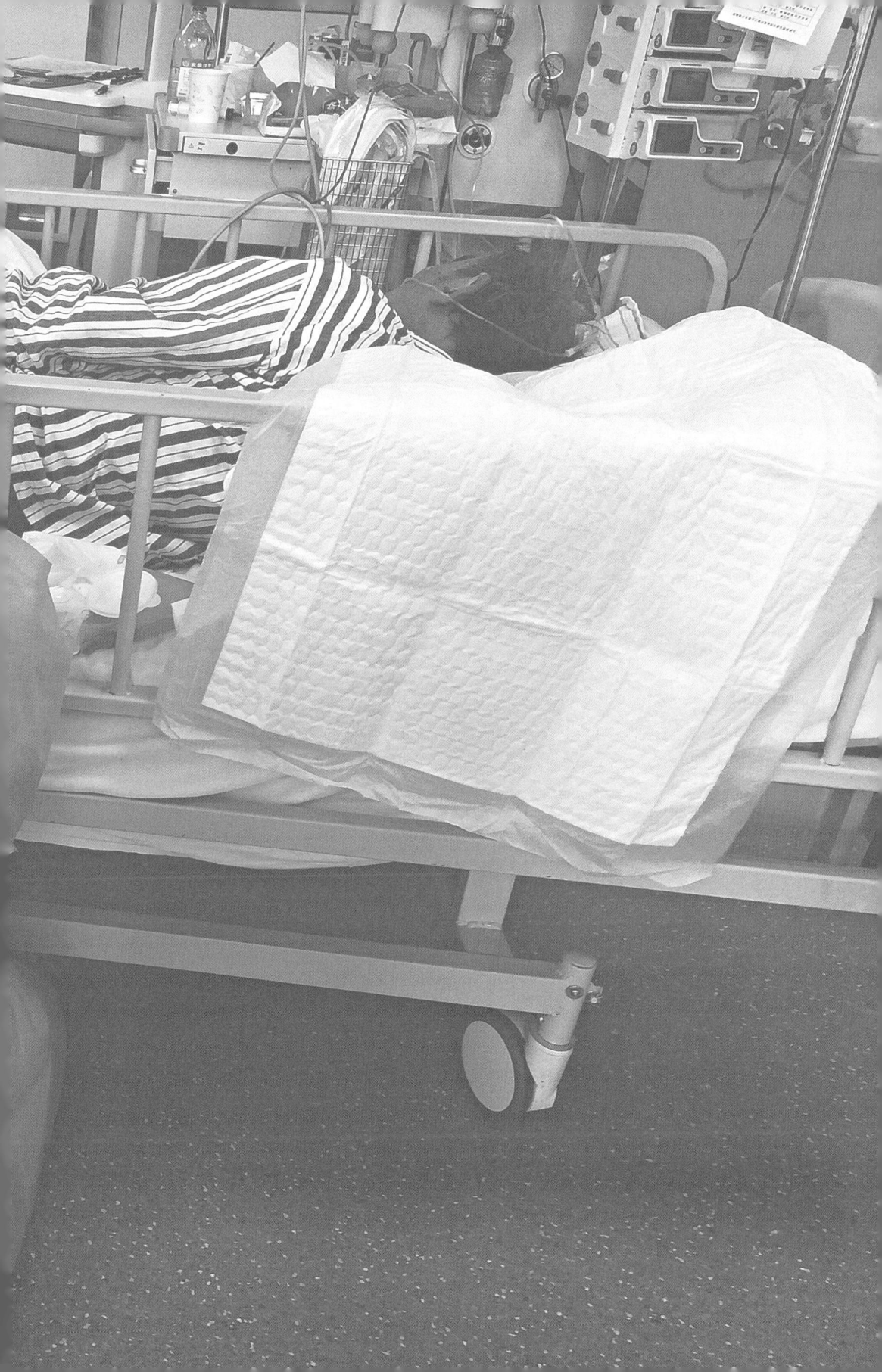

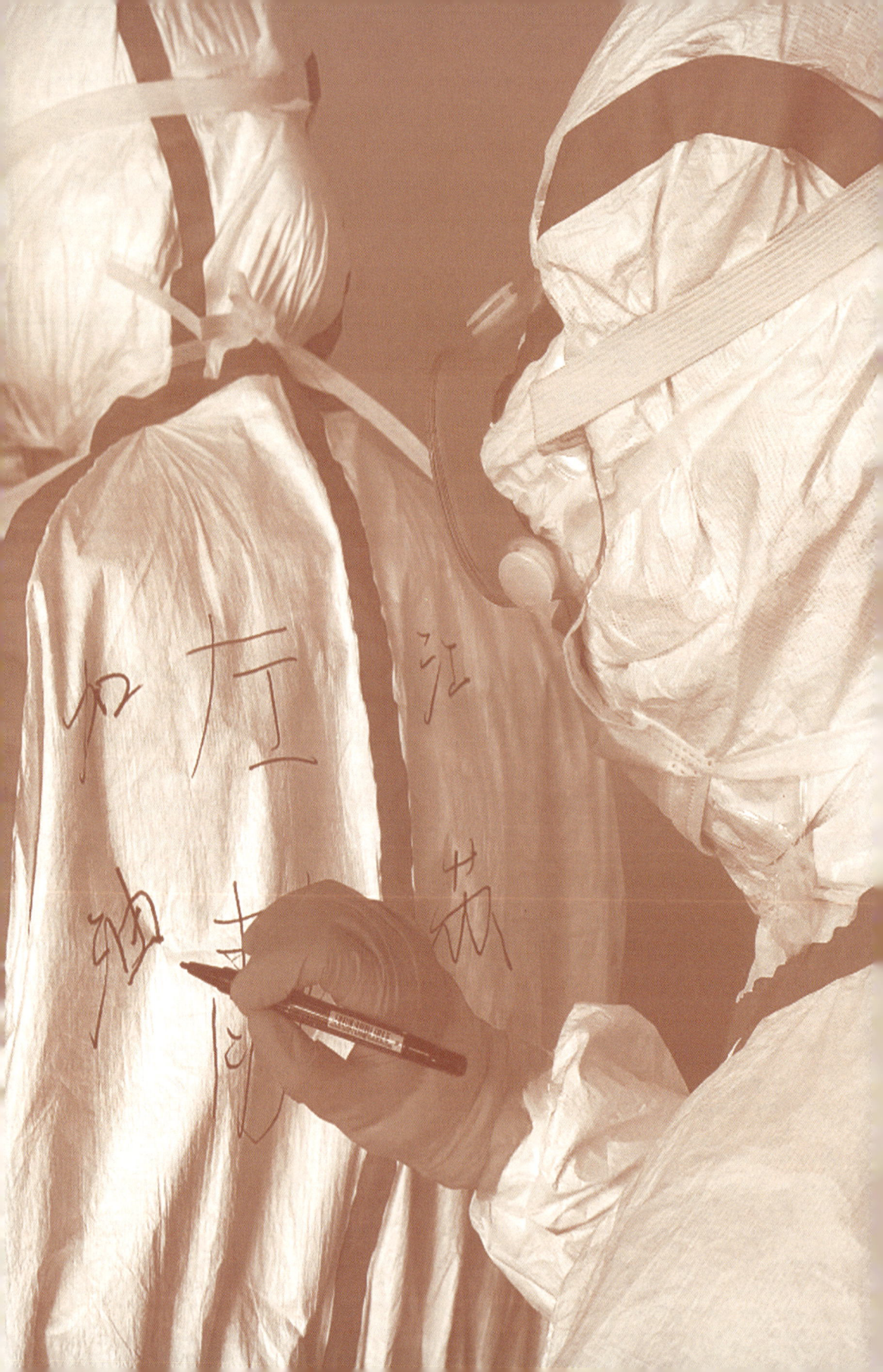

2月11日 / 星期二

10号下午下班时,接到援黄石的通知,没来得及回家,立刻开始准备物资,再次培训。到家已夜深,孩子已入睡,老公和父母默默地为我准备着生活用品,虽然什么也没说,但能看出他们的担忧。

经过十几个小时的车程,我们来到黄石,天正下着小雨。我们的行李由当地的特警为我们亲自押送。虽然天色已晚,我看不清这座城市的样子,但是深深地被这座正在经受着磨难的城市所感动,希望能尽自己所能去帮助他们,虽然我能做的很有限!

我们小分队跟随连云港等队一起被分配支援阳新县。来到阳新县后,我们就开始了紧张的培训,包括医院系统的学习,环境的熟悉。特别是感控组的老师,在前期指导我们防护服的穿脱流程及各项防护用品的监管,很仔细,严格把好每个关口!在这里,我们认识了来自其他医院的老师们,每个人都非常认真地练习着,为的就是同一个目标,保护好自己的同时去治疗和护理好病人!总领队对我们每位队员的情况都仔细了解和分析之后,对我们进行了第一次分组,我被分到了重症病房组。说实话,虽然我有着10余年的重症护理经验,但是我没有真正护理过感染科患者,内心还是有些忐忑。但是容不得我多想,这就是我们的职责与使命！

当我们进入重症病房后，第一个班是夜班，安排我一个人上，幸好有上一班老师给我详细地交班，并有当地老师的帮助，非常顺利，而且我也跟他们学习了很多护理感染患者的经验。特别让我感动的是，有一位患者是我们的同行，被家人感染上，由于本身有基础疾病，一直高烧不退，我们要给她擦洗、监测体温，她在自己状态稍微好一点时，都坚持自己完成，在我们一再追问下才知道，她怕传染给我们。当时，我内心真的是有说不出的感动！还有几位病人，他们知道我们跟当地老人沟通有困难，主动当起我们的翻译；我们看不清时，他们帮我们看；我们穿刺失败时，他们说没事，再来。所有的点点滴滴都感动着我，激励着我，这样的经历成了我一生的宝贵财富！

沈晓燕，盐城市大丰人民医院，主管护师

2月12日 / 星期三

从接到命令，到落地黄石，一共36小时。362名队员，一夜成军，来不及与家人细细告别。"衣白褂，破楼兰，赤子切记平安还"，江苏一位队员家人的叮咛，犹在耳边。昨夜，黄石当地交警车队引路，市委书记、市长亲自迎接，江苏医疗队在期盼中进驻黄石。作为领队，我重担在肩，不仅要打胜仗，还要把他们都平安带回去。

2月，春寒料峭，黄石街头空无一人，接近900例确诊病人分散在各家医院，已经有6例死亡，这个数字还在增长。从输入病例到家庭聚集感染，可能只需要很短的一两天。黄石当地的医护人员经过20多天奋战，已经很疲惫，物资也比较缺乏。

新冠病毒是一种人类研究尚少的微生物，面对未知，要说毫无忧心是不可能的。从医30多年，无力挽回的生命不少，但如此大规模的感染以及让人措手不及的死亡，超过了非典，超过了以往任何时候。面对肆虐的疫情，我内心焦急，吃得了苦中苦，看不了离人泪。隔离治疗者生死未卜，我能想象患者和他们的家庭悲痛焦急的心情。

时间的意义已经不只是朝朝暮暮，而在于争分夺秒与病毒"决一死战"。

今天的工作主要是调研摸底。责任重大，但心里有底，

出征之前,我已经与黄石当地取得联系,在对接安排、物资调配、医疗救治工作开展等方面进行了初步的统筹和协调。上午9点,江苏援黄石疫情防控前方指挥部与黄石市疫情防控指挥部见面。从黄石有关方面介绍的情况看,疫情防控情况在湖北省内是比较好的,这令我心安了许多。

在江苏医疗队的驻地——磁湖山庄,前方指挥部开始了第一次工作会议,江苏医疗队17个分支队的领队迅速集合,严阵以待。疫情当前,刻不容缓,明确作战思路,是打响黄石战"疫"的"第一枪"。针对重症患者、轻症患者的治疗,全市疫情防控,医护人员自我防护,我给大家明确了4条工作要点。

300多名队员来自50多家医疗机构,这支铁血部队团结、高效协作,是战"疫"能够取得胜利、队员零感染的基础。我们明确了物资管理、统计报送、工作例会、对外宣传等各项工作的运行机制,强调了工作纪律,将各项工作机制梳理明了,已经是下午1点多钟。

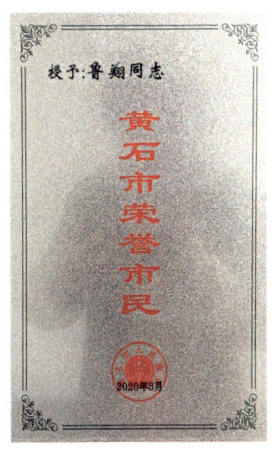

不作停歇，黄石本部的江苏医疗队组建了5个小分队，分别到黄石市中心医院、中医医院、妇幼保健院、有色医院和矿务局医院，了解那里的收治流程、人力配备、治疗方案、住院病人状况、院感管理等情况，为制订支援方案做准备。疾控检测人员对接当地疾控中心，研究改善防控方案。疾控人员和感控人员拿出驻地防控方案和队员感控培训方案。在大冶市、阳新县的医疗队，也按照指挥部要求，与当地的定点医院对接。

结束了在黄石市中心医院、中医医院的调研工作，我和副总指挥吴红辉参加黄石防控指挥部第九次会议。黄石市委、市政府的主要领导，都很懂疫情防控的知识，理解疾病防控的关键环节。会中，省委书记娄勤俭给黄石市委书记董卫民打来电话，了解情况。两地政府的支持，是医疗队坚强的后盾，为接下来的抗疫注入了信心。晚上，加开专题分析会，研讨家庭聚集型案例的针对性解决方案。我们还一起分析了几个小分队到各家医院走访调研的结

2020-3-22 晴

自江苏援黄医疗队2月11日到黄石至今42天。我们经历了从陌生到熟悉，从学练到有序，从无助到把握，从冷静到感动，从支援到带队之责的转变。我们尽情呐喊吧！胜利之时也将到来！

黄石保卫战有我！
同胞们保卫战必胜
黄石家、中华伟大!!

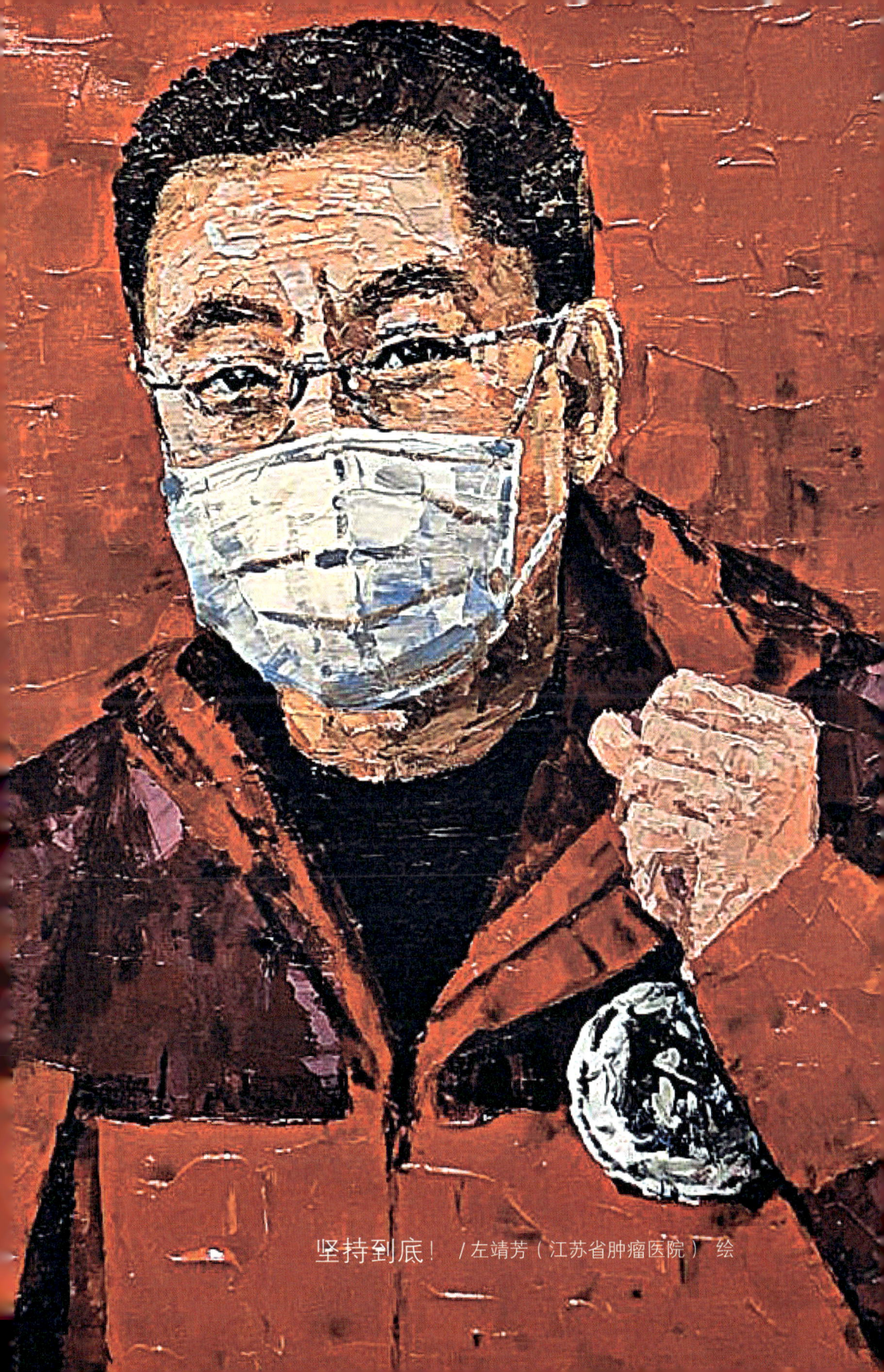

坚持到底！ / 左靖芳（江苏省肿瘤医院） 绘

果，制订好明天的工作方案。同时，我打算明天就申请成立前线临时党总支部。

等结束一切工作布置，已是晚上9点多，医生、护士还在进行院感和防护服穿脱培训，我遂加入其中。医护人员零感染，与治愈患者、控制疫情一样，是我们的目标。每天都有新冠肺炎病人死亡，感染人数还在上升，本该万物复苏的春天蒙上了阴霾，虽然不知道明天会面对什么样的艰难与险阻，但作为医者，我必须挺身而出。

亲朋好友、领导同事的关心和慰问信息纷纷传来，来不及一一回复，唯有把感恩与歉疚存心底，与队员们一起，不胜不归。

鲁翔，江苏援湖北疫情防控前方指挥部副总指挥，江苏对口援黄石医疗支援队领队，南京医科大学副校长，南京医科大学附属逸夫医院院长

2月13日 / 星期四

报名黄石的那个夜晚，说实话心里还是比较忐忑的，想到了最坏的结果，想到万一自己也被感染了，想到万一回不了家了……所以那个晚上抱了女儿很多次。还处于迷迷糊糊的年纪的她并不知道妈妈这次报名出征意味着什么，她可能以为我就像平时上夜班一样，她从小已经习惯了这样的偶尔分离，所以对我的拥抱还有一点点不耐烦。但是我不管，一直抱着她，闻她脖子里特有的香味，想牢牢记住这种温情而柔软的香味。

对于老公来说，他已经习惯了我俩的分别，因为我们从认识到现在10年间一直两地分居。这次因为疫情他上不了班，我们有这么长相处的时光已经算很难得了。看到单位群里主任让我们报名的消息时，他正在外面散步，打他电话一直在通话中，连打了4个都在通话中，我就直接报了名。等他回过电话来，我告诉他我已经报名了，没想到一直被我嘲笑保守胆小的他竟然支持和理解我，他说："你要去就去吧，我肯定也拦不住你的。"然后，我开始收拾东西，准备各种生活物资，同事朋友们知道了纷纷给我打电话。王艳师妹把她娃喝的米粉都给了我，徐英师妹的婆婆连夜给我做了独家辣酱，和我同年同月生的同事也冒雨买了吃的带给我。还有，平时一直不太联系的血液科徐杨老师没报上名，于是把他自己准备来湖北的物资全给了我，让我很感动。研究生班班长直接从他家里拿了两个紫外灯让我们带上……

临走前的那个夜晚睡得不是特别踏实，很早就醒了，继续准备物资，然后想起来头发还没剪，其实我一直有一个留长了头发做一个大波浪造型的梦想，这次本来快成功了，结果又遇上了这个事情。我本来想让我妈帮我剪，怕她伤心，就一个人躲在卫生间偷偷摸摸剪了个猪啃一样的短发型。我平时比较独立，爸妈一般也做不了我的主，我也特意没和他们说。我妈问多久回来，我爸在一旁说，顶多一个星期吧，能有多久？我默认了……

前往黄石的路上至今仍觉得像在梦中，我是个不容易哭的人，但是仍然记得有两次鼻头一酸和热泪盈眶：一次是出发前空姐说的话，"待到春暖花开，我们再接你们归来"；还有一次是刚到黄石高速出口的时候，天空中细雨绵绵，路灯下站着一长排列队敬礼的武警战士，心疼他们的同时也暗自下决心，一定要尽自己最大的能力来帮助黄石人民！

陈丽，苏州大学附属第一医院，主治医师

2月14日 / 星期五

结束一天的忙碌，已是深夜，忽然想起今天是情人节。不知道爱人和他的两个"小情人"是如何度过这特殊的节日的，有没有想起身在远方的我？应该是有的吧！想到此刻他们应该已经睡了，心头难免怅然若失。我不在的日子，他一定会把孩子们照顾好吧！

今天是正式进入工作状态的第一天，也是和新冠肺炎病毒战斗的第一天。在此之前，为了更好管理急危重症患者，ICU已在36小时内重置，由原有的5张床位增至20张床位，实现了从"人等床"向"床等人"的转变，并将集中收治15名急危重症患者。今天我们的工作就是负责交接这15名患者。因病人病情重，我们整整一天都坚守在ICU。

ICU是一个直面生死的地方，在这里工作，必须全力以赴，争分夺秒，严防死守生命的最后一道防线，和死神抢夺生命。我们深知要时刻把人民的身体健康和生命安全放在第一位，必须关键时刻冲得上去、危难关头豁得出来，必须增强责任心，把初心落在行动上，把使命担在肩膀上。

当最后一名病情最重的气管插管患者转运到位，就在大家以为可以松口气时，这位合并肝硬化、心力衰竭、呼吸衰竭的患者血氧饱和度突然进行性下降，患者随即口唇紫绀，心率下降，呼吸机频繁低氧报警，大家立即进入抢救状态：更换呼吸机、墙壁氧阀门，边抢救边排查故障源。陌生的环境、笨重的防护服、模糊的护目镜都给抢救工作带来极大挑战！最终查明是因为楼房老旧，墙壁氧管路老化，导致供氧系统严重泄漏。我们持续球囊给氧，组织搬运氧气筒。当时整个病房都是氧气泄漏的声音，很有可能发生爆炸，但没有人退缩，大家都在全力抢救病人。几个小时后，故障终于排除了，患者也转危为安。

虽然很辛苦，但今天的33床让我非常感动。在病房里初次见面，他就非常激动："你们是江苏医疗队的吗？你是不是连云港的？"我特别惊讶，离家4天了，正式工作的第一天就听到家乡的名字，让我倍感亲切："咦，我的身上没写连云港啊，叔叔怎么知道的？"听我这么说，他笑起来："我是猜出来的！看到新闻上报道你们来了12个人，你们书记带队，你们一定非常厉害。我们都盼着你们来，今天终于见到了！"那一刻，信任的眼神和话语就像寒冬的暖阳，温暖着我的心。那么多家医院，那么多人，他记住了连云港，记住了我们，可见病人对我们的信任，对我们寄予的希望！我暗下决心：一定不能让患者失望，一定不能让阳新失望！

庄君，连云港市第一人民医院，主管护师

2月15日 / 星期六 / 中雪

我们疾控组的4位小伙伴今天完成了黄石市最后一个区县的走访和防控，对这里的疫情防控体系有了一个整体了解和评估。

今天去了最远的阳新县，路上需要一个小时，为了让工作时间多一点，我们7:30就出发了。和很多在病房的医护人员不同，我们要进隔离点、发热门诊，甚至要进小区走家串户，密切接触者的管理也是我们的工作。我想黄石这个原本陌生的地方，我们会因为工作很快熟悉它的每个角落。

当然，并不是每个密切接触者都在集中隔离点，也有因为身体原因需要在家隔离的。这样的密切接触者，单元门前一般都会用红绳拉起隔离线，而我们需要跨过隔离线，走近每一位居家隔离者。有一位隔离者说，这时候我们是跟他们走得最近的人，也是最关心他们健康状况的人。

今天一位60多岁的居家隔离阿姨见到我的第一句话是："老伴10多天前确诊的，今天打电话来说终于不发烧了！"可以看出她很高兴，这也是我最想听到的话。我对阿姨说："那就是快好了，恭喜你们，马上可以团聚了。"她说："谢谢你们！这么大老远地来帮助我们，你们辛苦了！"

黄石市疾病预防控制中心赠送全员签名的旗帜（熊昊 摄）

趁着等午饭的时间，我们把上午的情况反馈给阳新县蔡副县长，并提了一些建议，如及时分析新发病例的来源，在敬老院等一些重点场所将新旧病人分开居住，对密切接触者隔离期间的生活用品进行仔细消毒等等。蔡副县长雷厉风行，说："江苏专家提了9个建议，5个都很紧迫，马上落实。"

下午到了阳新县病例数比较多的龙港镇，在看他们发热门诊的时候，工作人员把我们的照片发到他们的防控群里，书记镇长为我们点赞。一天下来，虽然很累，但心里很暖。

来黄石5天，家乡人以各种方式表达了对我们的关注和关切。我想对大家说，我们疾控组的4位80后小伙伴虽然年轻，但国内参加过汶川地震、雅安地震、阜宁龙卷风的救援，国外参加过非洲埃博拉病毒、圭亚那寨卡病毒

深入街道,开展防控工作(王福如 摄)

进行疫情研判工作(丁显香 摄)

防控,经验丰富,请家乡亲人们放心,我们一定会平安归来。黄石加油!

陈勇,江苏省疾病预防控制中心,副主任医师

江苏援黄石医疗队疾控组组长

2月16日 / 星期日

亲爱的父母双亲，我想对你们说——当我跟你们提起我想去支援抗疫时，你们什么也没说，只是一个劲地叮嘱："一定要注意啊，要保护好自己，家里还有小宝，早点回来。"我理解你们的担心，知道你们的挂念，我会平平安安站在你们面前的！

亲爱的老公，我想对你说——这么多天你辛苦啦！年前你和孩子先回老家过年了，原本我该随后就到的，可突发的疫情让所有人都放慢出行的脚步，升级的疫情让我意识到事态的严重性，我跟你说："今年我回不去了，有突发疫情，需要各方支援，我现在在单位支援，后面可能也会去湖北武汉。"当我接到支援的电话后，都没来得及跟你和孩子见一面。视频通话时你说："你放心吧，家里有我呢！"

亲爱的宝宝，我想对你说——妈妈不在家，要听爸爸话，不然爸爸会告你状的哦！两人好好配合啊！等妈妈回家！记得走之前跟你视频电话，我说妈妈要去湖北黄石那边支援。你说："妈妈，那边很危险的！你要做好百分之两百的防护！妈妈，百分之一百都不够，妈妈你知道吗？"妈妈记住你说的话，百分之两百的防护！防护服上是你对妈妈的牵挂，也是妈妈对你的爱！

亲爱的黄石人民，我想对你们说——我们来啦，请你们放心，疫情不结束，我们不回去！"江苏的专家来了，谢谢你们！"这是第一天你们对医护人员说得最多的话。经过几天的磨合，各规章制度、工作职责、工作流程、感控培训、防护培训迅速到位，我们开始了在黄石的工作。黄石人民的热情和厚爱助我们一臂之力，我们同舟共济、共克时艰。在你们的帮助下，我们才有更多的时间和精力投入战斗。一方有难，八方支援！我们会用我们的职责和使命，带着苏黄两地人民的厚爱与期盼，打赢这场没有硝烟的战争，还你们岁月静好！

亲爱的患者，我想对你们说——别怕，我们在你们身边，尽管穿着厚厚的防护服，戴着护目镜和面屏，你们看不到我们的脸。家人虽然不在你们身边，但我们在，我们就是你们的家人。所以，奶奶您别怕，身上脏了我们帮您擦；爷爷您别怕，吃不下的饭我给您喂；叔叔您别怕，您双亲来信，我帮您回，让他们别担心；阿姨您别怕，等您好些了，我来帮您锻炼呼吸功能；兄弟姐妹你们别怕，隔离了14天后又是一个新的开始！加油！我们终将获胜！

亲爱的我，我想对你说——10年、20年后，你一定会感谢自己今天的选择，感谢自己的付出，感谢自己没有辜负职业的使命和职责，感谢自己没有辜负这美好的时代！除了这些，我还要对你说——你若安好，便是晴天！

刘小芹，江苏省省级机关医院，主管护师

2月17日 / 星期一

雪后的日子，阳光明媚，温暖宜人，给大地万物带来无限生机，给人带来无穷力量。这倾泻的阳光，不遗余力地照耀着，似是要驱逐一切黑暗，照亮每一个角落。

今天是来到发热门诊的第四天。依旧记得第一天来报到时，科室的医生护士在吃饭，蹲着的、站着的，但见到我们都格外兴奋，对我们道不尽的感谢。经过后来的相处才了解，坚守湖北一线的当地医务人员才是最辛苦的，从疫情暴发至今，一直坚守前线。这边发热门诊的王老师，从年前坚守至今，她的老公是本院的一名急诊科医生，每隔一天可以回家一趟，而更让人心疼的是，她的家中还有一儿一女，无人照顾。个中辛酸，比比皆是。我们的到来，让他们看到了希望。我们逐渐适应工作环境，逐步熟悉工作流程，这样就可以替换他们，让他们休息，所以我希望我可以多学一点，可以学快一点！就在今天，几名医生和一名护士陆陆续续离开岗位，进入宾馆隔离休息。看到他们开开心心地收拾行李，由衷地替他们感到高兴。

得益于隔离管制和其他定点医院的分流，目前发热门诊的接诊量明显较前减少。但是我和搭班的医生都是江苏人，很多患者的方言我们还不大能听懂，有时候沟通很困难，可能当地医生一两句话的事情，我们却需要给他们解释几遍，这一定程度上也降低了我们的工作效率。虽然沟通有困难，虽然处在这个特殊时期，但是大多患者都是比较善解人意的，不厌其烦地跟我们沟通，这让我很感动。

每天下班回来，我都会回想一下今天做了什么，一来回忆工作流程，查漏补缺，二来总结工作成果。我们现在的工作除了协助医生接诊患者，还要负责整个发热门诊所有环节的环境清洁和消毒。因为疫情严峻，这边的保洁阿姨老早就辞职回家了，但是该做的工作还得做，所以我们也不会计较工作性质，保持好的环境对我们自身也是一种保护。每每这时候我脑海中总会浮现一句话：作为医务工作者，面对重大公共卫生事件，我有义务服从安排，绝对接受。

时刻谨记：我是一名医务工作者。

杨芸，兴化市人民医院，护师

2月17日 / 星期一

今天仍然是晚班，回到住处已是星月当空，夜色总是那么撩人，而大冶的街头依旧那么空旷寂静。无意中翻看手机日历，才恍然发现来大冶已经一个星期了。每天都在忙碌中度过，这是进病房的第三天，也是这么多天来最让我难忘的，因为完成了个人的小小壮举，单独值了个晚班。我是一区小分队里最早轮到的，也算是第一个吃螃蟹的人了吧。

下午3点来到病区，由于经过前两天的锻炼，穿脱隔离衣方面已经比较熟悉了，当我全副武装进舱时，比接班提早了几分钟，等待着跟我一起上班的老师。可是，4点过后，迟迟不见接班老师的踪影。后来才得知我今天得单独值班，当地的护士和我都诧异了，一切来得太突然。刚接到这个任务的时候，我心里忐忑不安，虽然工作了这么久，可现在是关键时刻，在这个人生地不熟，并且连沟通都困难的地方，万一……万一……内心飘过无数个万一，一遍又一遍地质问自己：我，能行吗？突然想起送行时家乡人民鼓励的言语，大冶群众期盼的目光，我告诉自己，一定不负众望！最大的敌人就是自己，没有过不去的坎儿！

刚接班那会儿，各种事务接踵而来，有需要生活护理

大冶市民欢送江苏援黄石医疗队现场,右二是当地医院重症隔离一区护士长,左一为万亚媛

的,还有许多治疗要做,穿着层层"铠甲",行动也不方便。当时自己觉得真的好无助,千头万绪,有种"剪不断理还乱"的感觉。我定下心来,头脑清了清,分了下轻重缓急,跟病人做好解释,把重要治疗先完成。有的老年人普通话不标准,需要花点耐心好好沟通,甚至连比划带猜。在这里,我也非常感谢病人的体谅,他们真的很能理解我们医务人员的不容易。还记得有个奶奶对我说:"小姑娘,我尽量不麻烦你啊,你还有好多事情要做,很忙很辛苦,我自己能行!"顿时,我的双眼模糊了……瞬间觉得,这么可爱的大冶人民,为他们付出,值得!

由于工作量比较大,体力消耗大,在舱内,就饿得胃疼,有汗水流进眼睛,觉得有点刺痛,但是等干起活来也

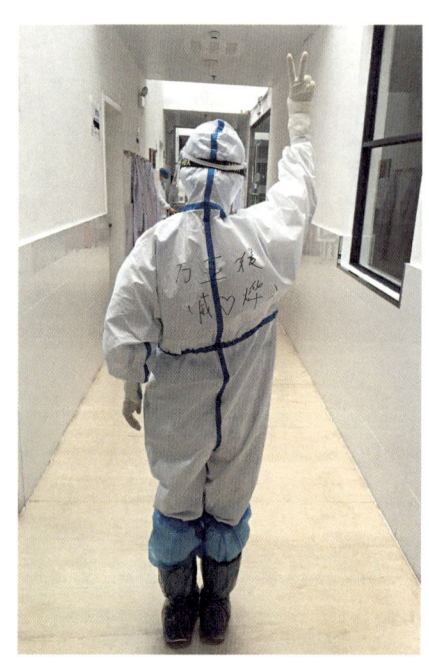

牵挂的背影（当天进病房前，我把老公和儿子的名字写在防护服上，带着他们的思念和鼓励，去完成我的使命）

顾不了那么多了。久了，饿过头就不饿了。工作4小时下来，早已汗流浃背。我知道，此行固然凶险，但必将磨炼意志，增长知识。心中一遍遍告诉自己：战斗吧，年轻人！青春稍纵即逝，我愿把点滴感动都收藏在青春的扉页。如果把青春比作一棵树，我愿屹立在悬崖峭壁，站成永恒，一半在土里安详，一半在风里飘扬，一半洒落阴凉，一半沐浴阳光，非常沉默，非常骄傲！

忙碌起来时间总是过得那么快，接班的护士来了，终于看到了黎明的曙光。虽说8点下班，可还是得详细做好交接班，然后才能离开。等上车的时候，司机师傅还在默默等着我。真的非常感谢所有这些后勤人员，没有他们的支持和保障，我们怎能安心开展工作？

坚定信念，百炼成钢！千言万语一个"谢"字，为了可爱的你们，再累也值得！

万亚媛，常州市第一人民医院，护师

2月18日 / 星期二

跟大家分享两个真实的小故事，都来自大冶市人民医院。来到大冶，每日总会被这样的点滴小事所感动，甚至忍不住热泪盈眶，英雄真的就在你我身边。

先讲石医生吧，第一次进舱，就是跟着这位医生。他是大冶人，常年驻守在湖南怀化解放军五三五医院，爱人是大冶市中医院的一名医护人员。这次正好回来探亲，因为疫情滞留。作为一名军人，他主动报名成为志愿者，进入大冶市人民医院感染病区。今天他在朋友圈发了一段话，说他入伍那一年，排长向他们解释什么叫"战友"，当时他还不太能说得出来。而现在，面对一场没有硝烟的战争，他看到无数像他这样的"战友"义无反顾地奔赴前线，他也兑现了他作为军人的承诺。不管前方有多少艰难险阻，军人都会冲在前面，到祖国最需要的地方去！

另一个是陈医生，他的岗位就在大冶市人民医院感染科，从1月19日大冶首次出现新冠肺炎确诊患者以来，他一直坚守在一线，没有休息过。今天一起穿防护服进舱的时候，他给我们讲了些疫情开始时的情况。他说，刚开始防护物资很不足，对于新冠肺炎也不了解，一切只能靠自己克服和摸索。心里也会害怕，但是自己必须清楚，我们是患者们仅有的依靠。如果医务人员退缩了，那么他们就连希望都没了。所以，不能停下，只有向前。进舱以后，有个 80 多岁的高龄患者，当我们问他吃得怎么样、吃不吃得下时，他说："不敢多吃，吃了就可能要小便或者大便，不敢麻烦你们，因为你们已经很累了。"陈医生立即说："不怕不怕，老先生，你就是要多吃才能有抵抗力，才能好得快，不要怕麻烦我们。"听到这些，我突然鼻子酸酸的，为朴实的患者，也为可爱的医生！

　　正是因为有这么多敬业、有担当的医护人员在，有这些善解人意的患者在，才让我们有了前行的勇气和必胜的信心。涓涓细流，足以汇聚成江海，向坚守的你们致敬！

施宇佳，常州市第二人民医院，主治医师

2月18日 / 星期二 / 晴

由于黄石没有区疾控，我们的第一个任务就是带队下沉县区开展工作。我主动选择了黄石市区病例数最多的黄石港区。

晚上8点多，走在回驻点酒店的路上，我们碰到了一个志愿者小哥，兴许是看到了我们江苏卫生的应急服装，小哥一个劲向我们表示感谢，并提出要开车送我们回酒店，还要送我们黄石港饼。虽然我们婉拒了他的好意，但是内心还是有满满的感动。

2月27日 / 星期四 / 晴

春天来了，收到家乡小惊喜

今天收到了无锡寄过来的包裹，打开一看是单位寄来的物资，有补充的个人防护用品，还有无锡排骨等特产。里面还有大儿子给我写的信，信上画着一辆通往春天的列车，上面写着"爸爸，加油"和"春天来了！爸爸，早点回家"。想起家中两个小子和老婆，不禁眼眶有些湿润。于是，给两个娃都写了一封回信。尽管思念家人，但我想，这一次分别，不仅让我在自身业务上有了新的提高，对于我家两个孩子，也是一次很好的亲子教育。

陈晓峰，无锡市疾病预防控制中心，副主任医师

2月19日　/　星期三

不知不觉到黄石已经第八天了，从接到紧急通知到准备生活用品，参加医院的出征仪式，赶去机场，再到安全抵达黄石。一路上无论是在苏州还是在黄石，无论是在飞机上还是在去黄石的大巴上，苏州的父老乡亲和黄石当地的工作人员，都让我们切实体会到他们对我们这些"最美逆行者"无微不至的关心与帮助。

经过这几天的连续上班，我从刚进隔离病房不知所措，到如今已能独立护理好几位病患；从一个多小时才能穿好防护服，到如今已能十几分钟又快又好地穿上防护服；从穿防护服后的各种不适，到如今已能自如地做着各项治疗与操作，慢慢地我适应了在黄石市中医医院重症监护室（ICU）的生活。看着战友们被护目镜、口罩压得破了相的脸，不禁觉得原来自己皮糙肉厚的也是有好处的啊。

今天是14:00—19:00班。身为男同胞，当然要发挥自身的优势，主动护理本班最重的病患。咦，12床咋上血滤了，看来今天是要大搞的节奏啊。果不其然，刚交完班没多久，血滤机就给我来了个下马威，还好之前管过CRRT（连续肾脏替代疗法），有经验，根据它的报警情况，我熟练地进行对症操作，慢慢地血滤机也不报警了。那个要像小孩子一样哄着的老奶奶今天还让人惊出一身冷汗，还好抢

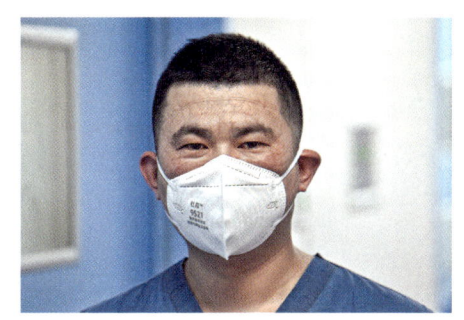

救及时，慢慢地也转危为安。按部就班地进行着本班的各项护理操作与治疗，工作之余还跟 9 床的病情较轻的患者聊聊天，他也从手机上知道我们江苏医疗队对口支援黄石市的事，自己不光配合我们的治疗，而且力所能及的事情尽量不麻烦我们。真心希望在我们的治疗与护理下他们能好转，并早日康复出院。

记得跟我们一起上班的一位当地护士妹妹说，当听到我们江苏省对口支援黄石时，他们很开心，而且听说我们跟他们一起上班时，他们内心瞬间安心了一半。因为我们江苏队经验丰富，冲锋在前，而且总是护理着最重的病患，同时也带来最好的防护装备和防护措施，解决他们的燃眉之急。

是的，"共饮一江水，苏黄一家亲"，这不仅仅是一句誓言，也是黄石人民对我们的期待。我们必将"不忘初心、牢记使命"，和黄石人民一起打赢这场新冠肺炎阻击战。

徐宾新，苏州大学附属儿童医院，护师

2月20日 / 星期四 / 晴

首先今天要给自己一个拥抱，祝自己生日快乐。

昨天上了两个班，中间就睡了4个小时，一天只吃了一顿饭，好饿。2月19日凌晨2点半起床，准备好消毒水，夹好碎发，贴好防压贴，去洗手间，不敢喝水，戴好口罩帽子，到走廊换外衣和胶鞋，下楼。我们这里白天夜里都有司机轮班，为了这次的抗疫成功，很多人都很辛苦，黄石加油！过了十几分钟，我们就到医院了，穿过急诊部到6号楼，按了12楼电梯，刷门禁进入，换衣服，穿防护服——穿的重点就是保持密闭。小伙伴们互相帮助，查找可能不严密的地方，用宽的透明胶带封堵。一套防护服穿下来，已经出汗了，每次刚穿好防护服我都不适应，感觉气顺不过来。戴三层手套的手好像机器人的手。在衣服外面写上名字，因为大家都一样的，实在认不出。进去之前默默地在心里为自己加油。戴娟加油！

我分管的是B组，和当地的小伙伴一起管4个病人，我管的是7床和9床。7床是一位77岁的奶奶，正在使用无创呼吸机治疗，这位奶奶很配合我们。9床病人是一位爷爷，使用高流量通气，氧流量50L/min，床边多巴胺小剂量泵入维持血压，他很不配合我们的治疗，夜里多次取下鼻导管，血氧饱和度忽上忽下。我上前劝说安慰他都不

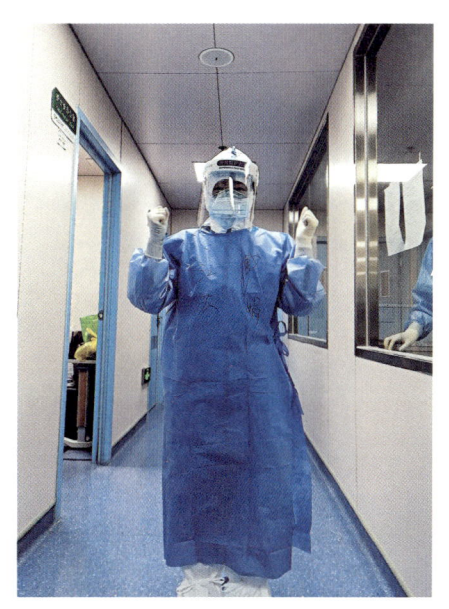

理我，我要给他戴鼻导管，他就推我，不让我戴。实在没辙，找来医生，医生和他交流了也无果，只好叫我在边上密切关注着。医生说这几天他一直这样，还说据前面观察他不舒服了自己会戴好。我在边上密切关注着。真的，过了5分钟，他自己戴上了。血氧饱和度上来了，我的心也稍稍安定了些。

忙完一圈，发现快7点了，赶紧抽血，查血气，我一口气抽了4个，接到通知说要暂停中心负压，赶紧留痰培养。我感觉胸闷，来不及休息，赶紧给病人喂药、洗脸，做口腔护理，整理床单元。接班的人到了，一起交接班，将病人的护理重点交接到下班负责人。然后发挥"闪电"①的特质，慢动作，慢，再慢，一个个脱。我是最后一个脱

---

① 闪电：动画片《疯狂动物城》中的一个角色，是只动作极慢的树懒。编者注。

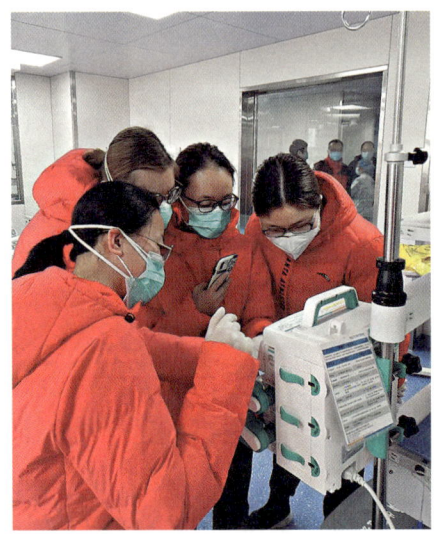

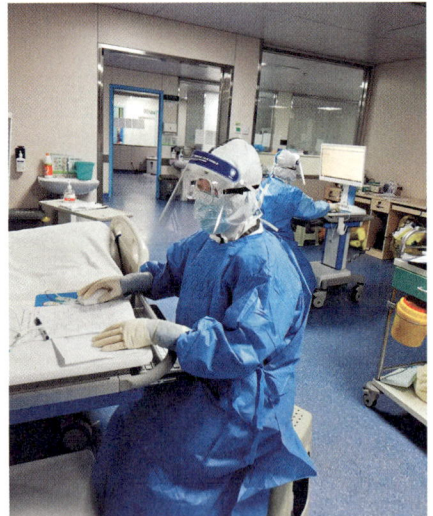

防护服的，脱防护服最重要的是动作要慢，不能污染自己，等我脱完，小伙伴们都等我半小时了，很是过意不去！回酒店赶紧洗澡，消毒，下楼打饭，吃完，睡觉。下午4点半起来，乘班车去医院，我依然管那两位病人，9床的爷爷今晚变乖了，很配合，点赞！7床奶奶一如既往地配合，希望你们早日康复！下班回酒店看到门口放着今天发的物资、消毒水，感动，加油！洗漱好快1点了。对了，酒店夜里提供稀饭和点心，暖心！感觉胜利的曙光不远了！加油！

戴娟，南京医科大学第二附属医院，护师

2月20日 / 星期四

　　我负责的病人中有一位57岁的阿姨，看上去眉清目秀，年轻的时候一定很漂亮。我主动上前介绍自己，告诉她：我来自江苏，是专门为了抗击疫情来到黄石。阿姨握着我的手说："你们都是父母的好孩子，孩子的好榜样！"到了吃饭时间，我端来碗，还没等我开口，阿姨就说：我要多吃一点，这样才有抵抗力，才能好得快，才能减轻你们的负担。跟阿姨的交谈中，我得知她年轻时能歌善舞，身材好，嗓门好，她还说病好了就跟我们一起歌唱《我的祖国》。

　　而隔壁床80岁的老爷爷可就没那么配合了，导尿管、氧气面罩等让他感到不适，呼吸费力让他烦躁不安，不停地去撕扯固定在口鼻部的面罩，可是他离不开呼吸机呀！我和战友们想尽了一切办法都无济于事。他还撕扯着各种管道，非要寻找口袋里的500块钱……可就在他得知我来自江苏的那一刻，突然就安静了，从他含糊不清的言语中得知，他的祖籍是江苏徐州。我看到爷爷的眼角湿润了，我紧紧握着他宽大的手告诉他，配合治疗，按照呼吸机的节奏好好喘气就会舒服一点，他频频点头……

　　这一刻，我被他们深深地打动了！阿姨积极乐观的心态，爷爷忍着不适的主动配合，都令我感动。他们就是我的阿姨！就是我的爷爷！就是我的亲人！我暗暗告诉自己：一定要把他们治好，跟阿姨一起唱《我的祖国》，听爷爷讲他年轻时的故事……特殊时期忘了自己，忘了亲人，远离家乡，只为给你们这份特别的爱！愿我们携起手来共抗疫情，期待大家不再戴口罩时，还能一起欢歌共舞。

赵世敏，南京医科大学第二附属医院，主管护师

2月21日 / 星期五

ICU病房里的周先生今天终于肯吃午饭了。前几天他总说不想吃饭，推脱说之前用呼吸机，嘴巴里长了好多溃疡，没有食欲。我送饭过去，他只是草草吃两口便放下了。我深知这个阶段保证营养供给对身体康复的重要性，便耐着性子一遍一遍给他解释。

陌生的病房，冰冷的工作仪器，ICU的环境让患者充满了不安情绪。他们努力地不表现出恐慌与焦虑的心态，最大程度地选择相信医生，但一些细节如抗拒饮食还是泄露出内心的担忧。这让我想起特鲁多医生的名言：有时治愈，常常帮助，总是安慰。从某种程度上讲，心态调节和医药对患者的治愈能力不相上下。

我开始天南海北地和周先生闲聊，聊天过程中发现他不仅是个旅游达人，更是美食爱好者，行遍天下却还未曾到过连云港。我笑嘻嘻地给他讲述了不少家乡名菜："连云港有着全国八大渔场之一的海州湾，不仅风光秀丽，海鲜更是肥美鲜嫩，关键是还很便宜，连大宋美食家苏东坡都流连忘返呢。"

周先生听着听着，不知不觉就吃了不少饭，"你还别说，听你讲你们连云港的美食，我这'病号饭'都有滋有味起来了。"吃完饭，周先生还意犹未尽地给我推荐起阳新县当地的粉蒸肉，热情地邀请我忙完这一阵一定要留在阳新县好好吃几顿。我看他精神恢复得不错，又耐心询问他身体有无不适，周先生一扫前几日的抑郁状态，笑着说："哈哈哈，你们江苏的医疗队真不简单，又做医生又做旅游大使。你这个连云港旅游大使做得好，一番话说得我心动不已，等我好了，一定要去你们连云港吃海鲜！""有你们在这里我就放心了，你们的医疗水平我信得过。这是我这几天以来吃过最好吃的饭，谢谢你们江苏医疗队给我战胜病毒的信心！"ICU病房里难得响起爽朗的笑声，我知道我这几天的努力没有白费，相信像周先生这样的病人一定会康复出院，我期待着春暖花开的那一天。

葛婷，连云港市第一人民医院，护师

2月22日 / 星期六

我值"感控"2班,近5个小时"消杀"工作才快完成,护目镜几乎被汗水和蒸汽遮住。突然我发现护士们围在一位病危的新冠病毒肺炎患者床边,他上着呼吸机,值班的3名护士静脉穿刺均未成功,患者不断发出痛苦的呻吟。看到这一幕,作为一名工作11年的儿科护士,我便主动上前帮忙。想着患者急需输入重要的药物,心里真的很着急。我拼命睁大眼睛,希望自己能看见操作视野,可于事无补。这时我跟自己说:冷静,再困难都要想办法解决。因视线不好,我只能反复靠手摸索,戴着三层手套增加了感触血管的难度,一番寻找后最终在已被穿刺过的血管前端摸到还有一小段静脉可被利用。我仔细用手去比画测量留置针的长度、血管位置、可触及的长度、评估深浅度等,两次消毒后从穿刺点后方进针,护士告知我见回血,我赶紧降低角度再进少许后撤针芯,缓慢将导管送入血管,拔出针芯打开调节器,液体滴入通畅,穿刺终于成功啦!这位患者四肢硬肿,我的护目镜视野近盲,从寻找血管到穿刺成功用了十来分钟,对我来说是如此的漫长!很少出汗的我明显感觉衣服湿透了。用平时工作中练就的静脉穿刺看家本领,危急关头挺身而出,是我的职责,更是本能。

李敏,南京医科大学附属逸夫医院,主管护师

2月22日 / 星期六

昨晚值夜班，进隔离病房3个多小时。一个人查房，给6个病人做心电图，忙完后身上衣服都湿透了。查房的时候，每个病人都想和我多说几句，多聊一会儿。因为疾病的特殊性，他们被隔离管理，没有亲人的陪伴，没有太多的自由活动空间。人生病后内心和情感多少都会有些脆弱，他们会有孤独感，有些患者对疾病有恐惧心理，他们需要倾诉，需要有人聆听，需要安抚。我在查房时除了询问他们的身体状况，还会关注他们饮食习不习惯，睡眠好不好，有没有什么生活上的需求。我和几位爷爷奶奶聊天，他们也和我讲讲他们的子女、家庭，有些还会讲自己的工作。我没有告诉他们我来自江苏，但是他们从我的口音中听出我不是当地人，他们大多都会向我表达感谢。

整个夜班病房30多个患者病情相对平稳。3床老奶奶因患阿尔茨海默症，不太配合治疗，晚饭没有吃。夜里11点多，老奶奶喊饿了，护士要给她找吃的，刚好我晚饭没有吃，就把盒饭在微波炉里热了给老奶奶吃，老奶奶自己不吃饭，护士就一口一口喂给她吃，吃完饭老奶奶很快就睡觉了。棒棒的护士姐妹！

今天病区重新调整，5楼和6楼病区病人整合，5楼接收相对较重症新冠肺炎患者，一线值班人员也要调整，我和其他战友今天开始到5楼工作。下夜班交班后，到5楼报到。5楼和6楼格局不太一样，要熟悉上下班工作通道、更衣室、进隔离病房通道及流程，忙完时班车早已经走了。幸好碰到中医院负责后勤的严老师，安排车辆送我们回酒店。

每次下班回酒店还有一套流程要走：在走廊上再次将穿的外出服、鞋子消毒，然后把手术衣及内衣用消毒水浸泡消毒，接着洗澡（按要求需流水冲澡半小时，可是上一个夜班下来，人已经很疲惫，根本站不到半小时），房间消毒、洗衣服，忙完后到了吃中饭时间。和先生聊天时先生笑我在黄石住五星级酒店，吃星级大厨做的菜，回家要胖上十几斤呢！我没有告诉他，我昨天吃了一顿饭，今天能吃两顿饭！如果休息日，我可以吃三顿饭。但是有时候人太累了就没有胃口，还是要强迫自己吃下去，有食物才有能量，才能有好身体，才能更勇敢地向前冲！

今天好好休息一天！想念我的两个宝贝！

吴丰芹，扬州大学附属医院，主治医师

2月23日 / 星期日 / 晴

下班回到宾馆驻地，看到门把手上挂着一张小卡片。打开一看，是大冶市铜草花志愿服务队专门送给我们医疗队的。卡片上写道："与你们伟大的选择相比，此时，我们任何话语都显得平凡而又普通，尽管如此，我们依然想说，'冬，是世界的冬；安，是你们给的安'。"其实对于我来说，只是换了一个地方做着同样的工作，从家乡医院的重症监护室换到了黄石，换到了大冶，我们的一点心意，大冶人竟然用"伟大"这个词来感恩。我们只有更加努力工作，才能回报这份情谊。

记得12号凌晨，刚到达大冶驻地，市领导在大厅等候，工作人员列队欢迎，大冶人民的热情和温暖扑面而来。特别意外的是，推开房间的门，面盆、口罩、水果、洗衣粉等生活用品一应俱全。

当地群众的热情时刻让人感动。为了跟我们的上下班时间接轨，驻地食堂师傅将早餐时间提前到6点30分，午饭延长至下午2点以后。除了家乡人送来的盐水鸭、金陵大肉包，当地爱心企业和热心群众还给我们送来了蔬菜、水果、羊肉汤、鸡汤，说要保证我们的营养，增强抵抗力，这样才能有体力救助患者。

大冶是华夏青铜文化发祥地，市花是铜草花。我上网查了一下，铜草花是一种能够比较准确地显示铜矿藏地的特色植物，花瓣颜色多为蓝色或紫红色，散发清香，无需施肥，天地生养，却生命力极强。我觉得大冶人民就如盛开的铜草花，朴实无华却芳香四溢！

这周工作负责舱内重症患者的治疗、护理。进到舱内，我已经没有了当初听到"隔离重症一区"时的紧张和忐忑，进舱前我们都会相互检查，问一句"我怎么样"，听到"很好"，我们都会很放心地进舱。凭着多年的工作经验很快就适应熟悉了每个班次的工作流程，隔离病区家属不能陪床，患者的日常照顾全部需要护士完成。接完班需要给不能自理的病人洗脸、喂早饭、吃药、输液、雾化、换尿不湿、翻身拍背、记录每小时的生命体征、检查餐前餐后的血糖、记录出入量等；气管插管的病人还需做口腔护理、各种管路护理、吸痰、每两小时的血气分析，检查各种镇痛镇静药物泵的运行情况，监测病人的病情变化，及时将病人的情况反馈给舱外的医生，做出相应的治疗。中午班需要给每个病人送饭到床头，对于不肯吃饭的爷爷奶奶们再次劝他们吃点，像照顾自己的孩子一样喂给他们，告诉他们只有营养跟上了病才会慢慢好起来。晚上需要帮所有病人打好开水，对于不能自理的病人需要给他们洗、擦身体……对于我们的服务，患者不断地说着谢谢。虽然我不完全听得懂他们说的话，但那一句"谢谢"发自肺腑，让我觉得很欣慰很感动！

防护服下早已全身都是汗，护目镜里的雾气早已凝结成水珠不时滴落，口罩在脸上已经留下深深的印记，摘下时会火辣辣地疼，耳根也被勒得特别痛，双手因为戴着三层手套早已泡软发白……但我觉得这一切都值得！只有这样，才能不负大冶人民对我们的关心爱护！

今天大冶的天气很好，阳光灿烂，又有几个病人康复出院了。病区危重症新冠肺炎患者也从10天前的28人减少到20人，春天就要来了，期待我们共赏大冶最美春光！

桑合珍，如东县人民医院，主管护师

2月25日 / 星期二 / 晴

今天的天气有些闷热,一丝风也没有,稠乎乎的空气好像凝住了。仔仔细细地按照流程,对着镜子穿着防护服,刚刚套上第一层,鼻尖已经渗出一层汗珠,坐在板凳上,休息了一下,继续努力穿外层防护服。穿戴完毕,大家互相检查,彼此加油,开始了一天的工作。

在检查了隔离病房抢救车和急救仪器的交接和检测记录后,开始进行床边交接班。11床黄大爷有脑梗病史,一侧肢体活动不利,我们正准备给他翻个身,一掀开被子,发现他大便失禁了,排泄物沾染在床上、衣服上、腿上,到处都是,大爷的手还不停地在排泄物上摸来摸去。我和同事们赶紧一起打水帮他清洗,更换床单衣物,重新垫好尿不湿,大家都忙得气喘吁吁。忙好后抬起头,眼前的视线一片模糊,我跟跄了一下,同事立马扶住我,把我扶到走廊的窗户边,关切地问:"怎么啦?是不是不舒服?要不要休息一下?"厚重的防护服内,豆大汗珠止不住地流下,整个人晕乎乎的,恶心泛泛的感觉提醒我:体力有点透支。我挺直腰板,摇摇手,说:"没事儿,放心吧,我休息一下就好!"做了几次深呼吸,默默给自己打个气,工作还没完成,我可不能晕倒,不能给大家添麻烦!加油!

短暂休整后,再次投入工作。在给13床杨大叔治疗的时候，他看着我问："你是江苏来的吗？你动作要慢一点！"我心里纳闷，赶紧问他是不是我操作的手法太重，让他感觉不舒服了。他忙说不是的，他解释说："我住进隔离病房快一个月了，以前每次看到这里的医护人员好奇怪，不管走路还是做事，都笨手笨脚，慢悠悠的，后来才发现，原来你们要穿这么多层衣服啊，还戴好几层口罩，你们这种防护服还这么不透气，真是太辛苦你们了！所以你的动作要放慢一点！慢慢来，像你这样走路带小跑，太浪费体力，人会吃不消的！"大叔的话，犹如一股温泉，缓缓地流入我的心田，感觉整个人都暖洋洋的。我们在帮助病人，病人也在关心着我们，这场战役，我们在共同战斗着。

当一天的工作结束，我疲惫地脱下防护服，里面的衣裤早已被汗水浸透。初春的夜晚，透着一丝凉意，我打了个寒噤，心想：可千万不能感冒，不能影响工作，因为病人还需要我们，这场战"疫"还没有结束！胜利就在前方！

史志雪，江苏省中医院，主管护师

2月28日 / 星期五

上午写了点东西，打扫卫生。接到通知下午4点开支委会，所以吃完午饭准备好好睡一觉。还是睡不着，莫非要成仙啊。晚上8点准时出门，汽车早已经等在那了，司机师傅待人很和气，让人感觉很温暖。两位帅哥医生都已经到了。考虑到我年纪比他们大，又是女同志，就让我先进病房。我们一组3个医生分别值12小时的班，4小时是在病房里工作，其余8小时在医生办公室。在刘医生的帮助下，我穿戴完毕防护用品。

我要进病房了，与白班的同事在病床边进行交接。

1床的大爷还是很累，觉得胸闷，喘不过气，但不断地说："谢谢你们来救我，谢谢你们！"我让他安静，不说话，其实监护仪上的血氧饱和度氧合还是可以的。

5床的奶奶比昨天明显好了些，经鼻高流量吸氧，呼吸不怎么急促，很安静。

10床的情况很糟糕，打着有创呼吸机吸着纯氧，用着升压药，期待奇迹出现。

14床镇静镇痛，每天俯卧位通气，有创呼吸机打着，生命体征平稳，应该很有希望能走出ICU。看着病人还相对稳定，去护士办公室查看病历。坐在那儿，我觉得呼吸费力，面部好疼啊，可能护目镜没戴好？这种感觉越来越强烈，我几乎觉得要坚持不下去了。一看时间才过了2小时。所以穿戴防护用品一定不能马虎，不能太紧也不能太松。太紧了勒得疼，时间一长难以忍受，在里面一点点小不适可能会不断放大；太松了可能会脱落，导致暴露。还没来得及继续体会这种不适，10床的心率慢下来了，赶紧抢救，并告知家属。经过处理，总算是稳定下来。同时我也找到了小诀窍，嘴巴动动，反咬合，可以改变受力点，缓解一下面部的疼痛。

4个多小时后刘医生来换班。完成交接班，全身被消杀班的护士妹妹喷洒消毒水，冷得瑟瑟发抖。脱掉防护服，换上外科口罩，感觉一下子呼吸顺畅，心情愉悦。

29日早上9点，我的夜班顺利结束。走出医院大门，听着鸟儿的脆鸣。真好，春天即将到来。期待自由呼吸的那一天。

龚健，启东市人民医院，主任医师

2月27日　/　阴天

今天是进入病区工作的第二天，8点从驻地出发，8点15分到达病区，第一件事就是穿防护服、隔离衣等防护用品。防护服有点小，总也包不严实，战友们想尽办法用胶带粘贴才算包裹严密。戴手套也费了老大的劲，三层手套勒在手上，感觉手指的末端都麻木了！

临近9点，进入楼上感染病区查房，密闭的防护服让人透不过气来，爬一层楼都有点喘气（病区共三层楼，没有电梯），今天在院患者共86人，必须一一查看！大多数人病情基本稳定，但我丝毫不敢马虎，尽量和患者多做交流（因为防护服偏小，担心防护不到位，感控专员要求我尽量缩短在感染区的时间），但我清楚这时他们最需要的就是关心和信心，哪怕多一句问候、一个鼓励的手势都能增加他们战胜疾病的勇气。

经过两次核酸检测、胸部影像复查及血液生化等检查对比，今天又有4个病人可以出院了。昨天一位病情不稳定的患者经过处理已经有了明显改善。身体虽然劳累，但心里挺有成就感的。花了两个多小时终于把所有病人查完。接下来是痛苦的脱防护用品的流程，每一个环节都来不得半点马虎，这不仅是对自己的保护，也是对身边战友的保障！又是半个小时，从感染区安全回到清洁区，由于闷热，身上的手术衣已经湿透了！

回到医生办公室匆忙套上来时穿的冲锋衣，立即和当地的医生交流查房情况，有几位患者我想给他们辅助中药汤剂治疗，另一位患者在西医治疗的情况下肝功能转氨酶动态升高，还有几个人因为紧张而失眠……遗憾的是医院不具备开展中药汤剂治疗的条件，也没有中药代煎设备和颗粒剂，只能使用莲花清瘟胶囊和统一配送的清肺排毒颗粒。与几位西医同仁交流了清肺排毒颗粒使用疗程的问题和注意事项。等其他队友也都忙好了，都快下午1点了。

由于没有进行全身冲洗，顾不上吃午饭就匆忙赶回驻地。按照感控规范更换衣服，清洁冲洗半个小时。驻地的饭点也过了，保障组预留了午餐在保温柜里，累了大半日感觉也没什么胃口。准备处理一下换下的手术衣，然后吃点泡面、水果打发一下。

躺到床上感觉腰特别不舒服，由于严重的腰肌劳损，我平时都带着护腰，为了进感染区穿防护服方便只能摘下不用。

眼前浮现来到黄石的第一天，我们带来了医疗、防护物资，为了安全起见，武警和公安亲自上阵，他们说："这些体力活，让我们来，你们好好休息，你们是来帮助我们的，湖北人民、黄石人民感谢你们！"一下子就让我们热泪盈眶。到达驻地，后勤保障也竭尽所能为我们考虑周全。

湖北的同志们已经在一线奋战了这么多天，他们没有叫苦叫累，想想黄石人民对江苏医疗队的感恩之情，我有什么理由松懈呢？今天经上级批准成立江苏援黄石医疗队第十五临时党支部,这个支部全部由南通驰援队员组成。一共13名党员,一名预备党员。党支部发出了"一名党员,一面旗帜"的战地动员令,号召全体党员充分发挥先锋模范作用和战斗堡垒作用,带好团队、冲锋在前,保持良好的战斗力和南通卫生人"责任、使命、担当、奉献"的精神风貌。作为一名党员,在这场没有硝烟的抗疫阻击战中更要冲在前面,牢记"医者仁心"就是我们的初心和使命!加油!

吕军,如皋市中医院,副院长

2月28日 / 星期五

今天我上的是感控小夜班，感控除了要做好病区的消毒工作，检查出入人员穿戴防护服的严密性外，还要医护协作，处理医嘱，与上护理班的护士沟通信息、协调工作，承担病人治疗用药的校对和配置，等等。为了使自己的工作做得游刃有余，了解患者信息就显得十分重要。因此，上班前我还是穿上厚厚的防护服到病房巡视了一遍。现在，当我脱下这身重重的"铠甲"，回到驻地时，已经凌晨1点多了，可我毫无睡意，在我的内心有一个深深的牵挂。一位年轻的母亲，和我相仿的年龄，总是安安静静地躺在那，知道我们工作比较艰辛，她总是自己做些力所能及的事，也尽量不打搅我们。有时，突然要咳嗽，看到我们在边上进行护理操作，她就使劲忍着，让人特别心疼。她说："你们这么远从江苏来到黄石给我们治疗，我特别感谢！今天左护士长和几位主任还带着鲜花和卡片来看我，让我感受到家人一般的温暖。"当我和她聊起家常时，她告诉我："儿子今年五岁多了，非常可爱听话，我很想他。"说着说着就禁不住流下了眼泪。是呀，孩子是母亲最温暖的牵挂，同为母亲，我感同身受，就一直鼓励她，为了儿子，一定要努力！一定要加油！并与她约定：等到战胜疫情，等到春暖花开，一定带着儿子到江苏南京来！

林宁，江苏省肿瘤医院，副主任护师

2月29日 / 星期六

来到黄石已半个多月，感觉时间过得飞快，每次跟女儿视频通话，总感觉她又长大了一点，不在身边才愈是能察觉这细微的变化。自己心理上也已从一开始的紧张不安转变为现在的从容淡定：未知的才会让人害怕。穿脱防护服也已日渐熟练，20分钟便能整装待发，只是这缺氧的大脑还是未能适应。

昨天是夜里0点到5点的夜班，早上7点多才睡，下午刚睡醒。5个小时的班，却比我平时的两个班都累。现在病房共有病人15人，重症12人，危重症3人，上着高流量呼吸机。其中有一个脑梗偏瘫的患者，无法交流沟通，生活不能自理，是我们的重点护理对象。该患者大小便失禁，虽然插着导尿管，却会经常拉在床上，每次我们都要给他擦身体，换床单被套，特别累，而且他也很不配合我们，经常把我们推搡开，把刚打好的留置针拔掉，护理工作难度很大。之前也联系过他的家属，想让他们送点尿不湿，但家属也在社区隔离中，没法送过来。得知这个情况后，我想反正自己的尿不湿也不用，就带去了医院。解决了这个主要问题，护理就方便多了。我们有空就拿着病房里的手机给他家属视频连线，每次视频连线完患者都能安静好一会儿，亲人的陪伴对他们来说真的很重要。今天下班群里刚得知消息，这位老爷爷要出院了，这还是我们科第一个出院的病人，我们的努力终究是有回报的。

前天转来了一个新病人，据医生说是一个可疑的"超级传播者"。凌晨4点我去测生命体征时，发现她一个人在偷偷地哭泣，看见我来了，情绪很激动地对我哭诉，说她对不起自己的家庭，对不起女儿孙女，把病毒都传染给了她们。她早年就离了婚，辛辛苦苦了一辈子，好不容易有个家了，结果却弄成现在这个样子。我听了后心里很难受，却又不知道怎么安慰她，只是静静地陪着她，我想这些事情不发生在自己身上是永远体会不了那种绝望的。对待这样的患者，我们有空闲时间就会找他们聊聊天，鼓励他们，给他们信心。我想即便时代的一粒灰落到他们头上成了一座大山，那我们这些愚公也会陪他们一起把山移开！

缪林忠，苏州大学附属儿童医院，主管护师

2月29日 / 星期六

今天是来黄石支援的第18天，回想这十几天来的生活与工作，感觉自己变得更强大，内心却更柔软了。

当我接到报名通知时，作为共产党员的我第一时间报名，因为我相信自己有能力也有义务为支援湖北尽我最大的努力。为了能够尽快进入隔离区开展我的工作，之前两天的院感培训我认真学习，回到房间反复练习。后面的工作中，我们和黄石中心医院的老师相互配合，相互帮助，病区的患者也都很配合我们的工作。每次看到他们对我竖起大拇指或者用一句柔弱的语气说出"谢谢"时，总有一股暖流涌上心头。现在的这个阶段，我们的班次与职责都已经井然有序，有时工作累了，我们队里也会不定时地视频连线互相打气加油。为了节约防护服，我们都选择下班后再吃饭，偶尔会错过饭点，队里的伙伴都会主动帮我打一份，并不断地提醒我测量体温、增减衣物等等。江苏家乡科室的同事听说我衣服带得不够，赶紧帮我置办然后快递寄给我。家人和朋友虽然都很牵挂我，但是好像都约好了似的，平时也不打扰我，生怕我休息不好。这一切的一切都让我觉得，我不是一个人在战斗，恐惧、担心、疲惫这些都难不倒我，一次疫情虽然阻隔了我们外出的脚步，却让我们彼此的心走得更近了。

晚上上班前同事帮我检查防护服时提醒我今天是四年一遇的日子，为了纪念一下这个特殊时刻，平日不爱拍照的我特意找同事帮我拍了几张穿着防护服的照片。四年后的今天我要带着我的家人重返黄石，感受不一样的黄石；四年后的我也必定会是一个更好的我，更强大的我。我相信在我们共同的努力下，春暖花开之时很快就要到来。加油黄石！加油湖北！加油中国！

陈剑超，江苏省肿瘤医院，护师

2月29日 / 星期六

黄石市阳新县人民医院。我一辈子都不会忘记今天这个日子，不是因为它四年才有一次，而是因为有了今天的经历，让我切身感受到呼吸新鲜空气是多么值得珍惜。

今天是12点至下午4点的ICU班次，可能是因为凌晨3点才结束前一天的工作，又早起做好准备工作，休息时间不足的原因，在我换好隔离衣准备进隔离区的时候就觉得气喘、胸闷不适。本想休息一会儿再进去，可是一想到里面的护士姐妹们已经奋战多时，还是一咬牙准时进入ICU，进行交接班。

这时，一位90后队友告诉我，她胸闷，不舒服。我对她说："你站到窗口休息一会儿，我来，如果还是不行，就马上告诉我。"简单交代几句，我便去工作了，其实这时的我也是非常不舒服，胸闷、反胃、恶心，明显感觉心跳加快，呼吸急促。可是病人需要我们，我放慢脚步，尽量调整呼吸，让自己慢慢适应。

这个时间段的工作是给病人发饭、喂饭、喂药、翻身、拍背、擦洗、换衣服和做各项治疗，其间，有几次胸闷、窒息到我感觉快要不行了，想立刻撕开防护服，拿掉口罩，不管会不会被感染，我要呼吸空气，但大脑的潜意识告诉我：不行，病人现在需要我，我还有家庭，还要回去和他们团圆，我答应我的妈妈回家给她过60岁生日，我不能有事，一定不能！于是我慢慢地移到窗户边站着，由于防护服密不透风，其实感觉不到窗外一丝的空气，只能调整呼吸，让自己慢慢平静一下，再接着工作。我的队员稍微好一点就来帮我一起做，受不了就又站在窗边自我调整，歇一会儿再继续工作，这样的过程经历了数十次。我的衬衣早已经湿透了，头发上的汗水滴到眼上，眨眨眼睛继续工作。

下午3点，那位90后小伙伴已经到了坐在那一动不动的疲惫加不适的状态。我让她先出去，她却不肯，说自己还能坚持，但我还是把她劝了出去。

快要交班的时候，对讲机传出指示，一位病人需要做CRRT（连续肾脏替代疗法）治疗，接到任务，我开始做操作前的准备。由于下一班的护士对流程不太熟悉，我帮她一起上机，告知相关注意事项和关注的重点。

下午5点，终于下班了，当我脱下口罩，呼吸新鲜空气的那一瞬间，如获重生的感觉油然而生，我一下子瘫坐在地上，任由泪水夺眶而出……

脱掉防护服的我可以感慨，可以发泄；穿上防护服的我必须坚忍，为自己加油。不仅因为我是当班的护理组长，更因为我是一名抗疫战士。

高寿娟，淮安市洪泽区人民医院，主管护师

3月7日 / 星期六

当我在写这些文字时,我已然泪湿眼眶,因为今天是我的生日,是我有生以来过得最有意义的一个生日,终生难忘。

昨天的夜班,依然十分劳累,完成了各项工作,换衣离开医院,回到酒店已经是上午10点。洗完澡,吃了几口小伙伴帮我准备的早饭,就瘫倒在了床上。这时候才有空翻看手机,哇,好多的人头闪烁,好多的祝福,好多的红包!我的生日呀!看看这幅生日蛋糕画,是我的小丫头画的,虽然形状不规整,但颜色鲜艳,呼之欲出,甜甜的,暖暖的。眼睛有些湿润,好想念女儿和儿子,好想念家的感觉。一丝伤感中带着满满的幸福,可是实在太困了,我很快就睡着了!

下午2点,小伙伴秋燕冲进来,说是去拍照片。困得不行,只好起来,昏昏沉沉地下楼。刚走到大厅,望见一排工作人员站在大厅里,似乎有什么重要活动。这时,酒店经理走上来递给我一封信笺,一个小哥哥送上来一束鲜花,一个小姐姐缓缓地推来一个蛋糕……不会吧,这是为我准备的?忽然想起这几天的不一样,昨天夜里我从房间里出来,刚到酒店门口,就过来了个酒店工作人员跟我打招呼,问我怎么这么晚还没有睡觉,我回答说今天夜班。因为班车还没来,我们就在酒店门口交谈了会。"您是

129房间的吧？"这句话让我愣了半秒，"对的，你怎么知道的？"难不成他还能记得每个房间的人长啥样？我心里嘀咕着。"是这样的，我们领导特意关照我，明天想跟您见个面，所以我就特别留意您的外出动向，您明天几点下班？""早上大概9点回来。""好的，那明天等您。"我瞬间明白了。

当生日歌响起的时候，我的眼泪就在眼眶里打转了。我的感动不仅是因为这样的场面，更是此时此刻的黄石，仍然处在封城的状态下，大家都格外谨慎小心，心情也都格外压抑，而为了我，一名来自江苏的护士的一个生日，他们精心准备，不知道跑了多少地方，买来了蛋糕和鲜花。我感动于他们在我这个陌生人身上所付出的真心，也感受到黄石人民给予我们莫大的关心和支持，他们用行动来诠释对我们的真情，这是我待在这边这段时间能深刻体会到的。

我的感动还有在黄石的那么多的日日夜夜。在班上，我们团结合作，为治疗病人，做好每一项细节性的工作，希望他们早日康复。患者每露出一个笑容，都是对我们最大的安慰和鼓励。他们出院时，都不会忘记对我们表达真挚的感谢。每每拖着疲惫不堪的身体回到酒店，躺在床上，想起一张张期盼的面容，一个个生命之托，都觉得一切值得。

一个特殊的生日，感动，铭记终生。

杨平玉，南通市第一人民医院，主管护师

3月8日 / 星期日

今天是国际妇女节，一醒来就收到很多祝福。早晨还是天气晴朗，还没到中午就下起了大雨，天空也是灰蒙蒙阴沉沉的，犹如这沉重的疫情。今天ICU本应有2名患者治愈出院，再加上过节，觉得是一个高兴的日子。可29床患者突然发生病情变化，精神烦躁，呼吸急促，氧分压掉到60mmHg，立即给予高流量氧疗，紧急进行CRRT（连续肾脏替代疗法）治疗。由于病人烦躁，治疗过程不是很顺畅，需要不断安抚患者，在床边一直握着病人的手防止管路意外脱管。同时还需要根据病情不停给予用药、采血、查血气等。一个班次下来，浑身都湿透，精神也是高度紧张，宛如打了一场仗。幸好通过及时救治，病人的生命体征、氧合指数得到改善，一天天好转。真心希望他们早日康复出院，不再遭受病魔折磨，让他们脸上绽放笑颜，让这乌云早些散去，明媚的阳光照进来。

傍晚回到驻地宾馆赶快冲个澡，没来得及到餐厅取餐，赶忙将今晚的周例会汇报内容理理顺，准备好从哪几个方面汇报当前进行的工作，同时提出下一步的计划。都是目前的主要工作，汇报内容很充分，得到医疗组的肯定与认可。会议结束已9点，赶快确认明天29床患者是否继续做CRRT治疗，得到确认回复后便安排明天上机CRRT护士值班。

回到宾馆房间后得知15床92岁的老婆婆核酸检测转阴性，队员们都很高兴，就像是大家中了一个大奖，看到群里一片欢呼，我激动得哭了出来。真是不容易，这一个礼拜的付出终于有了回报。从我们进驻ICU后，便得知她是一位"超级传播者"，她一家有4口人被感染，复查了多次核酸检测仍是阳性，因此护理组特别关注老婆婆的基础环节管理，做好婆婆的个人卫生，帮她洗脸、漱口、泡脚、梳头，把医疗队发放的衣服送给婆婆更换，带好吃的点心给她，把药物研磨后放在饭菜中服用保证用药到位。在我们的不断努力下，婆婆渐渐配合了，一天天好转起来。

将今天开会内容在群里转达并布置了明天的相关工作，待洗好衣服后已是半夜，才想起今天的晚餐还没吃，听着外面的风声雨声，甚是想念家乡的亲人。今天妹妹在语音里留言："姐姐，今天从微信里看到你们的视频，感觉你瘦了，脸都小了。妈妈看了哭了很久，你没有时间不要回复我，一定要照顾好自己，保重身体。"是啊，每天早上6点起床，7点到医院，中午在医院吃盒饭，晚上将近6点下班回到宾馆，洗衣服，消杀房间，回复各个群里的通知信息，总是将家人的问候放在最后，甚至一忙都忘了回复。每天感觉时间不够用，虽然也感到心里很累，但到了医院好像又满血复活。在这寂静的夜里，对着漆黑的夜空，想对我的家人说一声：请你们放心，我会保重自己，一定平安归来！想你们！

朱安华，兴化市人民医院，副主任护师

3月10日 / 星期二

转眼我们来湖北黄石已经一个月了。

我所在的是黄石中心医院ICU，医院开辟的新病区，主要集中收治新冠肺炎的危重症患者。

今天提前1小时抵达科室，戴2层口罩、3层手套，穿3层衣服，全副武装，密不透风，才进去红区。此后我们就是"特种兵"。时刻关注患者的生命体征、病情变化。从翻身拍背，到打针发药；从端茶倒水、喂饭、帮助大小便等生活护理，到心电监护、输液、吸痰、呼吸机等专科操作；从垃圾清理，到物体表面消毒，我们都要亲力亲为。平时得心应手，但在穿着厚重防护服的情况下，工作难度增大了很多。

新环境，新设备，新系统。呼吸机、血滤机品种都跟自己单位有所不同，因此在护理好病人的同时还得去熟悉病房每个医疗仪器的使用情况，做到心中有数。防护服内湿透的衣服就权当自然减肥；口罩勒得耳朵疼，护目镜压得鼻梁和脸疼，一个班下来勒出的印子或许有点影响颜值，这些早已习惯。

一天天下来，从刚开始的忐忑，到如今的从容，虽然每天都很辛苦，但收获的其实更多。部分意识清楚的患者在看到我们这些来自江苏的医护人员，经常会给我们鼓励，每做完一个操作都给我们竖起大拇指。

如果说ICU是球场里的"守门员",那身处最前线的护理同仁们就是球场中的"前锋",勇往直前,不辱使命,转身、带球,保持敏捷的门前嗅觉,为胜利的进球时刻准备着。

从原来4个病人,到高峰时的15个病人,到现在的6个病人,每当病人接二连三地转出,大家都无比欣慰,觉得一切付出都是值得的。

下班时楼下的保安大哥会跟我们唠叨几句,他总会说:"你们都是来自江苏的,你们都是好人哪,谢谢你们来帮助我们,谢谢你们,有机会我一定去南京总统府看看。"朴实的话一下子就温暖了我的心。

现在我能感觉到春天的气息,无论是气候上,还是疫情控制上。不久的将来,我们就能一起到磁湖旁去看樱花,约跑一圈磁湖。

郭亮,南京医科大学第二附属医院,护师

3月14日 / 星期六 / 晴

今天很难得，阳新没下雨。我们医疗队流行病学调查疑似组一行4人开始了新的工作，帮助当地的医院做复工前的感控评估，并提出整改意见，这项工作要持续到17日。相比于ICU的护理任务，感控风险排查责任更大。首先自己要吃透标准，再带着"侦察兵的眼睛"去发现，生怕漏掉一个隐患。县一级医院还好，目前需要重点评估的是乡镇一级的。预检、分诊、病房、陪护……都要排查。一天看下来，我们初步建议，有条件的可以整改，但有些乡镇卫生院通风、卫生状况很难达标，整改也难，还浪费时间和资源，建议他们只收普通病人，预检出来的发热病人送县里医院，这样可以降低风险。今天一口气跑了4个乡镇，中午饭在乡镇简单吃点又继续干。乡镇比较远，有的开车要一个多小时。虽然有点累，但看到胜利在望，阳新县已经快20天没有新增病例，复工复产陆续展开，大家都感到很欣慰。想起一个月前，刚来时心情是那么忐忑，现在所有重症病例全部转阴，总算是交上了一份漂亮的答卷。

出征前，全国各地已经有好多医疗队支援湖北了。当时我从新闻上看到同行们出征，每次都能看哭。没想到，后来自己也上了前线，现在觉得这个决定还挺勇敢，也很正确。作为一名年轻的护士长，我的优势就是精力好，能吃苦。进 ICU 连续上 12 个夜班，累并坚持着。因为上了抗疫战场，就必须成为一个全能护士。ICU 里，要能进行常规静脉治疗，操作心电图，采集动脉血，操作透析机做 CRRT……有些以前没有接触过，就边学边做，压力很大。不过再大的困难，咬咬牙都能挺过来，因为知道，前方等着我们的，一定是胜利。能看到目标的苦，都不算苦。6 岁的女儿头一次离开我这么久，虽然天天念叨妈妈快回家，但也常常懂事地补一句：打败所有病毒，妈妈你再回来！

现在阳新疫情已经缓解，但我们还没撤。因为有一批转阴的病人，有基础病需要治疗。有位病人是尿毒症患者，转阴后，需要继续透析，我们把这些任务也接了过来。让阳新当地的医护们休息一下，我们再顶一阵。不全胜，不收兵！承诺的，就一定要做到。在这里的一个月，当地人真的什么事都能想在我们前面，让人感动。那天要出门买袜子，一位工作人员连忙上前拦住："您有需要告诉我，我去办！"原来，当地政府办的工作人员一直守在这里。大家行李多，想打包一批先运回去，但液体等物品太多，不能空运。当地邮政部门立刻派人带了很多纸箱，帮我们打包陆运。刚来时，大冶市市长送了不少慰问品来阳新，因为听说我们是江苏大丰来的，而他曾经在大丰挂过职，他说："第二故乡来支援队了，很亲切，很感动，一定要来慰问！"

人的缘分真是奇妙，我曾经不知道中国有一个城市叫黄石，黄石还有一个地方叫阳新。如今，生命里多了一个特别的所在。这里的人，这里发生的事，应该终生难忘吧。

我们和当地的医生护士也成了好朋友，大家相约，等疫情过去，他们来大丰玩，我再回阳新看一看。毕竟这里的山山水水，我们还没细细看过呢！

柏静，盐城市大丰人民医院，主管护师

3月16日 / 星期一

今天是我们来黄石的第35天，病房的病人数降到了个位数，抗疫也快接近尾声了，回家的脚步也越来越近了。通过这一个多月大家的共同努力，看着危重症病人渐渐转为轻症，再到出院，大家都很欣慰，每个人的内心也像春天一样明媚起来。越到最后，内心越不免有些留恋了。

今天要值夜班。早起去打了个早饭，天气还不错，外面的小鸟叽叽喳喳地叫个不停，我决定出去走走，沿着酒店旁边半开放的磁湖走走，用手机记录下这边的美景，记录下这段"特殊时期"我和战友们奋斗过、生活过的地方，心留美好！如果不是疫情，磁湖边这个时候一定是人来人往，大家三五成群谈笑嬉闹，拍照留念，或是驻足欣赏已经开了一小片的樱花、桃花、迎春花……然而现在这里的人们还没有完全"解封"，人与人之间联络，大多只能通过手机来维系。不过我深信大家"团聚"的日子越来越近了，到时可以面对面来个大大的拥抱，一切美好都会如期而至！

回想这30多天来，几乎每天都会有令我感动的人和事。听到最多的最动听的就是病患们说的"谢谢"两个字。前两天病区有个爷爷自己下床去打开水（患者病情重，有的无法下床，而且地面上都是消毒水，规定我们帮助病患打开水,也防止跌倒摔伤),被我看到后,我问他,你怎么自己去打开水啦,你应该喊我们的呀!他立马作揖:很感谢很感谢,你们已经很辛苦了,我最近身体好多了,我能自己做的,尽量自己做!接班时两个老奶奶正在办理出院手续,等着社区来接她们去隔离点继续隔离14天,其中一位奶奶突然用卷纸把手裹起来,走过来拉着我的手说,谢谢你们呀,太感谢啦,你们像亲人一样照顾我们,我们不会忘记的!真的很开心很感动,奶奶还记得特殊时期尽量保持一定的距离,采取防护措施跟我们握手道别!护目镜下我的泪水又在打转了。"有时治愈,常常帮助,总是安慰"在这里发挥得淋漓尽致!我们的每个日常操作,都会让患者心存感激,而他们的每一个举动,也同样让我们心存感动!这么多天,有太多令人感动的事,我要好好用心记住这些美好!

居雅蓓,南京市儿童医院,主管护师

3月16日 / 星期一

今天是我来黄石的第35天，新冠肺炎新增确诊人数从我们初来时候的一路攀升变成持续多日为零，越来越多的病人治愈出院，疫情似乎已经接近尾声。我所在的病区还有三个病人，院外的好消息不断传来，这三位病人的心情也越来越好，对于康复的信心越来越强。其中有一位确诊患者，刚开始发病比较重，在黄石市中医医院住院治疗了一个多月，转到黄石中心医院，又治疗了20多天，因为基础病太多，恢复比较慢，刚开始稍动即喘，不吸氧指脉氧只有85%，他总是不说话，脸上也没有什么表情，只是呆呆地看着病房里的天花板，也许那个时候他对生不再抱希望了。随着治疗的推进，医务人员的精心照料，加上一点点的心理疏导，他慢慢地开始说话，有些笑容。近来出院的人特别多，而且关于防控的好消息不断传来，每当我们告诉他好消息，他眼睛里总会闪着亮光，还要在嘴里叨咕几句，然后开始笑起来。现在跑步都不喘，指脉氧可以在95%，复查胸部CT肺部病灶有所吸收，最近终于可以考虑出院了，知道这个消息的时候，他坐在那里笑了一阵，又笑了一阵……

还有一位确诊患者，已经无任何症状，但核酸仍是阳性的，暂时还不能出院。还有一位患者在治疗新冠肺炎的过程中，出现了急性脑梗塞，导致右侧肢体偏瘫，并有抑郁现象，我们每天查房都会打印一张纸，读给他听，让他好好吃饭，适当活动肢体，给他治疗的信心；同时，当地医院康复科每天都会来给他做康复治疗，现在患者右侧肢体已经可以稍微活动，并可以在医护人员的搀扶下下床了。他们也一样，虽然住着院，但总是有说有笑，不仅与医务人员，他们相互之间也建立了非常亲密的关系。我在想人之所以能够坚持，是心怀希望，没有希望是他们心里最大的疾病，而医务人员的持之以恒和抗疫捷报就是他们的希望。现在他们脸上的笑容越来越多，眼里的希望之光越来越浓，他们知道抗疫胜利就在眼前。

为了保持他们的希望，我会坚守不退，哪怕病房里还剩下最后一位病人，我们不会放弃任何一名患者，做一名为他们点亮希望之光的有温度的医者。

刘平莉，徐州医科大学附属医院，副主任医师

3月17日 / 星期二 / 晴

最近黄石市妇幼保健院隔离病区患儿相继出院，数量减少，我们将工作重心转向了基层。乡镇卫生院发热留观病人中，儿童占比较大，那边也非常需要我们。最初，我参与发热巡查小组对各乡镇卫生院的发热留观病人的巡查工作，后来发现太子镇卫生院儿童患者较多。于是，我改为蹲点太子镇卫生院，梳理患儿的情况，争取在基层把感染的源头控制住。

最近黄石的情况一天比一天好，我和队友们都感觉归期越来越近了。这个时候，开始感觉到对黄石人、对在同一个战壕里战斗过的战友们有些不舍。特别是黄石人民，他们的热情、直爽和质朴，令人难忘。

每天去蹲点，太子镇卫生院非常热情，专门派车来接送我们。遇到卡口时，司机在出示通行证时往往会说，车上是江苏医疗队的。听到这句话，卡口的同志立即放行！每每这时，我心里总是美滋滋的。黄石人对我们好，我们也用更加努力的工作回报他们。看到卫生院有物资紧缺的情况，我和队友们把自己攒下来的个人物资拿出来，送给他们。

记得在黄石市妇幼保健院隔离病区工作的那些日子，我们的防护服每天都被当地的护士画上可爱的漫画，写下加油的字样。这件事，渐渐成为我们上班前的一种"仪式"，它让这份工作充满了童趣，也让身上的这身防护服不再冰冷。

有一次，护士长在我隔离服上画了一幅《我与病毒掰手腕》的漫画，这幅漫画被同事们拍下来发到朋友圈，也被媒体转发，成为流传甚广的一张照片。我自己也很喜欢这幅画，我想，在这场掰手腕的比赛中，我们一定是胜利的那一方。

来黄石35天了，7岁的儿子一直在默默地支持着我。他性格内敛，像个小大人，嘴上不说想我，却经常给我打视频电话，关心我的近况。最近这段时间都是老公在带孩子，辅导孩子学习。这一段时间父子俩长久相处，对两人都是一种锻炼。分离时更懂得亲情的可贵，这对我来说又何尝不是一种收获呢？

这次来黄石参加抗疫工作，对我来说是一次难忘的经历。在这里我收获了队员们团结友爱家庭般的温暖，收获了当地医护的肯定和友谊，对自己更是一次心理和身体的磨炼。疫情的阴霾终将过去，希望一切安好。

顾海燕，南京市儿童医院，主治医师

3月17日　/　星期二　/　晴

今天是我们江苏省国家流行病学调查排除和巡回督导队一行5人援助黄石满月的日子，回想这30天的点点滴滴，有初来乍到的彷徨，有辛苦工作的汗水，有遇到困难时的无奈，也有疲劳时在车上的瞌睡，有雨后泥泞的乡间小径，有披星戴月的晚归路……但更多的还是工作顺利推进，疫情得到有效控制时的喜悦和同事战友以及陌生人对我们的关心和帮助。黄石这座美丽的城市，在我们的心里已经深深地扎下了根。

刚到黄石的第二天，我便被安排到黄石市开发区·铁山区开展流行病学调查工作，在这之后的一个月中，这里便成了我发挥光和热的战场。在这个战场上有两场惊心动魄的战役值得记忆。一个是铁山区某筒子楼疫情暴发，由当地社区工作人员作为"无头冤案"提请流行病学调查组协助调查，社区工作人员经过调查始终无法确定楼内第一例确诊病例的传染源。我们到达现场后，通过走访楼内住户，摸排病例居住位置，结合楼外确诊病例信息，最终确定传播链可能与楼内公共厕所有关，并立即连夜指导楼内居民迁至隔离点进行集中隔离，使疫情得到有效控制。另一个是开发区某村疫情暴发，由于前期疫情防控松懈，措施不到位，该村短期内连续出现多例新冠肺炎确诊病例，引起黄石市新冠肺炎疫情防控指挥部的高度重视。我们流行病学调查组克服重重困难，全面进驻，连续多天，通过查看台账资料，实地调查走访，面对面询问村民，绘制疫情暴发地图等方式，确定病例之间的脉络联系，仔细排查每位病例的密切接触者，切断可能存在的传播途径，为疫点的防控提出有价值的意见建议。

紧张的工作之余也有一些感人的小事和诙谐的场景让人记忆犹新。有一次晚上我们结束工作步行回酒店的时候，偶遇一位黄石志愿者出租车司机，当看到我们身上穿着"江苏卫生"的应急队服，他把车停在路边，与我们攀谈，并拿出当地土特产，表达他的谢意。还有一次我们在铁山区铁山街道办事处指导当地疫情防控工作时，一位工作人员在走廊也是看到我队服后面的"江苏卫生"几个字，硬是拦下我，很认真地对我说"谢谢你们"，还给我们送了橘子，让我们顿时心里暖暖的。走在黄石的大街小巷，随处可见各种疫情防控宣传横幅，内容诙谐有趣，可以看出当地民风淳朴，且积极向上。

一眨眼，已经来到黄石1个月时间，如果你问我想不想家，答案是肯定的。前天早上圈圈突然给我留言说她昨夜里想我都想哭了，一向自诩硬汉的我鼻子也不由得一酸。最近，黄石的花都开了，黄石的疫情也已经进入相对平稳的阶段。当地的工作重点逐渐从疫情的防控向"分区分级、分类分时"有序的复工复产方面转移。但是，大家始终铭记"不夺全胜，决不收兵"的口号，在自己的岗位上尽心尽力，为黄石防控战争的全面胜利献出自己的一份力。

袁帅，扬州市疾控预防控制中心，主管医师

3月18日　/　星期三　/　晴

昨天，阳新县人民医院最后一批确诊病人出院了，新冠肺炎患者实现全面"清零"。核酸检测已经连续好几天没有阳性了，这真是好消息。

疫情发生以来，病毒核酸检测引起大众广泛关注，早一点检测核酸明确病例，就能早一点正确处理病情、防控蔓延。自1月31日起，我便在核酸检测一线，在一份份取自疑似病人的咽拭子标本中寻找病毒，并早早报名做好了支援湖北的准备。在江苏支援黄石医疗队进驻阳新县人民医院一周后，领队李小民书记发现当地医院核酸检测量大，检测人员严重短缺，向前方指挥部建议增派一名检测人员。于是，2月19日下午接到通知的我，次日一大早便从连云港坐车到盐城，从盐城乘飞机到武汉，又从武汉赶到了黄石阳新县。

核酸检测在这次疫情防控中非常关键，是诊断依据，也是病人出院的重要标准之一。做核酸检测，必须有临床检验中心颁发的检验资质证书。培训、考核、实践等都过关才能拿到资质，因而技术要求非常严格。

在实验过程中，我面对的不仅仅是一个个标本，而是标本后关系到的每一个患者、家庭乃至社会。因而核酸检测的每个步骤都很关键，都可能影响质量。比如标本震荡混匀不充分或者加样不准确等都可能出现假阴性或者假阳性。必须排除一切可能影响病毒检测的因素，不放过一个病毒也不能错判一个患者，谁让我们是这场战役中的"侦察兵"呢？为避免假阴性而导致可疑患者漏诊，到阳新后我便分两次给本院及县其他采集点相关人员进行了培训，采集人员一定要规范留取标本，比如一定要采集到部位，采集前最好让病人漱漱口，避免影响标本，采集时的手法、力度、容器等要规范。实验中，每步都必须把好质量关。在严谨规范操作下，阳新这边核酸检测假阴性率及出院患者复阳率一直很低。

到今天，我在阳新已经检测了近5000份核酸标本。随着当地医疗秩序的逐渐恢复，一些身患其他病需要做手术的病人，在手术前必须做核酸检测。我们每日的检测量在因新冠肺炎病人减少降低了几天后，这两天又多了起来，虽然每天检测量都在200份以上，但是，阳新的春天已经到来。

赵绍林，连云港市第一人民医院，主任技师

3月27日 / 星期五

今天是我支援黄石的最后一天。离别之际，我想对黄石道一声"谢谢"。这一个半月，我在黄石收获了太多感动。

一位普通的黄石人，让我感动。到达黄石后，医疗队几名女同胞想到，穿上防护服工作遇到经期很麻烦，甚至可能造成感染。大家决定买点药吃，推迟经期。人生地不熟，我们也不知去哪里买。我就联系在黄石的朋友，但她居住的小区封闭了。朋友推荐了一位刘师傅的电话给我，让我找他试试看。刘师傅确认药名和地址后，二话不说，很快帮我们买好药送过来。我们来得匆忙，生活用品没准备齐全，我们又请刘师傅帮忙买了些日用品。他把东西送来后，坚决不肯收我们的钱，还送给我们两袋黄石港饼。

一封来自隔离点的感谢信，让我感动。我参加医疗队基层巡查组，到隔离点、留观医院巡查。在锦纶饭店隔离点，袁先生与他的妈妈、一个姐妹都在隔离。他妈妈很焦虑，我为老人做了心理疏导。老人血压高，我们同去的医生给她会诊、开药。袁先生有一个病想看一下，我就把他的情况发给江苏省人民医院的专科医生，为袁先生远程做了一个医疗指导。在我看来，这都是很小的事情，没想到他还专门写了感谢信。

一片盛开在酒店的郁金香，让我感动。3月7日，我们下班回到驻地磁湖山庄时，看到大堂里突然多出一片盛开的郁金香。原来，它们是黄石日报社和黄石园博园送来的妇女节礼物。晚饭后，我们来自江苏省人民医院的6个姐妹，一起跳"手语舞"。我们反复练习，忘了一天的疲惫。这支舞蹈的名字叫"听我说谢谢你"。妇女节，我们在朋友圈里转发这段舞蹈视频，除了祝女同胞们节日快乐，也是向所有帮助过我们的人表达谢意。

黄石山水美如画卷，黄石人民淳朴善良，难忘那些帮我们搬运物资的志愿者、送我们上下班的司机、嘘寒问暖的驻地工作人员……

除了黄石人民，后方亲人也带给我深深的感动。有一次，我给在汪仁医院住院的一个小男孩送了一幅描绘春天的画，他很开心。我把这事发朋友圈后，在南京做志愿活动时认识的朋友就联系我，说要请南京小朋友们手绘卡片。没多久，我就收到23名南京小朋友手绘的40多张美丽卡片。我把它们挂在几个医院的病床前，贴在驻地的爱心墙上，还送了些给黄石当地的医护人员。让孩子们手绘的春天，给大家力量、信心！

当然，我的单位——江苏省人民医院也很给力。到黄石后，我分在物资保障组。爱心人士捐赠的防护用品来自世界各地，单是N95口罩就有医用、工业用、农业用之分，再加上日文、英文、韩文……看得我眼花缭乱。我将各种物资拍照、做标记，发给我院感控科专家，请他们给予物资使用上的专业指导。

别人都说我们是英雄，其实我们只是挺身而出的普通人。我们的逆行，得到太多人默默的支持。今天，请让我道一声"谢谢"，谢谢你们的支持。黄石一战收获的感动，我将永远记在心中。

吴爱萍，江苏省人民医院，副主任护师

3月28日 / 星期六

  明天就是江苏援黄石医疗队第二批全体返苏的日子了。届时公安有安保任务,不能来送我们,所以今天一早黄石港公安分局柳政委提前来医疗队驻地跟我道别,并把他亲手写的书法作品"同饮长江水,永结战友情"送给我作纪念。

  过去的40天,能够和黄石人民站在一起共同抗击疫情,是我一生都将铭记的经历。在这里,开展流行病学调查,摸排密切接触者,巡查养老机构和精神卫生医疗机构,督导企业、酒店、预防接种点、办公场所、学校等的防控工作,所有的一切都离不开黄石人民的支持和配合。看着这座城市摆脱病魔的困扰,从萧瑟中慢慢苏醒,我感到无比欣喜。离别的时刻到了,千言万语化作一句:"黄小弟继续加油!苏黄一家亲,我们后会有期!"

    陈晓峰,无锡市疾病预防控制中心,副主任医师

4月3日 / 星期五

政府广场。

鲜花、掌声、欢呼声将我重重包围，记者的长短镜头将我团团环绕！我的心中澎湃着激情的潮水，口中却一句话也说不出来！英雄的待遇让我感动、感激，同时又很不安。亲爱的人们啊，我不过是做了我应该做的事，不需要给我如此高的待遇！日夜思念的亲人们，第一时间来迎接我，透过欢迎的人群和舞动的鲜花，此刻我终于看到了可爱的女儿们百灵鸟般向我飞来，妻子清瘦依然挺直的身姿和含泪的双眼。刚从 N95 口罩、护目镜和防护服重重束缚中解放出来的我，再一次感到呼吸的窘迫、视线的模糊……

感谢亲爱的记者，你们用镜头记录下感动的瞬间，记录下我们一家团聚的幸福。我最亲爱的妻子、女儿，鲜花要献给你们，是你们给了我放心的大后方，给了我面对死神威胁的勇气，给了我和时间赛跑、与生命接力的力量！此刻我平安归来，祖国和人民给了我如此高的荣誉，这是我们全家的光荣！感谢亲爱的妻子，你独自用柔弱的肩膀扛起了家庭重担，双方老人，两个孩子，自己的工作，一肩多挑，时时用心，处处妥帖！乖巧的瑶瑶，聪慧明理，慰我心安；娇俏的兮兮，妙智童语抚人心扉。你们的付出让我心无旁骛地战斗在疫情最严重的地方，让我用医者仁心的智慧和力量从死亡线上拉回了众多生命,让一个个家庭重获新生!

再一次感谢伟大的党,因为有党的领导,全国人民才有了主心骨!感谢人民,正因为你们的托举才让我们有力量坚定前行,义无反顾!

朱伯金,海安市人民医院,副主任医师

请战书

尊敬的院领导：

　　我们是徐医附院援黄石医疗队队员，在黄石奋战了近40天，现在处于隔离观察期。我们都会每天关注全世界的新冠疫情状况，了解到意大利是新冠疫情的重灾国家，死亡率目前居世界之首，他们医务人员短缺，故我们医疗队部分人员自愿请战支援意大利抗击疫情！望批准！

请战人员：刘平燕　徐萍　志芳利
　　　　　　林晨　孙志玲　韩倩倩
　　　　　　邓丽丽　吴婷　杨子霞

2020-3-22

一线心声

我们很好

2020.2.23 / 16:56

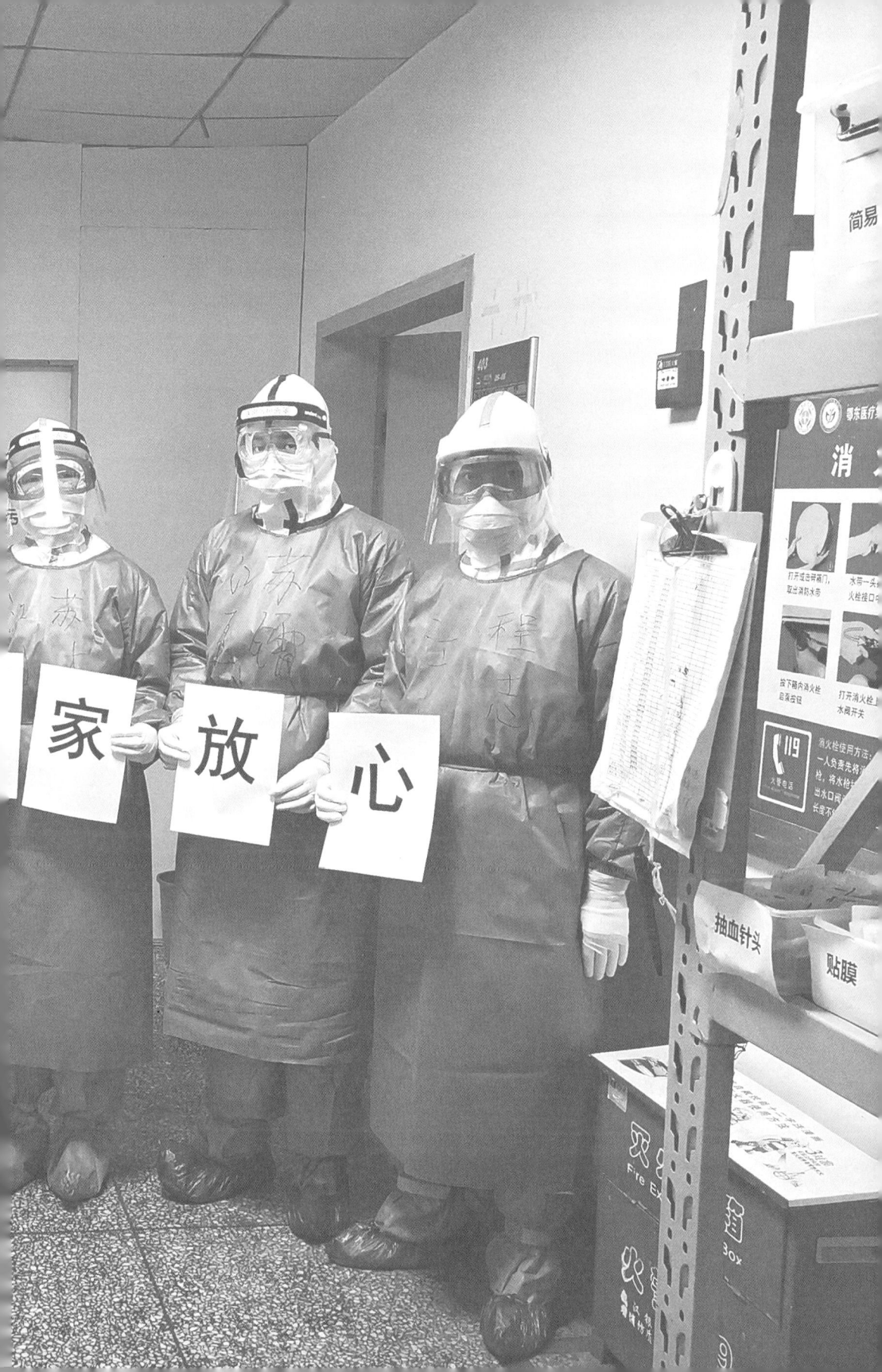

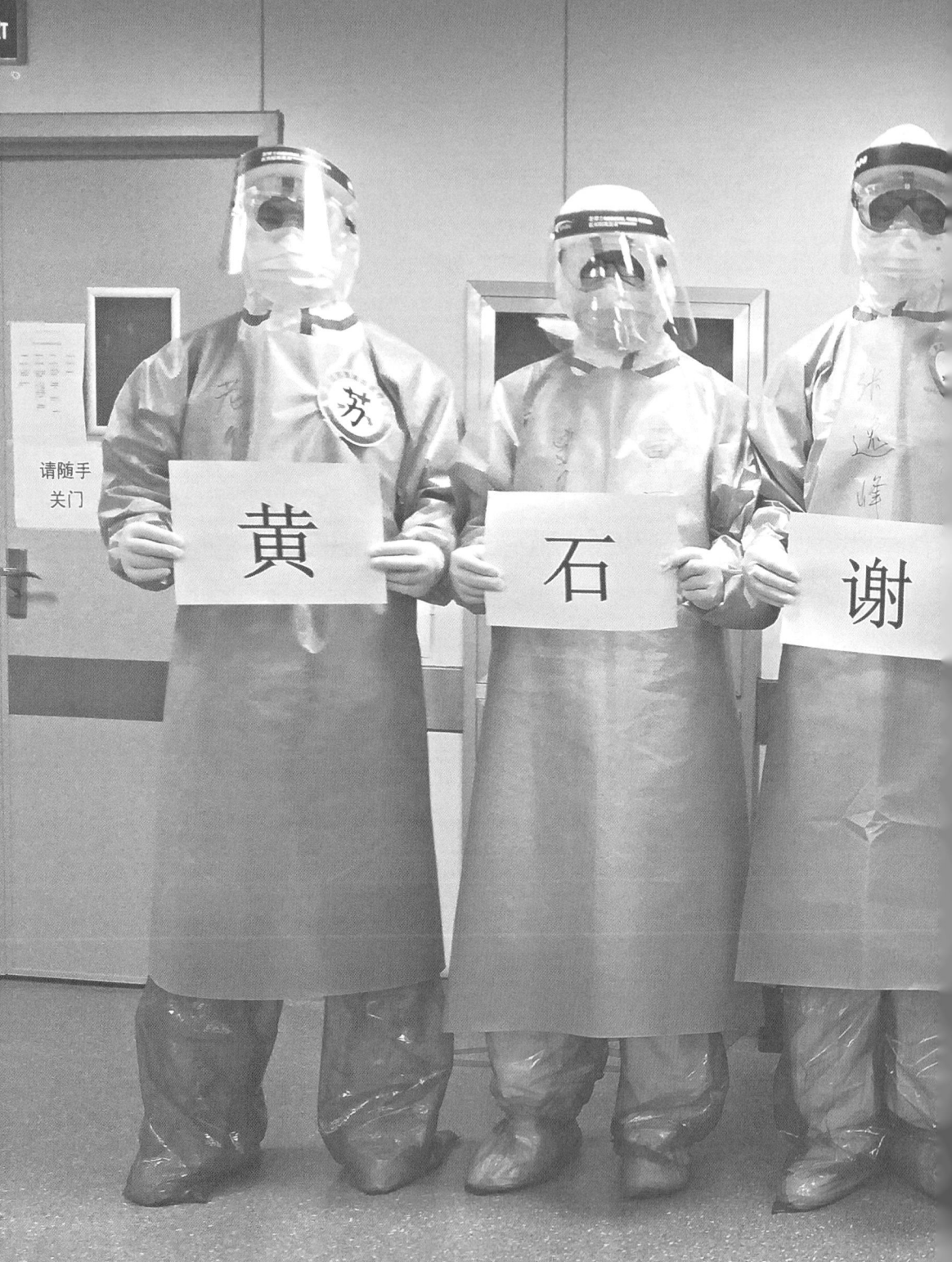

"花坚强"

> 陈娇，南京医科大学附属逸夫医院，主治医师

2月26日下班回到驻地酒店大厅，被眼前的景象惊呆了，只见满地的鲜花，顿时疲惫一扫而光。挑选好喜爱的花带到宿舍，找个桶，放好水，修剪好，呵护着。每天虽然繁忙，加班加点，生活作息严重不规律，但是花儿们在呵护下依然绽放着。一周后突然发现有一朵花被折断了，甚是可惜，灵机一动，找来胶带把折断的地方缠起来，耷拉的花朵又重新昂起了头，接下来这朵花竟比其他花朵开得更美，因此给它取名叫"花坚强"。17天过去了，同事们的花有的已经蔫掉了，有的成了干花，但是我的依然绽放着，包括那枝"花坚强"！

想想来到黄石的这段时间，遇到困难，遇到坎坷，心情跌宕起伏，正是因为抱有希望，有团队和领导的关爱，有小伙伴的互相鼓励，有后方的支援，才会充满继续前行的动力！我所在的中心医院ICU承担的都是黄石最危重的

患者，由于患者的危重症程度高，病情变化快，随时都要做好抢救治疗的准备，加班加点已习以为常，为了抢救患者常常穿着防护服连续工作8小时以上，但是只要对每个患者抱有希望，坚持下去，希望就在眼前！作为逸夫医院援黄石唯一的女医生，且为承担任务最重的ICU医生，坚信自己无论体力、精神和技能上都不会逊于男医生，再困难的环境，再高的操作风险，只要能救活患者都值得自己去努力，因为每一个生命都值得敬畏！我们不是在治疗一种疾病，而是在治疗一个患病的人。救治一个患者的同时也救治了他的家庭。医学和科学都是一门艺术，温暖、同情和理解可能比外科医生的手术刀更重要。无论生死，我们都要小心谨慎，以极大的谦卑来面对我们需要承担的责任，我们需要的是更多患者好转和治愈时的喜悦。

  胜利的那天，最终"花坚强"们和我们一起回家了！

师徒姐妹花 携手逆风行

> 陈小潍，南通市妇幼保健院，副主任护师

新年伊始，新冠肺炎疫情的发展趋势牵动着我们每一个人的心。面对充满未知的前方，面对被感染的风险，面对危重的患者，"救死扶伤"这一神圣"承诺"比以往更需要"勇气"去兑现。

我院派出的两名援鄂护士，是有着特殊关系的搭档——师徒档。我是师父陈小潍，重症医学科（ICU）护士长，徒弟徐梦瑶是 ICU 的一名护士。我们俩的缘分还要从 2012 年说起。当年，徐梦瑶在南通大学附属医院实习，我是她临床实习时的全程导师。后来我调动到南通市妇幼保健院工作，正好徐梦瑶又应聘到这家医院工作，我们在妇幼不期而遇。一年前她主动申请到 ICU 来工作，从此，我们真正成了师徒档。听闻抗疫一线缺乏重症方面的护理人员，我们师徒不约而同地选择了主动请战，成了驰援黄石的师徒档。

到达黄石后，我们迅速投入"战斗"。面临着新的工作环境、特殊的患者，这让我对徒弟是否能快速适应工作有些担忧。为此，我每次下班后，都会在徒弟的门口询问她的工作情况，了解她的心理状况。上班时"全副武装"检查合格后方可进病房，一般7~8小时无法进食、进水，无法上厕所。一个班下来衣服里都是汗水，护目镜里都被汗水的蒸汽笼罩，这是我们在黄石工作的日常状态。在防护服里缺氧的状态下，还需对危重患者实施各种抢救治疗措施，定时给患者翻身、拍背吸痰、俯卧位通气等等。其中俯卧位通气是最难的操练了，尤其是给肥胖的患者实施俯卧位那就是难上加难。有时我们会因缺氧出现恶心、呕吐症状，为了不增加队友的工作量，不浪费防护服，吐了就咽下去，实在坚持不住就吐在防护服里面一直到下班。有一次，我看到徒弟在战地日记中写道：在这抗疫前线，我真的毫无形象可言，没有了发型，也无心去装扮自己，只愿疫情早退，我们平安返回。我看后一阵心酸，安慰她："此时的你才是最美的，我们一定也是最美的师徒！"我们都是女儿身，我们也爱美，但为了疫情，我们不惜剪去自己的秀发。驰援黄石一个多月，我们一起学习，互相加油打气，将压力化为动力，共同携手在湖北黄石守护病人，和疫魔战斗。

随着黄石疫情防控取得阶段性胜利，我被调到"基层医院指导组"工作，这对我来说再次面临新的挑战，肩负的责任重大。徒弟特地给我打来电话说："师父，基层工作情况复杂，条件比较差，任务也很艰巨，你一定要做好

防护,你答应我的,我们一定要做返回时最美的姐妹花。"我当时一下子湿了眼眶。3月8日那天,有心的徒弟特地编织了花环送我,陪我去楼下散步,给我带来了很多感动和坚强的力量。

如今,我们师徒已平安返回美丽的家园,愿师徒俩所有的付出都能换来患者的健康幸福,我们继续携手,共同为重症患者保驾护航!

泪辞黄石

> 柏振江,苏州大学附属儿童医院,副主任医师

仿佛一场梦,
梦里黄石翠绿生,
生死无常只一瞬,
瞬时危难同胞撑。

有一种感激,
如果不是直面生死的磨难,
就不会发自于肺腑。

有一种感动,
如果不是忘记生死的亲历,
就不能体会其真切。

有一种价值,

如果不是拼尽全力的争取,

就无法感触其珍贵。

来时,一腔热血,一夜成军,

去时,一路不舍,一生怀念。

无论身在何处,

都有一种心灵的感动,

都有一种家的归属。

因为身后,

有不离不弃的同胞,

有"一方有难,八方支援"精神的传承,

更有不断发展、繁荣昌盛伟大祖国的依托。

游走在生死之间

> 毕立清，江苏省人民医院，副主任医师

自从武汉发生了疫情，无数医务工作者奋不顾身地投身抗疫前线，我的心绪就无法平静，一直想尽快投身到这个看不见硝烟的战场。作为一名重症医师，当接到医院要求奔赴黄石救援的命令后，虽在意料之中，但也难掩心中的紧张与激动。真的要上战场了，防护装备带齐了吗？防护流程熟悉了吗？无数的问题萦绕在脑海里让我久久无法入眠。

带着院领导和同事的谆谆嘱托，带着家人的依依不舍和平安回家的承诺，我们踏上了飞往黄石的专机，看着同伴们挥手告别的身影，看着大家擦干眼泪后满怀信心的笑容，我知道，我们这个团队一定会圆满完成任务！

经过了两天短暂的休整和培训，我就进入了ICU病房。在指挥部的安排下，医院专门将原有的一个未投入使用的PICU（新生儿重症监护室）病区进行改造，集中力量收治

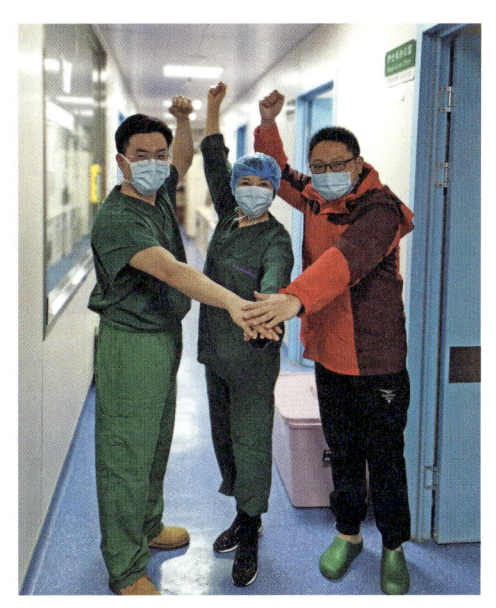

危重患者。第一天进入病区，我们严阵以待，当听到一声"病人来了"，我们心里的感受是非常复杂的，紧张交织着些许兴奋……

当天就收治了4个病人，他们刚转运到床位上时的状况都不是很好，呼吸窘迫，脉氧差，血压不稳。说实话，穿上一层又一层的防护装置，顺畅呼吸都成了奢望，更别提护目镜里的雾气，遮蔽了视野，感觉五官都变得迟钝，可我们必须尽快熟悉病情，了解患者的基本情况，ICU医生的本能驱使着我们，看到病人生命体征不平稳，必须立刻采取措施。

有一位80多岁的老太太，气管插管接着呼吸机，转移到床位上时指脉氧低到测不出，我观察到呼吸机波形异常，提示气道梗阻表现，虽然是第一次接触新冠病人，也对病毒通过气溶胶的传播有所耳闻，但那一刻顾不了那么多，立刻用吸痰管进行吸痰，抽吸出较多分泌物，同时更换球囊进行辅助通气，脉氧逐渐回升后再接回呼吸机，重新调整参数改善患者的二氧化碳潴留，为积极救治赢得宝贵时间。

还有位患者是一名50岁左右的大叔，有糖尿病病史，病程已3周，我们刚接手时状态不是很稳定，经过调整治疗方案，病情有所改观，因为已将近10天未做CT检查，我就准备好转运设备外出带他检查。也许是颠簸的缘故，在路上他竟然睁开了眼睛，还伸出手想比画，我非常惊喜，赶紧叮嘱他不要吐掉口中的插管，尽量配合检查，再坚持几天就好了，他点点头，竖起了大拇指。那一刻，感觉所有的付出都是值得的。所幸的是，经过CT检查，发现他的病灶已有明显吸收，有望近期拔管。第二天，我们给他减了镇静药，他在白板上写下："我昨天痊愈了，我想出院了！"所有的医护人员都非常高兴，这个时候，一切对病毒的恐惧、一切劳累真的烟消云散！

我想，这场抗击新冠肺炎的战役，迟早会结束，我们无数在前线忘我工作的医护人员，游走于生死之间，与死神抗争，愿望都很明确，不就是想尽可能地挽救患者的生命，将病毒早日消灭吗？

致敬所有医疗战线和非医疗战线上的逆行者们！

> 卜林，徐州医科大学附属医院，主治医师

阳新抗疫随笔

从2月13日我奉命调到阳新县支援，到今天刚好一个月。记得小孩子在出生后，到了满月时长辈们是一定要举办"满月酒"以示庆贺的，在前线我且作文以记之吧。

阳新县城多山，山不太高，远远望去却灵性十足。尤其在雨后，那一座座青山被洗刷得清明、透彻。阳新县城多水，水不算浅，走近看时却温润得让人怜惜。尤其在风起时，不免让人记起了"风乍起，吹皱一池春水"的妙处。

初来阳新，是有些失落的，离开了熟悉的战友，如何融入前线的队伍中？如何进行抗疫工作？工作中会遇到怎样的困难？然而，容不得我细细思考，就匆匆地投入疫情防控第一线了。

记得在专家组工作的第一天，在远程视频会诊中心对重症监护病房的病人进行会诊时，我的发言是有些激动的，那个时候只有一个想法：尽释所学，尽最大努力把重症病

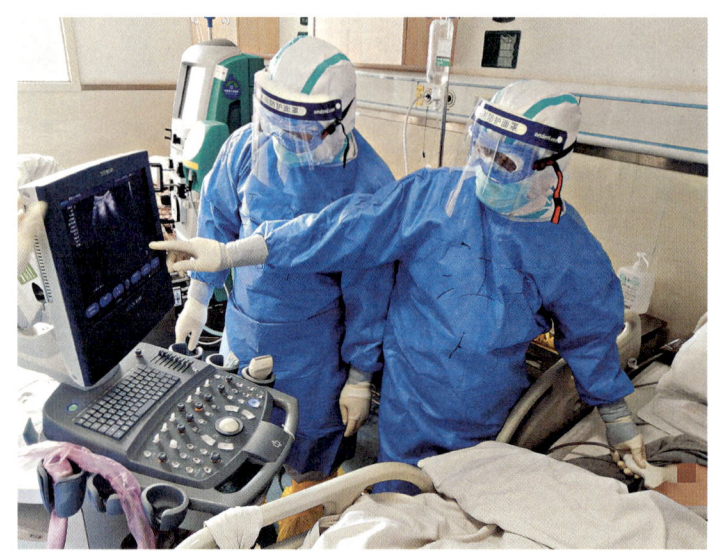

人救治好。后来,看着一个个病人或治愈出院,或转至确诊病房,我的内心是激动的。记得以前读过史铁生的《我与地坛》:"仿佛这古园就是为了等我……它等待我出生,然后又等待我活到最狂妄的年龄上忽地残废了双腿。"是啊,那些不幸的人们该怎样看待他们生命中的这场苦难呢?就像那雨中折了翅膀的蝴蝶,是继续飞翔,还是一蹶不振?"逝者已矣",活下来的,请珍惜!

2月18日,我作为第二批次队员开始进入重症监护病房值班,穿着厚厚的防护服,经常汗流浃背,透不过气来,眼睛也是火辣辣的。然而,当我看到病床上那一双双渴望的眼睛,听到那一声声发自内心的"谢谢"时,我觉得再苦再累也是值得的。当本地重症患者"清零"的消息传来时,我激动得眼泛泪花,也更加坚定了"不为良相,便为良医"的信念。记起高考填志愿时,对于学习医学,我是有抵触

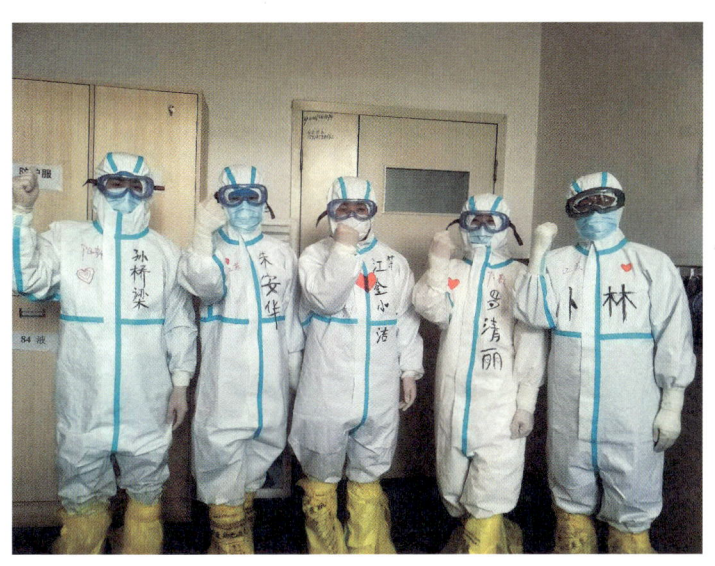

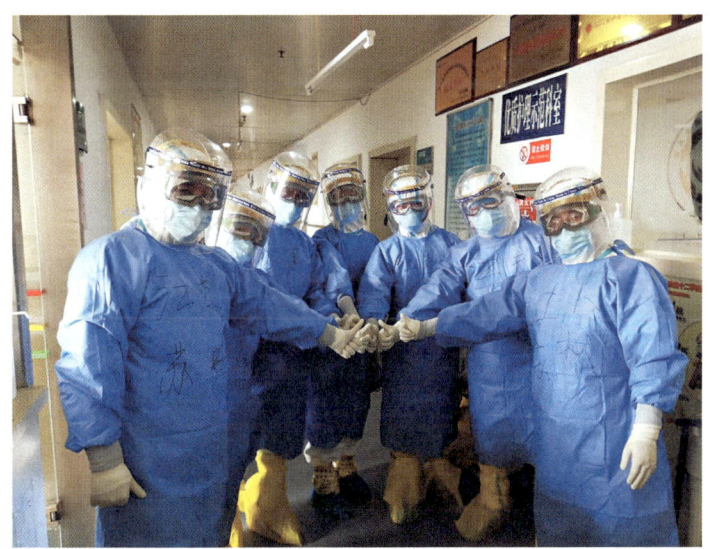

的。一是我的文科极好,二是我对学医从未有过半点想法,可最终拗不过家人的意见。这也许就是宿命,医学这东西似乎在我 18 岁之前就在等着我了。

阳新县城不大,房子大多顺地势而建,依湖水而列。每当下雨的时候,看近处谁家房顶的雨水滴答滴答地落下,似线条如珠帘。正出神的当儿,倏地一只黑羽毛的鸟儿勇敢地冲了过去,溅起一身水花。

"君问归期未有期,巴山夜雨涨秋池",然而,当归期愈来愈近时,心底却有一丝不舍。这曾经工作过的地方啊,疫情过后,愿一切发展如初!曾经并肩战斗过的战友们啊,愿你们往后余生,顺遂平安!

今日的关键词——欣喜

> 曹娟,江苏省人民医院,主管护师

来黄石第 18 天,今日的关键词——欣喜。

相比前两天的闷热,整天裹着防护服的我们更喜欢下雨的黄石,滴滴答答的雨声伴着鸟儿清脆的叫声开启新的一天。习惯性打开手机,收到了宣传办成运芬老师为我写的小诗:

致省人医援黄石医疗队曹娟——

  曹门英豪非等闲,

  投身病毒巧周旋。

  纵使病患不相识,

  细语涓流驻心田。

坐上班车,看到视频播放的是江苏省支援湖北疫情防控前方指挥部副总指挥鲁翔校长的采访,"前 24 小时,黄石新增病例为 0,疑似病例为 0,死亡病例为 0,这 3 个 0 同时出现在黄石是第一次。"短短的几句话,让我内心充满欣喜!

到达病房,"今天怎么多了一名患者,又有加重患者转过来了吗?""不是的,护士长,是从楼下重症监护室转上来的。"第一次有患者从楼下转上来,我赶紧过去看他:普通氧疗,状况很好。他拍着胸脯跟我说:"护士长,我在重症监护室住了14天,挺过来了,你看我的身体,这会多硬朗。"说着在胸口上重重地捶了两下。心疼他激动时的喘息和胸脯上的重击,但我的欣喜之情溢于言表。

"护士长,28床的奶奶针实在是太难打了,我们都不忍心再穿刺了。"28床,不就是昨天姚院长反复开导的那位老人家吗?姚院长查房,她告诉姚院长,她现在什么都好,就是不想打针,因为她的针太难打了。经过姚院长的悉心开导和耐心劝说,老人家同意配合治疗,我们不能再辜负老人家。我来吧,我不确定我能打进,但我要有必胜的信念,就好像我们不知道疫情还有多久,但仍然坚信胜利就在前方。病房灯光微弱,护目镜阻碍了视线,隔着三层手套去找干瘪的血管,真的太困难了!这可怎么办?回想起自己在儿科的穿刺经历,不也看不见摸不着吗?瞬间给自己打打气,此刻只能靠经验……一针见血!太开心了!还没来得及完全固定好,老人家便朝我竖起了大拇指,笑着流泪了。当时的我幸福而满足。

13床的黄大哥说等他出院,隔离完一定要来看我们;16床张爷爷把医生、护士对他讲的话记了下来放在兜里,每天拿出来读几遍,给自己鼓劲打气;26床的许阿姨腿也不麻了;9床的徐阿姨做了CT,病情也有了好转;住了许

久的 31 床、32 床两位大哥也快要出院了……

一切都是那么美好!

下班了,看到我早上带来的原本打算放在患者床头的花,此刻它仍静静地躺在更衣室角落里,小小的更衣室充满淡淡幽香。病房内外,口罩前后,是两个不同的世界,只顾考虑患者病情,没能及时让他们闻到花香,好在穿梭两端的人,并没有隔绝。也不远,几步而已,走过来感受春天,应该不会太久!

青春战『疫』必有我，此生无悔逆行路

> 陈亚男，连云港市第一人民医院，主治医师

时间回溯到 2020 年 2 月 10 日的下午。

"亚男，根据省里安排，我们连云港要选派一名感控医师随队开赴湖北，你做好准备了吗？""放心吧，领导，我早就准备好了，一定不会给咱们科、咱们医院、咱们连云港丢脸的。"

面对新冠肺炎疫情，感染防控同样也是一场只能赢不能输的决战，想要实现"打胜仗、零感染"，感控一定要先行！而我，就是必须肩负起这个责任的一名 80 后感控医师！

说实话，真正到了湖北一线，我害怕过，特别是在武汉天河机场下机后，看到同行的很多队员都已经"全副武装"，感觉空气中都弥漫着"新冠肺炎病毒"的味道。看着自己戴着的外科口罩，真的有点害怕，一是怕自己感控工作做不好，既保护不好队员，也给医院丢脸；二是怕自

己被感染。现在回想起来，真的要感谢医疗队全体队员对我的鼓励和信任，大家的一句"我们相信你，你负责感控，我们一定都会安全回家的"，至今想起来都让我心存感激。

根据安排，包括我在内的66名队员将承担黄石市阳新县的新冠肺炎疫情救治工作，"战友们"来自全省6市的17家医院。我知道，眼下最迫切也是必须立刻完成的就是统一防控标准，确保防护措施的有效落实。为此，还在颠簸、昏暗的大巴车上时，我便着手拟定了具体操作流程并连夜制定了《江苏援湖北黄石市阳新县医疗队驻地感控管理制度》，从踏上黄石阳新县土地的第一步就规范感染防控；后续又结合实际条件，制定了《防护用品穿脱标准操作流程》等10项感控制度，让所有医疗队队员知晓什么能做、什么不能做。但说起来容易，做起来真的不容易，一个防护服的穿脱流程，每家单位都不一样，真的是有五花八门的穿脱法。为了打消大家的顾虑，我询问了前期已经到达武汉的其他医疗队的一些做法，再逐一进行调整解释，直到让所有队员都能接受为止。

面对病毒，什么最让人害怕，其实就是对它的"未知"。收治100余位重症患者的"传染楼"内到底什么情况？ICU空间有多大？布局与流程是否规范？这是摆在医疗队面前的最迫切的问题。作为队内唯一了解隔离病区建筑布局规范的人，我必须挺身而出，这是我的责任，也是我的使命！简单交代后我便穿着与身材"不符"的防护服进了传染楼。其实这也是我第一次穿着防护服进入隔离病区，说不害怕是假的，但当我穿着密不透风的防护服在ICU探寻时，却已忘了害怕。

ICU 内空间非常狭小，无法实现重症患者的集中收治，此外，医护人员穿脱防护服的缓冲间也极其狭小，感染风险巨大。尽管医疗队急需进驻，临时改造困难重重，但为了确保队员安全，我还是顶着压力提出更换 ICU 的建议，并指导人员连夜抢修出一个符合规范的 ICU 以及生活区，确保了 15 位重症患者的集中收治和同质化管理，为后期重症患者的治愈清零奠定了基础。

感控工作不是一蹴而就的，感控意识更不是一时可成的，每人坚持一件事久了都会出现懈怠，包括我们的队员。为此，我利用一切可以利用的手段强化感控知识培训。没有会场，就冒雨在露天篮球场；没有音响，就背着小喇叭……总之，利用各种方式进行"不间断、饱和式"的"感控知识轰炸"。短短 40 多天，累计培训了 9 场次，近 800 人次。慢慢地，从大家嘴里"最唠叨的人"变成了"防护墙""保护神"，这是我最开心的"成就"。

"感控"就两个字，却渗透在新冠肺炎疫情救治与防控的每一个环节，"扼杀"所有可能的感染风险，确保"打胜仗、零感染"，是我作为一名感控医师的职责和使命。47 天的黄石逆行，47 天的黄石战"疫"。现在，我可以"骄傲"地说：我做到了，此生无悔逆行路！

> 范萍，南京医科大学第二附属医院，主管护师

重症爷爷和"小仙女"

3月28日是我在黄石市中心医院ICU的最后一天，今天我护理的这位爷爷是一位气管切开后使用呼吸机成功脱机的危重症患者，要从黄石市中心医院转到黄石市中医医院。转院的那天，他忐忑不安，紧抓着我的手说不想去，后来我才知道，原来他是不想离开我们。我便抓着他的手，告诉他："不用担心，我会陪您一起去的，后期的护理也将由我们继续完成。"他这才放心。

第二天，当我去上班时，即便换了几拨"蒙面"使者，爷爷依然记得我，他很自豪地说："我记得你，你叫范范！"

我看到桌上的午饭没动，问他是不是午饭不合胃口。他告诉我，是因为吃东西会呛，腿也没有力气。此时我的脑海里迅速形成了一套吞咽和肌力锻炼的方案，可是他不肯下床，怎么办？我于是安慰他，你先休息一个小时，一会儿给你个惊喜。

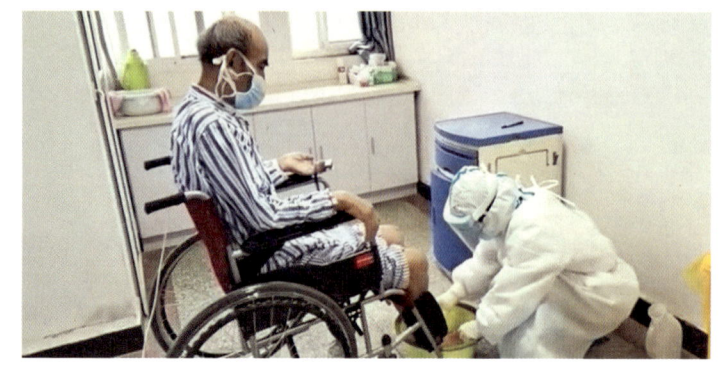

当爷爷小睡一会儿时,我跟主治医生进行了沟通,给他准备好了各种物品。等爷爷醒来后,我给他讲解了他现在吞咽呛咳的原因,告诉他如果想要自己吃饭,现在的鼻肠管一定要去掉,但前提条件是吞咽的训练要做起来。他扯着还未恢复的嗓音说:"太辛苦啦,不要做。"这是意料之中的,我轻轻拍着他的手说:"不用担心,有我在。"

于是我们首先进行吞咽的训练,鼓腮、发声、空吞、咽口水、咽部冷刺激。做的过程中,爷爷表现得很配合,就像一个小孩,要鼓励再鼓励,有时候还得"批评"一下。腿脚没劲,那我就先给他做按摩,让他在床上做着桥式锻炼、床面踩自行车,给予对抗阻力。一套动作做下来需一个小时,我已经满头大汗了,全身已经湿了个遍,能够清楚地感觉到汗随着重力在往下滴,护目镜里水滴已经弥漫了我的脸颊。

爷爷似乎也很有成就感。我们约定,即使我不在班时,也要进行同样的锻炼。但是不肯下床怎么办?我个儿小,把他扛起来好像困难了些,只能哄着他说:"我们下床坐在轮椅上，跟您的女儿通个视频，让她看到，您很棒，她一定会很高兴的，您看呢？"他勉强地点了点头，在大家协助下，让爷爷坐上了轮椅，我端来事先准备好的热水，给他泡起了脚，他特别开心，说很久没这么舒服了。跟电话那头的女儿进行了视频，听到女儿的表扬，他更积极了，还竖起了大拇指。

我要离开病房时，爷爷躺在床上，突然脱下口罩，扯着嘶哑的声音用力地对我说："小仙女，我知道你为我很操心，不要忙了，坐那歇会吧！你很累了，谢谢你了。"我竟然一时说不出话来，护目镜里不知是泪水还是汗水……

不过自此以后，我又多了一个称呼：小仙女。开心！

心愿

> 顾红艳，南通市第六人民医院，副主任医师

清晨起来，昨夜没睡好，揉着惺忪的眼睛，拉开窗帘，只见窗外一片烟雨迷蒙，雨，依然淅淅沥沥地下着。心中牵挂着昨天下午病区收治的那位重症患者，不知道今天情况如何？

这是昨天晚上的事情：隔离一区医护群里突然发出消息，说来了一位重症患者，高烧40℃，肺部病灶广泛，血氧饱和度很低。我立马心里一紧，赶紧吩咐医院值班医师通过微信将胸部CT、化验结果以及入院病史情况发给我。把这些资料在脑子里快速地进行比对，虽然肺部病灶与新冠肺炎极其相似，但综合分析，感觉目前新冠肺炎依据不足，肯定另有原因。鉴于患者目前病情相对较重，无法完成支气管镜及CT引导下肺穿刺等进一步检查，我在群里和大家一起分析，立马给出治疗方案。后来，患者经过治疗调整，病情基本平稳。

早上，我匆匆吃过早饭，就往大冶中医院赶。到达医院后，第一时间从电脑里仔细查看患者所有的胸部CT，各种检查数据，基本排除新冠肺炎，还是考虑特发性肺间质纤维化，肺部重症感染。

昨天隔离一区还收了另外一个留观患者，70多岁的石大伯，同时伴有胸腔积液，而且已经形成包裹，非常难以抽取，但不抽取就不能进一步明确胸水性质。进舱后，我带着医师，准备给病人做胸穿。我们一进入病房，先主动向石大伯介绍，我们来自江苏，今天要给他做个胸腔抽水。石大伯连声说："好，好，好，我早就听说了，我相信你们！"由于石大伯的胸水时间长，粘连包裹，即使在平常这个操作也有一定的难度，何况穿着一层又一层的防护服，手套戴了一副又一副，护目镜再加防护面罩。此时护目镜上的雾气已经出现，的确是个考验。我小心翼翼地给石大伯消毒、定位，等我转身拿了注射器准备打麻药时，护目镜上的雾气越来越多，已经严重影响了我的视线，但内心有一股坚定的力量，我一定可以。我慢慢摸到肋间，凭着多年的经验和感觉局麻进针，回抽，助手医师说有了有了，已经回抽到胸水，说明位置正确。我再换用胸穿针进针，医师协助抽水。此时防护服里面，我俩都已经汗流浃背，我们仍然坚持做完。抽完后，扶石大伯回到床上休息，这时他激动地为我俩竖起了大拇指！

出舱时，摘下口罩，看到了脸上深深的印痕，"痕"美，悄悄拿起手机留下最难忘的印记！再摸摸身上，不知何时，防护服里面刚才还在滴水的手术衣，此刻已经不再滴水，因为被体温又慢慢焐干了……

今天，虽然很辛苦，但是感觉很充实，非常值得纪念的一天。很欣慰自己能尽我所能，切实地帮到患者，所有患者的健康和平安就是我最大的心愿！

冲锋"战士"女儿身，做好生命"守护神"

> 姜利霞，江苏省中西医结合医院，护师

这次我和7名护理同事组成"娘子军"一起报名参加江苏医疗队前往黄石进行支援，单位同事们得知后纷纷发信息鼓励我，给我打气加油。我爱人也非常理解、支持我，并向我保证，家里他会照顾好，让我在前线工作一定要专心。我爱人的语气认真而严肃，但也透露着对我的担心和紧张，我觉得暖心的同时，也将他的话牢牢地记在了心里。有家人和同事做坚强的后盾，我有信心完成任务、平安回家。

说到报名支援黄石的初衷，我高三的时候填志愿原本想当一名女兵，但最终选择了护士这个职业。如今我已拥有多年在重症监护室工作的经历，这次报名参加江苏援黄石医疗队，就是想通过自己的专业和努力，为黄石人民贡献自己的一份力量，成为一名真正的"战士"，和千千万万的一线医护人员共抗"疫魔"。

这次医院发出支援黄石动员令后,我第一时间报名参加,因为我是共产党员,国家需要我的时候,我就要冲锋在前,引领大家齐心协力、共战疫情。我被分配在黄石市中医医院重症护理组,病房里的患者大多病情危重,且病情变化快,护士不仅要护理病人,承担护理员的工作,有时候还要进行紧急抢救,往往值一个班下来,衣服里外都湿透了,人也非常疲惫,体力上有点吃不消。所以我在休息之余,和队友们一起跑步锻炼身体,增强体能,为长期作战做好准备。

有一天,我接到护士长通知,要和黄石的一位护理老师协助转运一位"特殊患者"。该患者是一位新冠肺炎的重症患者,因为病情反复变化,前后共做过三次气管插管治疗,但我们医护人员经过顽强救治,终究还是把他从死神手里抢了回来。患者目前虽然昏睡,但血氧和生命体征是稳住了,而且经过积极有效的治疗,他的核酸检测已呈阴性,肺部症状也治愈了,可以转移到非感染区大监护室单人间继续治疗。我的任务就是协助医生把这个患者从本楼的重症监护室转移到另一栋楼的大监护室。转运患者不是简单的过程,中途患者还需要做CT检查,必须通过专用的通道,结束后通道和核磁共振室也要消杀。整个过程历经2个小时,护目镜里都是雾气,尽管推着沉重的床很吃力,穿着靴套的脚又来回打滑,只能用腰部力量驱动床向前移动,但我感到很兴奋,这是我来到黄石最开心的一天,心情特别好。因为我看到了医护人员的帮助和努力有了回报,患者逐渐好转起来了。

病房里，让我印象最深刻、感触最深的是一位老爷爷，因为病情原因，需要戴着面罩吸氧。吃饭的时候，因为担心他自己吃饭时间太长影响病情，我和队员们每顿都给他喂饭，就为了给他多争取一点吸氧的时间，只要对患者的病情恢复有利，我不在乎那么一点点麻烦。每次给这位老爷爷喂完饭或者做完护理，老爷爷都会竖起大拇指向我们表达感谢。听到老爷爷说他的几个朋友已经痊愈出院了，他也想尽快好起来回家。我总会拍拍他的肩膀大声说："我们就是来帮助您尽快康复回家的。"看着老人感激的目光，紧握着他的双手，我更坚定了信心，再辛苦、再疲惫也有了坚持下去的理由，要做好他们生命的"守护神"。

护士是一份有担当的职业，需要专业的技能和强大的内心，遇到患者有不良情绪，还需要给予他们安慰和陪伴，直到患者康复。这次黄石支援之行，让我终生难忘。特别是江苏医疗队撤离时，黄石的父老乡亲在街道边为我们送别的画面，时常浮现在我的脑海中，让我感动万分。此时，我深深感受到了全国人民一条心、拧成一股绳抗击疫情的信心和力量。在今后的工作中，我将继续保持在抗疫一线的奋斗精神，为卫生事业贡献自己的力量，做好生命的守护者！

时代选择，无悔青春

> 康璐，盐城市大丰人民医院，主管护师

庚子初，荆楚大疫，汉江涌浊。染者数万，惊悚"冠毒"魔。街巷萧疏皆闭户，众人惶恐怕阎罗。道无行车，江无舟舸。华夏腹背芒刺，中华危难时刻。

新型冠状病毒肺炎疫情暴发，湖北各地全面告急，疫情当前刻不容缓！2月10日下午5点，医院接到上级部门紧急通知，要在大丰区卫健系统选调人员出征，支持湖北黄石防控。战令一出，医院党委召开全院动员会议，递交请愿书、确认出征名单、成立临时党支部、筹备保障物资、紧急培训……作为一名共产党员，我主动请缨，第一时间报名。短短4个小时，江苏支援黄石医疗队大丰小分队火速整装待发。回家收拾了简单的行囊，安抚好家人。11日上午，包括我在内的16名医护人员带着赤诚之心，带着江苏人民的满腔热血出征，由南京飞抵武汉，转战黄石，抵达阳新，逆行而上。

由于缓冲间和生活区都需要紫外线的照射，导致我们眼角膜损伤，眼睛胀痛，流泪不止，我们用生理盐水清洗眼睛后涂抹眼药膏，继续上阵。提前一小时来到更衣室，换好防护服，穿好隔离衣，消杀防护用品。从头到脚包裹得严严实实，交接班，密切观察患者的生命体征，正确给患者服用口服药，教会患者床上呼吸功能锻炼。由于重症监护病房内没有家属，所以我们不仅要完成病人的治疗，还要给患者提供生活护理，帮助患者端茶倒水，翻身拍背，帮助患者洗漱，发放三餐。

由于佩戴三层无菌手套、两层口罩、护目镜、面屏的原因，各项操作都要比平时花更多的时间。起雾的护目镜和面屏使静脉穿刺等常规操作变得异常艰难，有些老年病患血管条件非常不好，需要细心加耐心。当利用护目镜仅有的一丝丝光线一下子穿刺成功时，心里别提多开心了。当患者说着感谢的话语，尽管有些语言不通，但心里还是暖暖的。

28床是一名来自阳新妇幼保健院的护士长，被其潜伏期的母亲不幸感染。在江苏队正式进驻阳新医院之前，她已经在确诊病房待了十多天了，瘦弱的她脸色蜡黄，精神状态极其不佳。一年前因病还做过放化疗，让原本瘦弱的她身体更加单薄。住院十多天让她觉得回家的路变成了奢望。进驻重症监护室的第一天，我就观察到，中午给她分发的饭菜没有动，询问后才了解，一年前的放化疗，使她不能食用坚硬且辛辣刺激的食物。医院分发的饭菜过于坚硬，难以下咽，于是我便给她带来了很多营养冲剂、八宝粥等食物。她问我营养品是哪里来的，我告诉她，这是我母亲准备的，怕我在路上饿着，于是我从江苏背到了阳新。这是一位母亲对女儿的爱，同时又是护士对患者的爱，更是家人对家人的爱。我们来了，就是家人来了，有困难我们一起！她听完不再说什么，慢慢地开始配合我一口一口吃东西，我相信这些话让她重新燃起了对生活的希望。

几个小时的班上下来都已经精疲力尽，手术衣、帽子、护目镜都已被汗水浸湿，脸上、耳根处都是深深的压痕，手上长满了疹子。但看着患者逐渐康复的身体，脸上慢慢恢复的笑容，听到了患者的一声声感激话语，觉得一切的辛苦都是值得的。3月17日，阳新最后一名患者治愈出院，我们坚守完最后一班岗，在江苏医疗队队员的共同协作下，成功救治了158名确诊患者，实现确诊、疑似病例"双清零"。

疫情无情人有情，无私相助暖人心。国有战，召必回，战必胜。2003年，全国抗击"非典"时，初中的我是青春可爱的少女；2020年，抗击新型冠状病毒，我是帅气的白衣战士。我相信，今后的我们定会珍惜时光，不负韶华，努力学习，打好基础，真正实现薪火相传、青春报国，在实现中国梦的伟大实践中创造自己的精彩人生。

沧海横流，彰显英雄本色

> 李维露，江苏省第二中医院，护师

2020年注定是不平凡的一年，新春伊始，新冠病毒侵袭华夏大地，"救死扶伤"是所有医务人员的责任。江苏省第二中医院响应国家号召，护理同仁们纷纷第一时间报名，迅速组织了一支精锐的队伍，由呼吸科薛媛护士长、田秋月，急诊科钱宇、毕红萍、朱康琦，重症医学科李维露、王源，心内科监护室邱岠等八人组成。2月10日下午5点接到通知后紧急收拾行囊，2月11日便奔赴湖北黄石。

"我们八个人就是一个人。"这是薛护士长走之前许下的承诺，在这个没有硝烟的战场上，我们是守望相助的亲人，也是性命相托的战友。驻地条件有限，队员们为王源和朱康琦两位队员过了一个简单但有意义的生日。经过几天紧张有序的培训，我们分别进入黄石市中医医院和黄石市中心医院ICU、呼吸科工作。王源和我是首批进入ICU的护理人员。王源身为江苏支援队队员，又是护理小组长，主动承担了科室病情危重的病人护理。"你放那，让我来！"他对黄石当地护士说道。"我是男同志，我多做一点应该的！"这是他常常挂在嘴边的一句话。呼吸科的田秋月同志认真负责的工作感动了一位患者，该患者康复出院后，田护士依然和他保持联系，关心他的身体情况。"你这个妹子我是认定了。"这位患者说道。无数的感人事迹每天都会发生。我们来自江苏各地医院，此刻只有一个名字——战士！

沧海横流，方能彰显英雄本色。当祖国需要时，白衣执甲，义不容辞，逆向而行，奔赴战场。汗水湿透了衣衫，护目镜里全是雾气，脸上都是压痕，没有人退缩，是希望战胜了恐惧。我们的坚持跨过了寒冬，融化了冰雪，等来了祖国的春天。每一位患者康复出院，就是对我们最好的回报。"不抛弃，不放弃"的精神支撑了每一位战友，是我们在艰苦的战斗中前行的动力。丝丝春雨，润物无声。在此，希望我们亲爱的祖国安宁，人民健康。愿世间多一点美好，少一点苦痛。

> 李霞，江苏省省级机关医院，
> 主管护师

我帮病人写"遗嘱"

今天是在黄石的第14天，我夜班负责的一个病人，是一位81岁的老奶奶，戴着高流量吸氧装置，是目前ICU里病情最轻的一位。

可奶奶并不这么想，她很焦虑，担心我们对她隐瞒病情。凌晨5点她就开始碎碎念："帮我写啊，帮我写。"我一开始没听明白，我说："奶奶您说什么？要写什么？"后来我才知道奶奶是要我帮她写遗嘱。

她絮絮叨叨讲了半天，说她的孙子都还在上班，重孙子很小，才几个月，没有人照顾，她要我一定要帮她把遗嘱写好。她有3万块钱是要留给重孙子的。我一开始劝她："奶奶您放心，您恢复得很好，很快就能转到普通病房了。"可她怎么都不信，不停地催促我帮她写遗嘱，甚至不愿睡觉。不得已，我只能按她的要求去做，让她安心。

一份遗嘱，我写好了详细内容，让她签名。一张纸，名字签了三遍，歪歪扭扭的字迹到最后还是在我的帮助下完成的。

到吃早饭的时间，奶奶说没有胃口，不想吃，我劝她说怎么都得吃一点，我一样一样地数给她听，给她看："有稀饭，有包子，有馒头，还有鸡蛋，您想吃哪一样？告诉我，我帮您弄。"在我的劝说下，奶奶慢慢喝了半碗稀饭，也吃了两口馒头，安心地睡了。可到我临下班的时候她又叮嘱我："那份遗嘱帮我收好了，拿袋子装着，别弄丢了。"

我希望奶奶能够很快好起来，她的病情没有她想的那么重，可是她对治愈没有信心，这才是最糟糕的。我不知道怎么才能给她信心，但我尽我所能，让她安心。

在黄石的第 17 天，又轮到我分管那位奶奶。令人高兴的是，她的病情已经逐渐好转。查房的时候医生问她今天感觉怎么样，她说好多了。

晚上我们扶着她坐起来，靠在床上吃晚饭。奶奶胃口也好了许多，红烧鸡翅吃了两个，豆腐吃了半盒。真好！吃完饭，奶奶不停地调整着高流量呼吸管路的盘带，头发长了，总是搅在一起。我找来了剪刀，帮她修剪了头发。奶奶说剪得越短越好，就要清清爽爽的。

剪完头发，奶奶变得格外精神，看上去非常高兴："舒服多了，谢谢你们。"

看着病人好转起来是我们最高兴的事。隔壁新来的爷爷中气十足，不停地喊着"护士，护士"，奶奶还对我们说："隔壁那个老爷子好厉害啊，我看他好得很。"我们也跟奶奶打趣说："您比他厉害多了，您的指标比他还要好，还要健康。"奶奶说："真的吗？"我们说："真的没有骗您，过几天您就能转回病房了。"奶奶听了特别开心。

> 李雪梅，常州市第一人民医院，主管护师

不忘初心 捍卫誓言

2020年初，新型冠状病毒肺炎疫情暴发。江苏省对口支援湖北省黄石市，省卫健委制定了对口支援工作方案，设立对口支援前方指挥部，"苏大强""黄小石"一起携手，坚决打赢疫情防控阻击战！常州医疗队对口驰援大冶市，当我们踏着夜色、迎着风雨抵达时，警车列队迎接，当地领导和大冶市民在风雨中足足等了我们3个小时。所有队员都深受感动，我在心里默默许诺，一定竭尽所能，全力以赴！"逆行"护佑生命之光，这场抗疫之路让我感慨良多，心中有万千的爱与感动在沸腾，也让我对做一名有"温度"的医务工作者有了更深的理解。

在大冶市工作期间，我被大冶市中医院聘为隔离病区护士长。我与当地医护工作者一起探讨相关要求与措施，利用休息时间一次次深入病房，做好工作流程部署。我带头学习当地电子病历系统，自己先掌握再教其他队员，提

升团队工作效率。我所在的虽然是隔离病房,但隔离病毒不能隔离爱,我们要帮助患者恢复健康,更要让温暖和希望穿越一切阴霾,撒进每个人的心里。虽然很累,但是听到大冶人民的一句"谢谢",疲惫瞬间全无,一切都值得。在大冶的点点滴滴都让我们感觉到家的温暖,或许是一瓶矿泉水,或许是一盒方便面,再或许是一张挂在门把手上的志愿卡……

还曾记得,病房里有位小患者乐乐不爱讲话,没有爸妈陪伴的他整天拿着手机玩游戏,打针的时候常常默默地掉眼泪。看着与女儿年纪相仿的小乐乐,我很是心疼。想到远在常州的女儿喜欢画画,我灵机一动:要不让乐乐在病房练习画画吧!于是我联系当地铜草花志愿者送来了画笔和画板等物资,乐乐开心极了,每次有了新作品都迫不及待地向我展示。大家纷纷向我竖起大拇指,亲切地喊我"临时妈妈"。

病区饮食单一,队员们便把从家乡带去的饼干、方便面、巧克力等带过去分给患者,遇到情绪低落的患者,我热情鼓励,增强他们战胜疾病的信心。我带领队员们在隔离病房里教学八段锦,利用传统中医让枯燥乏味的病房活跃起来,既能锻炼身体,又能缓解焦虑。我还与医疗队其他成员一起利用休息时间拍摄了呼吸训练康复操和居家隔离视频,得到了当地院领导和患者的一致好评。隔离病房里的孤独感少了,希望和快乐却越来越多!

我们与大冶人民携手并肩抗战39天,取得了抗疫的阶段性胜利。3月20日,我们启程返苏。临别时大冶人民一夜未眠，给了我们最高的礼遇。我深刻地体会到，作为一名医务工作者，仁心和仁术一样也不能少，护理事业是有温度的。未来还将面对无数与死神抗争的战役，而我将时刻不忘救死扶伤的赤诚初心，全力以赴护佑生命之光。

"满月"记——不平凡的30天

> 刘婵娟,扬州市江都人民医院,主管护师

今天是3月11日,我们援助大冶医疗队已经进驻整整30天了,这段时间我们付出了很多,同样也收获了很多。

30天,我们付出了精力。与时间赛跑,与病魔斗争,克服一切困难,尽自己的最大力量,与大冶的同行肩并肩、手牵手,共同抗击疫情,留下了很多让人难忘的温暖瞬间,而这一个个瞬间必将化成我记忆中的永恒。"说星星最亮的人,那是他没有见过护士的眼睛",这句话是今年听过最动听的语言了。我们之所以被尊重,那是因为我们怀着救死扶伤的崇高使命,用自己的专业技能去护理每一个病人。专业要求我们严谨认真,以精益求精的工作作风去践行自己的使命和担当。作为危重症专科护士,我需要去护理那些危重病人,密切监测病情变化,保持气道通畅,维持氧合,调节呼吸机的各项参数,精细地调节泵入药物剂量,这些操作在平时工作中虽很常见,但在厚重的防护服

下，就显得不那么简单了，所以每次出舱时防护服里灌满了汗水……

30天，我们付出了真情。穿着厚重的防护服，戴着护目镜，尽管病人无法看清我们的脸，但我们会主动和这里的病人说话，详细询问他们的情况，深入了解他们的内心想法，缓解他们的焦虑心情。治疗之余，我们也会耐心教一些轻症病人进行"三三呼吸操"训练，减少长期卧床带来的副作用。患者通过练习"三三呼吸操"，舒缓了情绪，同时改善了肺部功能，为他们更好地恢复起到很好的辅助作用，充分发挥了中西结合、辨证施治的优势。看到效果后，我又和同事配合，一起录制视频和科学居家隔离要点视频，极大地提升了工作效率和宣传效果，得到了领导的肯定和病人的欢迎。

30天，我们收获了肯定。当我们穿着白色的防护服出现在病人面前时，多少会加重病人的心理负担，我们就在自己的身上画上各种卡通人物，还会写上鼓励患者的话，给病人带去乐观的心态和积极的心理暗示。对于小朋友，我们提供画笔让他们自由作画，无形中减少他们看手机的时间，使他们积极配合治疗，更加利于他们的康复。我们还将家乡的特产带到病房与病人、医护人员共同分享，大家守望相助，就像一个大家庭。

30天，我们收获了感动。在我们用心照顾这里的病人的同时，大冶这座城市也在温暖着我们。病房里听到最多的话语就是感谢江苏医疗队，同饮一江水，苏鄂一家亲。病人出院时写下的一封封感谢信让我们的眼眶无数次地湿润。我们只不过是做了我们应该做的，哪曾想却让病人铭记于心。我所在的工作地点——大冶中医院也给予我们亲人般的呵护：领导在微信群里经常问我们工作累不累，每隔两天就给我们送来水果、点心；三八妇女节当天送来了他们亲手做的中药香囊，陪我们度过了一个温馨的节日。不仅大冶中医院对我们给予关心，大冶人民也是如此，生活保障做得细致周到，饮食也照顾到我们的喜好。更让人觉得感动的是这里的铜草花志愿服务队，这是由大冶人民组成的志愿者服务队，一个电话，他们立即就来提供帮助。当我们提到临别要进行一场战"疫"舞蹈演出时，他们立即派一名专业老师来指导我们练习。

  在这个不平凡的 30 天里，出院人数一天天增加，病人数在一天天减少，我们每天也都精神饱满地投入战斗。凛冽的寒冬已经过去，一个崭新的温暖的春天就要来到，带着这份温暖，我们会继续冲锋在前，不辱使命，平安凯旋！

黄石战『疫』小记

> 刘高园，扬州大学附属医院，护师

"嘟……嘟……""滴滴……滴滴……"监护仪和呼吸机的报警声此起彼伏，"快快快，准备气管插管，呼吸机接上，肾上腺素推一支，除颤仪！除颤仪！快！………"黄石中医医院ICU病房里，每天都在上演着与时间赛跑，与病毒较量的惊心动魄的场面。

在ICU狭小的空间里，两侧都是镇静插管上呼吸机的患者，新冠病毒的狰狞面目在这里表现得尤为彻底，这里的病人病情非常重，病情变化也非常快，每个仪器的报警响起，都足以让我神经紧绷，不知道下一秒会发生什么。病人的一个翻身，氧饱和度和血压都会下降得特别低，必须要严密观察病人的病情变化。打针和抽血对于我来说，是再简单不过的操作了，然而，隔着三层外科手套，护目镜、面屏都起雾的情况下，评估时间都比平时长，无疑是对于操作技术的考验。一个俯卧位病人的翻身，在这里往往会是一个很复杂的操作，患者身上各种管道的固定，各种仪器的安装，翻身枕头的放置都要考虑到，于是我们江苏医疗队发明了"三明治"翻身法，大家一起协作，不仅让患者翻身过程中更舒适，也减少了患者病情变化的风险。

12床病人是位老奶奶，进来的时候还是清醒的，用了无创呼吸机。接班的时候，我们还笑着跟她打招呼，督促她翻翻身。然而，接班没多久，她便快速进入昏迷状态，监护仪上显示氧饱和度30%，医生立刻给她进行气管插管，呼吸机氧浓度100%辅助呼吸，上了CRRT。我想起了自己年迈的奶奶，和她一样，满头白发。"奶奶，奶奶，您要坚持下去，您的家人还在等您回家呢……"我一边呼唤着她，一边拼尽全力抢救。慢慢地，监护仪上的氧饱和度升到了80%……我轻轻地替她整理好凌乱的头发，长吁一口气。那一刻，我的泪水和汗水相互交融堆积在护目镜里……我们穿着厚厚的防护服，戴着护目镜、防护面屏，虽看不到彼此的面容和表情，却能够感受到彼此的心紧紧相连在一起……

忙碌中的时间总是那么快，已经晚上11点了，这才意识到该下班了。我小心翼翼地脱下防护服，用生理盐水漱口、清洗眼部、用碘伏棉签消毒鼻孔、用酒精擦拭耳朵，最后戴着外科口罩走出隔离病房，这才发现上身衣服差不多已经全部湿透，面部脸颊全是压痕，鼻梁也磨破了皮，似诉说着坚持的不易，却又诠释着医者仁心……

坐在回驻地的车上，窗外的磁湖，被薄雾笼罩着，犹如一幅美丽的山水画，半城山色半城湖，这里山美，水美，人更美……朦胧中，眼前似乎浮现出了"轻岚浮荡五亭侧，垂柳频摇古渡头"的瘦西湖，湖畔的垂柳应该抽出新枝了吧！家乡的亲人把必胜的信心化为最硬的铠甲送给了我们，我们坚信春天一定会到来。就像朱自清先生说的那样："盼望着，盼望着，东风来了，春天的脚步近了。一切都像刚睡醒的样子，欣欣然张开了眼。山朗润起来了，水涨起来了，太阳的脸红起来了……"

记得我们离开黄石凯旋那日，黄石人民夹道相送。君来，雨雪霏霏；君归，杨柳依依……眼泪打湿了眼眶，苏黄两地结下了深厚的友谊，依依不舍，希望有一日离别的眼泪换作相逢的笑容：春风又绿江南岸，明月年年照君还！

妈妈，我想对您说

> 朱怡然（10岁）
> 刘杰，江苏省中西医结合医院，副主任护师

妈妈，那天下班，
您打来一个电话，
说第二天要去黄石。
那天您很晚才回家，
我紧紧抱着您，
多么希望您不要走！
但您告诉我，
您要救助很多很多的病人，
只有控制了疫情，
我们才能恢复正常生活。
我默默地流泪了，
第二天早晨我帮您收拾好行李，
送您出门，
望着您的背影，

渐行渐远……

但是妈妈,我想对您说,

您是我心中的英雄!

妈妈,

我期待每天能听到您的声音,

我和爸爸在家都很想您。

等这场战役结束,

我们就要与您相见了。

谢谢您的坚强。

妈妈,我想对您说,

您是我的英雄。

昨天从视频中,

我看到了您,

原本光滑的脸庞,

布满压痕还有水泡。

您轻描淡写地说,

那是防护口罩压的,

不过没事,很快就会好的。

您在我心中,

却更加美丽。

妈妈,我想对您说,

您是我心中的英雄。

妈妈，

我多么想在您身边，

哪怕是依偎也很满足。

妈妈，

我想轻轻给您按摩，

抚去您脸上的伤痕。

妈妈，

我想给您捶捶背，

掸去您全身的疲惫。

妈妈，

我在家完成各项功课，

您放心，我一定会好好听话。

没有一个冬天不可逾越，

我相信，

您和您的战友一起，

终会战胜病毒。

我相信，

待到春暖花开，

您终会平安归来！

重症病房里的小故事

> 刘丽，江苏省人民医院，护师

一针见血！

第一天进入湖北黄石市中医医院重症隔离病房，我和江苏医疗团队小伙伴一起进入隔离区。刚进去，其中一个年轻小伙伴悄悄说他有点紧张，我说不用担心，有我呢，有什么不舒服就告诉我，不要多想，就像平时一样工作就行，放心！病房里一个年轻护士在穿刺留置针，他说他没有打上，心里越发紧张。我看了一下患者，老年人两个手臂血管弯曲又很细，确实不好穿刺，再加上护士穿着厚厚的防护服，还戴着三层手套，难度可想而知。我拿起止血带，毫不犹豫地走上前说："让我来吧！"凭借我多年的专业素养，结果当然是"一针见血"！病人表示很感谢，说一点都不痛，我告诉他："我们是江苏医疗队队员，你们一定要有信心，积极配合治疗，一定能早日康复回家！"老人用充满希望的眼神看着我，紧紧地握着我的手连说谢谢。

虽然刚刚进入工作，但已经基本熟悉工作流程，投入战斗，相信没有什么能难倒我们，我们一定能打赢这场没有硝烟的战争！那天出隔离区时我浑身湿透，冰凉入骨，心里却暖暖的、甜甜的！

失而复得的名表

有一天，一个病房患者全部出院，最后一位患者拿着一个包告诉我这个包不是他的，不知道谁的。我打开一看，发现里面有手表、钱包和衣服，还有一张身份证，手表还是块名表呢。我看了身份证，原来是我们病房的另一位患者。我立即找到他，确实是他的物品，拿到钱包和手表后，他很激动，他说住院这么久是他最开心的一天，没想到还能找到自己的钱包和手表，本来觉得没有就算了，没想到还能失而复得，并且说今天一定要戴上这块手表。他激动地告诉我，说他来住院这么久最近才开始说话，我们没有来之前他从来不说话，因为觉得自己是治不好了。但是看到江苏医疗队来了，他真的觉得看到了希望，之前看着隔壁床一个一个地走掉一直很害怕！这块手表本来也没舍得戴过，现在终于可以安心地戴了，感谢江苏医疗队来治好了他的病，谢谢江苏医疗队！我也很高兴，我刚来到这个病房一直护理他，他从我来的第一天用无创呼吸机，后来改成高流量吸氧，然后改成低流量吸氧，再后不需要吸氧，到第20天他康复出院。看到他像孩子似的戴上手表开心的样子，我觉得我们做的一切都是值得的！

> 刘齐琴，仪征市人民医院，
> 副主任医师

我的抗疫笔记

回想起援鄂经历就像是一场梦。2月10日突然接到通知说第二天要作为感控人员出发去黄石，真的是非常意外，也来不及多想，先赶紧去买生活用品，听之前去的同事说能带的都要带，心里那叫一个慌啊！

2月11日早晨出发后，脑子里还浮现着老公站在车窗外的眼神，和那句"你自己一定要注意啊"。等飞机降落在了武汉天河机场，心中顿时有点惊慌，终于进入疫区了。

从2月12日下午开始，我们院感控组的人员进入大冶人民医院，以后的日子几乎每天都在预检分诊、发热门诊、隔离病房、乡镇留观点等多处巡查，改进防控措施。接下来最重要的事情是各位队员穿脱防护用品的练习。经过2天的练习，整整5小时终于将医疗队60多人的考核结束，每个队员脱下口罩、帽子的那一刻都深深地吸一口气，甚至已经是满头大汗，好几次我都想哭！不容易啊！

  2月15日，大冶突然下起了雪，气温一下子降了下来，这天所有人员都进入临床了，看到每个队员都已经情绪饱满地穿上防护服、戴上护目镜进舱参加查房和护理工作，内心还是有点激动的，我们江苏医疗队好样的！我这个感染科医生出身的感控人员现在担心的不是自己被感染，而是医疗队的队员被感染、大冶人民医院的医护人员被感染、普通病区的病人被感染，因此深感责任重大。感控工作是非常纷繁琐碎的，天天在病区跑，与临床沟通，因为是临时组建的隔离病区，有的医护人员感控意识不强，穿脱防护用品不规范；有的则是穿着防护服到处乱跑，需要一一指出来。从开始不断增加隔离病区，到后来逐渐合并、关闭隔离病区，医院的执行力明显提高了；随着确诊病人减少，防控的形势却更加严峻，丝毫不能放松。在大冶的日子，自己一直捏着一把汗，每天关注现存确诊病人的数量，直到确诊疑似病人双清零，没有发现医护人员院内感染，心里才稍稍松了一口气。

  湖北的疫情控制得越来越好，防控重点转移到了防治输入性病例上，又出现了无症状感染者，形势依然严峻，疫情并没有结束，还是不能放松警惕，经过短暂休整之后还是要继续战斗啊！加油！

衣带渐宽终不悔，为"疫"消得人憔悴

> 刘腾飞，江苏省肿瘤医院，主管护师

在驰援黄石的日子里，我院的支援队主要负责黄石中心医院呼吸科新冠重症病房的救治工作。在我们这个病房里，有这么一位老年患者，他从病危到病重，再到现在的逐渐好转，老人一天天的康复让我们的付出变得更有价值。

老人是黄石本地人，从我们接手该病区开始就一直住在我们这里，虽然病情一开始很重，但是这位老人一直都很乐观，不仅给自己加油，还经常鼓励我们！随着病情的好转，我们和他的沟通也越来越多。

之前因为病情严重，老人稍微活动几下氧饱和度都直线下降，大家都把精力放在他的救治上。他有好几天都没有洗头了，看着他纠在一起的头发我们心里也不是滋味。现在情况好转了，我就想给老人把头发好好洗洗。一开始老人说什么都不愿意，"你们是白衣天使，我一个糟老头子，怎么能让天使给我洗头发呢。"我告诉他，这是对他长期

以来对我们工作配合与支持的一个小小奖励，之后在大家的再三劝说下老人终于同意了。

老人坐在床上，我学着理发师的样子，拿了一件干净的床单将老人脖子围了一圈，就这样一边给老人洗头，一边和老人聊着天，很快头洗好了，又拿来吹风机将老人头发吹干，防止老人冻感冒。吹完头发看到老人的胡子也长了，又拿来剃须刀把胡子也顺便刮干净！一切完成之后，老人说今天是他住院以来最舒服、最开心的一天，还说等他出院了，疫情结束了，一定要带着他们一家人到南京看望我们。

之后，老人和家里人视频通话，虽然听不懂他们的方言，但是老人发自内心的喜悦早已溢于言表，他高兴地露齿笑了，70岁的他笑得就像一个小孩子一样灿烂，一样天真……

这一段时间我们医疗队一直陪伴着他，看着他的病情渐渐好转。他的笑容让我特别开心，我想告诉这里的病人，只要我们保持足够的乐观，积极配合治疗，都会好起来的。在全国人民的共同努力下，一定会取得战"疫"的最终胜利！

来黄石的这段时间虽然体重瘦了近10斤，但看到一个个病人相继康复出院，内心非常欣慰。衣带渐宽终不悔，为"疫"消得人憔悴！有人说我们是英雄，我想说的是，我们只是一个个普普通通的人，只不过是换了一个工作地点，在平凡的岗位上做着自己的本职工作而已。

> 刘洋，淮安市洪泽区中医院，护师

你认真康复，我发奖状鼓励

我作为淮安第3批援鄂医疗队中的一员，于2020年2月11日抵达黄石市，随后被分配到黄石市阳新县，开展新冠肺炎确诊患者的救治及疫情防控工作。

3月8日，是我进入黄石市阳新县人民医院ICU工作的第10天，看着一位位原本病重的患者渐渐好起来，我真心为他们高兴。7日晚上主任在群里告诉大家一个好消息："36床、20床两次核酸结果为阴性，病情明显好转，明天就可以出院了。"群里立马热闹起来，大家纷纷送来祝福，因为我们都知道这两位患者已经在ICU救治了一个月了，在身体上、心理上都承受着巨大的压力。晚上我思来想去，要把大家对患者的这份鼓励，用实际行动表现出来。小时候每次考试成绩优秀老师都会发奖状鼓励，我心想不如也给出院患者颁发奖状。我立马起身拿出笔，为两位患者手绘小奖状。第二天，我早早进入隔离区域，待主任查完房，确认两名患者今天出院，我跟在后面偷偷拿出我为他们准备的小奖状。"×××在此次抗击新冠肺炎疫情中，成功战胜病毒，表现优异，特此鼓励！"两位患者很意外，他们露出久违的笑容，还不停地跟我们说谢谢。记得其中一位患者对我说："医生刚刚说我可以出院了，我还有点不敢相信，当你把这个奖状拿出来给我的时候，我感觉到我真的治愈了，我真的能出院了，我真的战胜了新冠病毒。"看着他喜悦的笑容，我却默默地流泪了。

  作为一名医护人员，每天不仅要研究如何规范诊疗手段，帮助患者治愈，达到标准健康出院，还要努力进行心理疏导。其实给患者送小奖状主要是想祝贺他们成功战胜病毒，同时也想给患者心理上的鼓舞。这些患者在隔离区域治疗一个多月了，远离家人朋友，他们承受身体和心理上双重挑战，治愈出院后还要面临着隔离期，我想通过自己小小的举动，在鼓励他们和医护人员共同抗击疫魔的同时，给他们传递一点力量。看着他们健康出院，我们的一切付出都是值得的。愿未来的日子，健康与快乐永远相随！

> 刘宇，句容市疾病预防控制中心，主管医师

重拾同学情 再续战友情

前几天一直忙得不可开交，每天都有新增病例。每天一早接到黄石疾控的网报信息就立即从区指挥部出发前往医院进行流行病学调查。已经数不清穿脱防护服的次数了，也不记得进了多少次隔离病房和集中隔离点。

从2月17日晚上来黄石到现在已经20天了，因为工作十分充实，所以感觉时间过得飞快。5个人组成的流行病学调查组每天全速运转，奔走在下陆区的街巷和医院。同组的同志们都不会开车，我就兼职做起了司机。在结束了白天的工作回疾控中心开会途中，经过谈山立交桥，看到夕阳西下，颇有感悟。

大学同学明方钊在武汉市武昌区疾控中心担任流行病学调查组组长，已经快两个月没回家了。他家就在黄石大冶，妻子马上面临生产二胎，却没有办法回家。前几天视频通话的时候，他告诉我他在的武昌区每天新增的病例终

于只有几十例了，比以前一天大几百例的情况要好很多。今天又是凌晨2点出去进行流行病学调查的，身边也有同事感染。我嘱咐他一定要好好休息，做好防护。

今天中午休息的时候抽空去看了一下他父亲，可以明显感觉到他父亲很焦虑，因为我得知明方钊的妻子马上就要去黄石妇幼医院生二胎，而这个医院是收治新冠肺炎患者的定点医院，全市患儿和育龄妇女都在这个医院治疗。但是为了陪护他妻子，老夫妻两人还是要冒险前往。我把医疗队发的吃的和朋友给的口罩送了一部分给他们，嘱咐他们做好防护。

疫情对这座城市的影响是空前的，所有的居民都居家隔离，密切接触者都集中隔离，病例多的小区用砖头围墙围起来，只留一个送生活用品的出入口，吃的喝的全部是社工统一配送上门。整个黄石城区的信号灯都停了，全是红灯，过十字路口要十分小心地慢速通过。马路上只有4种车，执行疫情防控的公务车、送医务人员的出租车、送菜的卡车以及救护车。

每次去进行流行病学调查的时候，病人和当地的医务人员得知我是江苏来的，都很热情，对我表示感谢。我想这是我应该做的，苏鄂两地一家亲。同学的办公室里有张折叠床，床上的被子还是在苏大上学时学校发的，他把照片发给我，我很感动。

还有3个月，我们就毕业10周年了，也是母校苏州大学120周年校庆。能以这样一种方式相聚，在湖北并肩作战，为母校庆生，"重拾同学情，再续战友情"，感动的同时，也让我充满了信心。此时心中只有一句话："你守卫大武汉，我守卫你家乡。"咱们并肩作战，疫情结束相聚武汉，把酒言欢。

2020年3月9日，同学明方钌喜得千金，也是他在武昌疾控中心连续奋战的第70天。虽然他无法回黄石老家看望妻女，但是从他的朋友圈可以感受到他无比激动的心情。希望新的生命带来新的希望，助我们共同战胜疫情。

不忘初心，"疫"路前行

> 马洁，江苏省中西医结合医院，主管护师

2月11日，凭借着5年ICU工作经验，我在众多报名者中被选中，正式成为江苏支援黄石医疗队的一员，驰援黄石市中心医院。

层层包裹下的艰苦奋战

在隔离病区工作的我，上班穿袜子之后还要裹着保鲜膜，保鲜膜要层层包裹到小腿——这是前辈们的经验，目的也是为了更好地保护自己；穿着雨靴套进防护服，再穿靴套，穿鞋套。由于我所在的病房进入隔离区只有两名护士，没有清洁人员和护工，因此，除了对病人进行专业的护理操作外，我们还要负责整个病房的消毒杀菌工作：病房拖地、空气喷洒、办公区域擦拭、患者用品擦拭消毒等，都被我们全部包揽。为了防止患者的杯口碰到水瓶口产生交叉感染，我们还负责一次次地为患者倒水。每当到了餐点的时候，需要将从窗口递过来的饭菜分发给患者。在整

个隔离病房无数次地来回跑动，工作量巨大，且基本上不能一次性完成，又穿着厚厚的防护服，常常汗流浃背。闷热的环境让人缺氧，我们只能经过短暂的休息，马上又要进入战斗状态。穿着厚厚的防护服坚持工作6到7个小时，加上防护头盔、护目镜、三层橡胶手套的佩戴，回到驻地，脚和手都红肿起来。幸好有医院准备的维生素E乳膏，抹一抹很快能缓解。

护理工作从"心"出发

我对每一位患者都充满爱心和耐心。在黄石的第一次抽血操作，到现在还历历在目。被抽血的患者是一位70多岁的老人，瘫痪在床并且伴有上肢抽搐僵直。抽血时，防护头盔在不断挤压着我的眼眶，护目镜上的雾气模糊着视线，三层橡胶手套的佩戴让我失去了大半的触感，抽血只能依靠多年的临床经验了。看着眼前表情痛苦蜷缩着的老爷爷，我暗下决心：必须成功。在病床前微蹲下来，专心沉着，冷静应对，一次成功。老人家笑了，我也松了一口气。"这是个好的开始，后面一定会越来越好！"我在当天的日记中写着。

说实话，没来之前有些恐惧，把他们当成传染源了，但当我真正踏入病房，一接触他们，心态马上就发生转变，他们只不过是一群需要帮助的人。33床是一位被隔离的老爷爷，基础疾病多，肢体偏瘫，意识不清楚，虽然听得懂医护人员的话语，但老人却极度不配合，基本上每天都要将排泄物弄得一片狼藉，不仅要及时清洗污物更换尿不湿，还要注意污物对他皮肤的刺激。因没有家人陪伴，所以基础护理对他来说特别重要。老爷爷很倔强,温柔地让他配合根本无效;要像对孩子一样,假装"凶凶"地对他,他反而能够暂时性地配合。的确,每个人都是独一无二的个体,都有独特的个性、状态。所以,对待不同患者使用的方法也要因人而定,这样才能更有助于护理工作的有效展开。我今天就假装"凶凶"地让他配合打留置针,很容易就做好了。

抗疫期间的"战友"情

最近一段时间,当地的一部分医护陆续进行了休整。抗疫这么久,他们终于迎来了短暂的喘息时间,我特别为他们高兴。虽然在一起搭班,碰面的机会并不多,而且,都戴着口罩,交流也不是很顺畅,但他们却向我表达了对我们到来的感激之情,邀请我们以后一定要再回来,到那时就不是以支援的名义,而是回到这里好好欣赏风景,品尝美食。真的,这种一起"出生入死"的战友之情让人很感动,并且,一定会终身跟随我的记忆。我感恩并感谢在黄石遇见的所有抗疫战友,他们不仅仅是冲在前方一线的医护工作者,还有在我们背后默默付出的班车司机、酒店工作人员……每天的车辆保障安排表上排列着每个时间点的车次及司机师傅的电话,哪怕是在深夜,他们依旧往返于医院及驻地之间。有的司机师傅也曾担心害怕过,每个司机都单独住在外面安排的住处。当我们在和疫情战斗的时候,司机师傅就像黑暗中永远亮着灯的港湾,带领医护人员一路前行。酒店的工作人员也给了我太多的温暖,饭菜的品种、口味从不会让我在黄石怀念南京的饭菜;夜里不论我何时下班回来，总有热气腾腾的夜宵，有稀饭、酒酿元宵及各种面点。回到房间，疲惫的我喝着热热的稀饭，心里特别温暖。还有每天给我们添加生活用品的后勤工作人员……他们也许姓名不为人知，却都是这条战"疫"路上默默无闻的"逆行者"。

春已至，万物生，疫情终将过去，剩下的一定是如约而至的美好和期盼。

在他的笑容里，我看到了春天

> 马丽，南通市肿瘤医院，护师

2020年，庚子年，注定是不平凡的一年。

年初传来武汉发生新冠肺炎疫情的消息。湖北告急、武汉告急！作为一名医护人员，逆行支援是我义不容辞的责任！最终我写下了请战书，并且有幸得到领导的批准。

2月23日晚上9点，接到南通卫健委的通知，次日凌晨3点出发。匆匆告别了送行的领导和家人们，辗转12小时，我们终于到达最终的目的地——阳新。

经历三天的严格培训与考核，我们的ICU小分队宣告成立，很快我们就将在阳新县人民医院隔离ICU投入战斗！

刚进ICU时，遇到一位年仅30岁的重症新冠肺炎患者——小正，合并尿毒症，隔三天即需血滤一次。我发现他情绪十分低落，躺在病床上几乎从不跟人搭话，也不好好吃饭，更不好好配合治疗。

他们在这里，吃、穿、治疗都不用愁，还有什么好愁的呢？于是我反思，回想起自己坐月子的那段时光，一个月不能出门，待遇比这更高级，依然难逃产后抑郁的魔咒！他和我同龄，却在最美好的年华受到病魔的无情袭击，这样的遭遇，任谁碰上都会抑郁、伤心，甚至绝望。

我每天除了对他进行打针、输液、喂药、翻身等治疗护理外，还经常主动找他聊天。尽管他不搭话，但我知道，他在听。我尽力给他做心理疏导，不停鼓励他，告诉他这些天病区里其他重症患者的情况，有的都已经康复出院了！

功夫不负有心人，他终于愿意坐起来吃饭了，像个挑食的孩子一样，把所有的菜用筷子拨了一遍，寻找自己爱吃的。我赶紧把汤递给他，因为我知道，他爱喝肉汤。果然，他将饭拌在汤里，吃得很开心。我趁热打铁，问他要不要来个饭后水果——微波炉热过的香蕉。他点了点头，很期待地看着我。

我拿着香蕉走进去，又倒了一杯牛奶给他，他竟然像个孩子般，露出了欣喜的笑容。这是几天来我第一次看见他笑了！这笑容，犹如春风拂过我的心田，扫去了一切疲惫！

回顾这一路走来，我明白每一段路都不会白走，每一次经历都将会是一次成长！此次援鄂经历让我见证了祖国的强大、人民的力量，收获了满满的感动！

此生无悔逆行路

> 马皖苏，连云港市第一人民医院，主治医师

2020年初湖北疫情肆虐，面对异常严峻的疫情形势，作为一名共产党员，作为一名感染科医生，不能有丝毫的犹豫，必须迎难而上，因为这是作为共产党员的一份承诺，也是一名感染科医生的职责。记得1月20日那天，门诊部李主任急匆匆给我打电话，让我立即到发热门诊值班。从那刻起，我知道全国新冠肺炎疫情阻击战打响了。在我院接到需立即组建我市第三批援助湖北医疗队的通知后，我再次请战，跟随江苏医疗队来到湖北省黄石市，对口支援阳新县人民医院，来到疫情的最前线。

有人问我，你走的时候哭了，是因为害怕吗？当然，不害怕是假的。我哭了是因为当所有队员都有家属来相送的时候，而我却没有，显得那么无奈和无助。2月10日晚上我跟我爱人说："我明天要去湖北了，你能回来吗？"其实我内心知道他不能来。他是一名军人，过年的时候单

位就封闭了。爱人问我明天从连云港机场飞吗？我说从南京飞，他也想在我走之前看我一眼。深夜从医院回家后，爱人给我发来了视频。他说，他虽然不能回来，但是可以陪着我收拾行李。那一刻，我的眼睛湿润了。

在我们医疗队里，我是年龄最小、资历最浅的医生，"少说话、多做事"是我给自己制定的基本原则。同时给自己提出几点要求：一是要做好防护，不要感染。这既是对自己和团队负责，也是对患者和工作负责。只有保护好自己才能不拖累团队，才能做更多的贡献。二是工作要细心、谨慎，绝对不能出现任何医疗差错。三是要加强学习，向带队领导学，向身边的"战友"学，尽可能地提高自己的能力水平。四是加强请示汇报工作，遇有问题绝对不能藏着掖着、不懂装懂。

到达阳新以后，根据领导安排，我首先在阳新县人民医院的发热门诊值班。每天早上7点，准时来到发热门诊的更衣室，把一层层的防护设备仔细穿戴好，和同事相互监督，不敢有一丝疏漏。8点准时来到诊室，开始一天的工作。

记得有位50岁男患者，干咳20余天，多次来医院就诊，查肺部CT、血常规均正常，但是患者咳嗽反复，自己非常焦虑，再次来诊。我给他安排了血常规、肺部CT等检查，结果显示患者肺部CT右肺有散磨玻璃影，符合疑似病例的诊断，需要立刻隔离治疗。患者听完以后特别紧张，其实这个时候，心理疏导对他们来说就太重要了。我耐心安慰患者，减轻患者的心理负担，缓解患者紧张焦虑的情绪，为他加油打气。经过反复的沟通，最后患者听从我们的安排进入定点医院隔离治疗。此时我对于"有时去治愈，常常去帮助，总是去安慰"的理解更加深刻了。

结束了 14 天的发热门诊工作，2 月 28 日我和我的队友们开始接管 ICU。ICU 是一个直面生死的地方，主要负责收治新冠肺炎的重症和危重症患者。一位男性患者跟我是同龄人，30 岁，年纪轻轻已经规律透析 5 年了，现在又被查出新冠肺炎而收治在 ICU。病人的情绪非常低落，不说话，也不怎么吃饭。我们看在眼里，急在心里。长期透析的患者，免疫力很差，如果再吃不好，后果可想而知。3 月 8 日我值夜班，零点左右，病人突然烦躁不安，配合差，氧饱和度下降，病情危急。通常情况下需要气管插管上呼吸机辅助呼吸，但是考虑到患者的病情有可能是精神障碍所致，不到万不得已不要插管，先采用精神药物治疗。最终经过多方努力，患者终于转危为安，并且露出了久违的笑容。

生命重于泰山，疫情就是命令，防控就是责任。我将继续与同事们一起，万众一心，众志成城，同舟共济，守望相助，坚决打赢疫情防控阻击战，在防控疫情斗争一线彰显白衣战士的责任与担当。

老袁有个"窗外的秘密"

> 茅秋霞，苏州大学附属第一医院，主管护师

老袁是新冠肺炎危重症患者，在我印象里，他已经卧床很久了。今天白班我照常给老袁挂水。他问我："茅茅，你们来了一个多月了吧？""是啊！"我说，"到今天刚好一个月。"老袁露出闪烁的神情："我感觉这两天好多了，有劲了，我想起来走走，看看外面的天，行吗？"看到老袁充满期待的眼神，我特别想立刻就答应他。自2月4日入院，老袁就一直躺在床上，一个月来，从需要呼吸机供氧到现在鼻导管吸氧就能维持氧供，他的情况好了很多，但身体还是很虚弱，想要脱氧下地行走可不容易。卧床这么久，谁不想看看窗外的天空呢？我安慰他："你先别急，我待会扶你站一会儿，如果你真有力气，再去窗口看看，好吗？"老袁连声道谢。

给所有病人都挂上补液后，我特意找到正在病房的冯主任，汇报了老袁的情况并询问意见。冯主任同意了老袁

的要求，与管床医生一起来到了老袁床边。我们一起拆除了监护、鼻氧管，弄好补液，慢慢搀着老袁下了床。我嘱咐着："老袁，我们不急，慢点，一步一步地走。"可窗外似乎有什么在吸引着老袁，他一步紧接着一步，颤颤巍巍地向窗边走去。来到窗口，外面的阳光像金子一般灿烂。不仅是老袁，我们也因这美好的景色短暂地忘记了眼下的烦恼。我鼓励老袁："今天虽然太阳好，可天还不算蓝呢，等你身体恢复了，就能自己走出去看美景啦！"可老袁始终只盯着一个方向看，仿佛眼睛里有时光隧道，能穿越窗户玻璃，把他带去那个地方。突然，他再也抑制不住情感，激动地抬起了手，把他凝视的方向指给我们："快看，那幢高楼边上，就是我的家，我看到我的家了！"原来，他看的是他的家！

虽然老袁曾经告诉我，他家离医院不远，只有5分钟行程，可我万万没想到，他一直努力想看的风景，就是他不远处久违的家啊！我们扶着老袁在窗口看了1分钟左右，就赶紧扶着他回到了床上。可能是由于激动，老袁的脉氧比以前低了不少，可神情依然闪烁着喜悦和希望，还念叨着等出院了要去看看樱花。我想，这大概是老袁住院以来最开心的1分钟吧！

老袁一直挂念着的窗外的秘密，是我们每一个患者和医护人员共同坚守的美好家园。

> 穆传勇，苏州大学附属第一医院，主任医师

党旗在黄石飘扬

疫情猝不及防，在接到支援黄石号召的短短几个小时内，苏州大学附属第一医院便组建完成一支来自呼吸、感染和重症科室的14人医护团队，连夜准备行李，在医院各级领导和亲人的殷切嘱托中踏上征程。

一路上，每位队员的手机都响个不停，满屏的媒体报道和亲朋好友发来的慰问，温暖着每位队员尚不平静的心。到达南京禄口机场，省领导及卫健委领导做了简短的送别和动员仪式。彼时，内心是激动的，现场更是一派"风萧萧兮易水寒"的"壮志豪情"，这样的经历，也许一辈子都不见得能有一次吧！

抵达武汉机场已是夜幕降临，伴着小雨感觉微寒。警车开道，搭乘大巴一路畅行。到了黄石境内，更是有民众自愿夹道欢迎。队员们都说，救死扶伤是医护的天职，疫情就是命令，防控就是责任。但撇开大道理不谈，就是冲着黄石人民这份热情咱也要拼命干啊！

黄石市区的新冠定点收治医院主要在黄石市中心医院、黄石市中医医院（传染病医院）、有色医院和矿务医院。中心医院收治极危重症患者和疑似患者，中医医院收治重症和确诊患者，有色医院和矿务医院收治轻型确诊患者。江苏省对口支援黄石医疗队一共来了310名医护人员，由南医大鲁翔副校长任总指挥。市区安排了180人左右，由中大医院黄英姿副院长领队，根据黄石各个定点收治医院的具体情况具体部署。由于黄石之前已经做了相应的分级和分类安排，因此这次和支援武汉的队伍不同，没搞整建制，而是和各家医院携手共建，共抗疫情。

经过短暂的休整，医疗队迅速投入战斗。刚来的两天里，各种会议部署、医院衔接、物资调配、防护培训等等，忙得根本停不下来。扎营练兵，感控先行。面对的是具有超强传染力的新冠病毒，哪敢有丝毫懈怠？黄石各家医院虽有提前部署，但感控关还是有待改进，这项工作不但是院内医务人员零感染的保证，也是此次战役是否全胜的关键。作为先行排雷兵，在指挥部的带领下，各组业务主任、护士长和感控专员实地考察、严格把关、精准对接，各家医院也是积极配合、精诚合作、高效落实。两天内，各种感控防护措施到位，医护人员也迅速投入一线临床。脉氧跌、血压掉、心跳停，几乎每天都会上演。插管、切开、机械通气、ECMO、血透、康复者血浆，治疗组每天都在讨论各种可行的个体化治疗方案。穿着沉重闷热的防护服，即使这样，能看到治愈出院的患者，所有的劳累和辛苦会瞬时化成满满的成就感。

哪里有危险，哪里就有党旗飘扬，飘扬的党旗展现的是战必胜的信念。苏大附一院支援黄石医疗队14人中，有6名党员。来到黄石的第三天，指挥部就组织召开了党员大会，重温入党誓言，成立了援黄石党总支和援黄石苏大附一院党支部，这是一场全民动员的硬仗，队员纷纷递交了入党申请书。在支援黄石满月之际，支部举行了一场特别的党日活动，让苏州、武汉和黄石的党员同志通过视频连线相聚，深入学习贯彻习近平总书记在湖北省考察新冠肺炎疫情防控工作时的重要讲话精神，畅谈抗疫过程中的诊治体会和感人事迹。一线的党员同志更要把防控责任落细落实，不获全胜决不收兵。一名党员就是一面冲锋的旗帜，一个支部就是一座战斗的堡垒，苏州大学附属第一医院援建黄石的堡垒一定岿然不动，鲜红的党旗高高飘扬在抗击新冠疫情的最前线！

2020年3月27日，黄石新冠肺炎患者清零，指挥部下达了撤退命令。次日，队员乘坐的大巴车在黄石市民的夹道欢送下驶向武汉机场。47天，1015例患者，治愈出院976例，骄人战绩的背后是无私的奉献和无畏的精神。飞机降落南京禄口机场，对绝大多数队员而言"过水门"还是头一遭，党和政府给了我们最高荣誉和礼遇。

至此，阶段性任务完成，这段时光在漫长人生中如同白驹过隙，但终生难忘。在这场席卷全球的新冠疫情中，虽然个人的力量极其渺小，但万众一心，众志成城。心怀敬畏之心，永葆感恩之情，继续回归日常工作，迎接全新未知的明天！

刻骨铭心的援鄂经历

> 钱数银，南通市第六人民医院，主管护师

我是南通市第六人民医院呼吸科的一名护士。和大多数护理姐妹一样，每日在平凡的工作岗位中有条不紊地忙碌着。然而春节前夕，新型冠状病毒引起的疫情席卷了整个华夏大地，牵动了亿万国人的心。本是欢聚一堂的团圆时刻，却变成了紧张的出征动员令。2月10日晚7点，还在上小夜班的我接到援鄂通知，正式成为江苏援黄石队伍中的一员。由于时间紧迫，医院领导及科室姐妹连夜为我准备了防护物资、生活用品、药品等，让我十分暖心。2月11日早7点，告别了院领导、家人和姐妹，我踏上了征途，前往南京与医疗队会合。在"武汉必胜，湖北必胜，江苏来了"的口号中，我更坚定了自己援鄂的信心！

2月12日凌晨，我们抵达湖北黄石。经过两天的防护培训及考核，于2月14日下午正式与当地医院进行工作对接。到达医院后，护理部主任及科室护士长热情接待了

我们，我们也了解了当地医院情况。由于疫情来得突然，确诊人数不断猛增，医院由原来1个传染病区火速扩充成12个病区，全院医护人员都加入抗击疫情的战斗中来！在我们抵达之前，他们已经连续工作了二十几天，不能回家。在这期间，护理姐妹们无一人退缩，并肩作战，凝聚力让我惊叹不已。护士长还和我们分享了入舱的工作经验，让我不安的心慢慢地平复下来。

2月15日，是正式上岗的日子。我工作所在的是当地医院的重症病区，患者病情危重，工作量大。面对陌生的工作环境，面对陌生的疾病，我内心其实忐忑不安，但是想想在前线奋斗的同胞们，我只能调整心态，给自己加油鼓劲！上班前只吃干粮，不喝水。严格遵照流程穿戴防护用品，对自己全副武装。即便穿到一半就开始闷热出汗，我也不能有一丝松懈。因为我知道，只有保护好自己，才能更好地为患者服务。和队员相互检查，再次确保防护到位后，我们携手进入了隔离病区的病房。静脉输液，肌内注射，雾化吸入，吸氧，监测体温，测量血压、血氧饱和度，动静脉血采集，翻身拍背，吸痰，口腔护理，尿道护理……身为呼吸科护士的我对这些操作一点都不陌生，但是穿着厚厚的防护服，操作就有了很大难度。记得第一次进行静脉输液时，戴着两层手套，找起静脉完全没有手感。有位40多岁的患者看出了我的焦虑，连忙安慰我说："小姑娘，别着急，阿姨静脉本来就不好找。我知道你穿着几层衣服，戴了几层手套，干起活来不方便，你不要担心，慢慢来啊。"听到她的鼓励，我努力让自己平静下来，顺利地帮阿姨打上了针,心里顿时松了一口气!真的非常感谢患者的理解!除了治疗,我们还要给患者做很多的生活护理,比如打开水、洗脸擦身、换衣服、更换尿不湿等,都要护理姐妹们一起协助。尽管上班一个多小时就会出现呼吸困难、眼罩起雾、走路打滑,但我和护理姐妹们都有条不紊地忙碌着。

在工作中,我遇到了一群最乐观热情的人,那就是我们的患者。当他们得知我是江苏医疗队的一员,都非常地激动,说道:"我在新闻上看了报道,知道你们要来了,感谢你们前来支援,感谢你们江苏医疗队!你们来了我们就不怕了!"同病房的患者也是对我竖起了大拇指连声感谢。另外一位老爷爷本就呼吸困难,说话费劲,可是在我帮他放好床上饭桌,打开饭盒时,他还是一边喘着气,一边说着"谢谢,谢谢"。这一声声的感谢,让我心里特别温暖。

在工作中还有一群最可爱的人,那就是我的战友们。每天我们一上班就互相加油打气,在工作中遇到了困难,大家互帮互助;在一些难度系数高的操作及治疗中,我们都会互相配合。团队协作,培养了我们浓浓的战友情,让我们在工作中无坚不摧!一个班下来,汗水湿透了我们的头发,衣服粘在身上,口罩在我们的脸颊上留下深深的印记,滴水未进,口干舌燥,我们都感觉不到。因为我们心系患者安危,更因为我们要践行自己的使命!

3月14日,终于,确诊病例及疑似病例双清零,我们的努力取得了阶段性的胜利!依然记得刚来这里,在大巴上看到的情景：空气中弥漫着消毒水的味道，公园里面空无一人，街道上只有三三两两的清洁工人、执勤的交警和戴着红色袖章的志愿者坚守着岗位。所有人都屏住呼吸，默默无言。而现在，黄石已经逐渐解封。不久，我们又能看到老人们跳着广场舞，孩子们无忧无虑在阳光的沐浴下闻着花香、踏着青草嬉戏打闹的场景！

战"疫"友情

> 石磊,南京医科大学附属逸夫医院,主治医师

"有时去治愈,常常去帮助,总是去安慰",每次接班的时候都会看到黄石市中心医院的电脑桌面上印着这么一句名言摘录。医生的本职就是治病救人,只是我们把战场转移到了湖北黄石,多了一层防护服,以及一份救死扶伤的责任而已。

老袁是目前这一批病人中最早来的,来的时候刚好我值班,他的指脉氧很低,随时有猝死的可能。老袁说话很费力,说不了几句就会满头大汗,对很多治疗都不太配合。我握着他的手,让他少说话,给他分析病情,说下一步的治疗方案,以及病情的预期,等等,又聊了聊家常。经过和专家组的沟通后建议给老袁使用经鼻高流量氧疗。我一边跟老袁聊着天,一边根据老袁的适应程度以及氧合情况,不断调整着氧疗机的参数。后面我每次进入病房都会先和老袁握个手,然后给他伸出大拇指,再帮他调整一下氧疗

机的参数。慢慢地老袁的病情逐渐好转，也能说更多的话了。中间休息一天再来病房的时候，因为匆忙也没来得及给防护服写上名字，走进房间我问他这两天怎么样，老袁立马就认出了我，说："石医生，我这两天觉得好多了，但是你昨天一天没来啊？"我不知道怎么回答，只是很感动，为自己，也为所有正在抗疫一线战斗的医护人员。这是一份信任，一份被需要，也是一份沉甸甸的责任。我们一定会战斗到疫情结束的那一天，等你们都顺利出院，等我们都脱下这身防护服。

来到湖北黄石抗疫的40多天里，我们付出了汗水，也收获了很多，除了医患之间最纯粹的信任，当然也包括和当地一线抗疫医护人员结下的深厚战友情。姚主任是临时从神经外科被抽调到重症新冠肺炎病房参加值班任务的，我一直和他搭班，他虽然是老同志，但没有一点架子，总是会抢着进病房，说我们来支援他们非常感谢，但我们是客人，要多休息。我也总是抢在他的前头穿上防护服，我说我们来这里就是帮忙的，再说我年轻，就应该多干一点。虽然有年龄和职称上的差距，但我们总是像一个战壕里的战友，互相帮助。姚主任说想学习血气分析的知识，我说我刚好也想学习颅脑的解剖知识，我们就在工作之余互相当起了对方的专业老师。临近返回江苏时，姚主任还特地为我准备了一份特殊的礼物——当地的一块"孔雀铁矿石"。我们相约等疫情结束后，请姚主任来南京逛逛玄武湖，看看雨花石。这份情谊我想一定会永远保存下来。

ICU 奔走的 5 小时

> 孙湘，苏州大学附属第一医院，主管护师

今天我如往常一样提早 15 分钟进入病房，先在病房里兜了一圈，了解情况：床位上共有 12 位患者，其中 2 位患者在行床边 CRRT 治疗，1 位患者在用高流量吸氧，2 位患者在用无创呼吸机，其余患者在用有创呼吸机辅助呼吸，有 4 位患者在行俯卧位通气，刚收治了 1 位新患者，医生正在行深静脉穿刺……

呼叫器上的声音，一直在响个不停："7 床新病人的补液赶紧拿一下。""有病人要抽血。""8 床病人暂停舒芬泵改用咪达唑仑泵。""11 床的血浆冷沉淀来了。"……

就在大家刚把在各自床位的患者接好班不久，我们才发现今天的加强班值班医生是我们医院急诊 ICU 的赵医生。"1 床、7 床、14 床再查一个血气分析。"赵医生说。我们立马行动，没多久，动脉血气结果出来了，其中 1 床患者的氧分压 65mmHg，二氧化碳分压 57mmHg，14 床的血

气结果虽然相比1床患者氧分压略高一些，但总体状况也不太理想。赵医生果断地说："准备气管插管，先1床再14床。"

收到医嘱，我立马安排护士在1床边配合医生用药准备，还有气管插管的所有物品。黄石本地的医护短时间内负责其他病人的巡查，我则奔向了仪器房。房间里仅剩2台一样的呼吸机，我赶紧推了1台到1床，就在准备把呼吸机的氧气接头接入中心供氧时，竟发现接头不匹配。我突然想到，病房通道的另一头有很多氧气瓶竖立着，应该是为了这些呼吸机供氧准备的。于是我又立马跑过去，氧气瓶的高度与我身高相当，双手稍稍用力一试，怎么这么重？不过在这紧要关头，也只能硬着头皮上了，我知道这个时候既要快还得稳，不然一不小心砸到自己不说，还会耽误病人的抢救。抱着氧气瓶慢慢滚动了有1米远，顺着节奏已经可以稍加提速了，从氧气柜到1床相距大约15米，我花了五六分钟的时间终于把氧气瓶挪到位，一步步安装起来。只见小伙伴插管顺利，已经在准备固定气管导管，我准备的呼吸机也终于使用上了。

待1床患者的生命体征稳定，我们又迅速转战14床患者，再次开始准备行紧急气管插管术……

大家齐心协力、争分夺秒地接连完成两例紧急气管插管术，患者的生命通道已经被打开，血流动力学也逐渐趋于平稳，这时大家才松了口气，而早已被汗水浸透的衣服贴着后背，这时才感觉到一丝丝凉意。来不及休息，大家又都赶紧投入自己的床位工作中去。

5小时的班次结束，当我们回到更衣室时，深绿色的洗手衣已经被汗水浸成了墨绿色，竟连裤子也湿透了，彼此开玩笑是不是尿裤子了……

> 孙晓兰，南京医科大学附属逸夫医院，主管护师

为了你的笑脸

当我穿着厚重的防护服第一次踏进 ICU 时，深刻体会到了当地医护人员的不易。在我们没有到来时，她们已经连续工作了二十多天了，有的甚至更久。她们当中有的孩子过生日只能远远看上一眼，有的家里老人生病也不能回去照顾……因为穿着防护服，不仅闷热，还要忍受着口罩压迫脸庞的疼痛，护理操作时也有很多不便的地方，护目镜里的雾气模糊了双眼，大大增加了我们护理工作的难度，但是我们没有停止手中的工作，我们深深知道，这就是我们的使命跟责任，我们不能退缩。下了班，当大家脱下防护服时，没有一个人的衣服是干的，每个人的脸上都会留下"最美"的痕迹。但是没有一个人有丝毫埋怨。

从 3 月 12 日开始，我跟战友们一起从临床重症一线转至基层一线黄石饭店隔离点，开始了我们另一站点的工作。隔离患者当中年龄最大的 83 岁，最小的 10 岁，虽说

都是康复隔离的患者，但我们每天依然要关注他们的健康。我们穿上防护服，一层层地爬楼，一个一个房间地查房、问候。不仅询问他们的身体状况，测血压、监测指脉氧，对于他们的心理健康以及生活起居都会兼顾到。他们得知是江苏医疗队来看望他们，一个个都很兴奋、激动，更多的是感激……

今天我跟往常一样巡查病人情况，当我敲开门，映入眼帘的是一张稚嫩的脸庞，一个10岁大的孩子，他的眼神丝毫没有显示出任何的恐惧跟不安。我摸着他的脸庞问他有没有哪里不舒服。他对我说："阿姨，我一切都很好，没有不舒服，就是有点困！"我顿时想起了远在600公里外的儿子，也许因为自己也是母亲，不由得对他多了几分关爱。我问他想吃什么，我明天带给他。他想了一会儿对我说："我想喝汽水！""好，明天阿姨带给你。"第二天当我把一瓶汽水递到他手上时，虽然戴着口罩看不到他脸上的笑容，但是看着他那眯成一条线的眼睛，我知道他很开心！

是啊，幸福其实很简单，简单到一句话、一个眼神、一个笑脸。看着微笑的你，突然发现，我真是世界上最幸福的人，你的笑脸就是对我最大的肯定。孩子，我们一起加油！

守好每一位病人

> 汤忠泉,南京医科大学第二附属医院,主治医师

2020年2月19日晚是我在黄石市中医医院的第一个夜班,查完房,交接完工作,已至深夜,回去还要彻底地消毒和沐浴。头发上留存着挥发不去的湿气,肚子不争气地饿了,睡意渐渐袭来,膝盖也酸痛得厉害。

我是南京医科大学第二附属医院的主治医师,工作近10年,呼吸内科、ICU轮转过,发热门诊也干过。但这是我第一次到湖北黄石,第一次进隔离病房,第一次奋战在抗疫一线。

抵达黄石后,我被分在市中医医院。自疫情暴发以来,黄石市及周边超过三分之二的新冠肺炎确诊患者均被这家医院收治。病人多、危重患者比重大、防护隔离不到位、医护人员疲惫不堪、工作流程欠缺、抢救能力需进一步提高等,是面临的最突出问题。

经过两天严格的培训,我掌握了全套隔离装备的穿脱,

并通过了感控组培训考核。结合驻地条件，设定进出驻地的消毒流程和个人房间分隔方案，最大程度保护江苏医护远离病毒。

  我年龄最小，没到病房前，我心里也有些慌，不知会面临什么状况……几天班值下来，心里稳了、有底了，开始的一些害怕、恐惧逐渐消散。我知道，身后有一支最强大的医护团队，我很放心。我们都怀抱同一个信念：整整齐齐地来，定要平平安安地回！

  病区在隔离区及半污染区各配备了一部手机、一台iPad。隔离区外的人员通过配备的手机和iPad与病区内人员进行沟通，通过视频、拍照等方式更直观地了解患者病情的方方面面。因此我还有一个身份——"疫区摄影师"。没办法全员进入隔离区，我便负责用电子设备记录下医生查房治疗和护士操作的瞬间。值班期间我克服了穿防护服的各种不适，常常在床边巡视，多次及时观察病人生命体征的变化，采取有效措施使患者转危为安。

  经过多方面的努力，实现了进驻 5 楼病房零死亡的成效，市中医医院新冠肺炎的治愈率也得到了很大提高。

  2020 年 3 月 28 日，45 天的黄石"抗疫之旅"画上了圆满的句号——黄石"清零"。多难兴邦，共克时艰。面对突如其来的挑战，有一群斗士心怀大爱，慷慨请战！冲锋奋战在疫情防控第一线，不讲条件，不计回报，不畏生死，这些闪烁着人性光辉、奋战在抗疫战场上的忙碌身影，汇聚成了攻无不克、战无不胜的中国力量！

一座带给我温暖的城市

> 王培涓，南通市第四人民医院，主治医师

我是土生土长的南通人，滨江沿海城市的孩子，自小就和长江有着不解之缘。记得小时候常爬到江边堤岸上看经过的大轮船，看长江潮起潮落。没有想到，30年后，我随着长江溯流而上，有了第二故乡——黄石！

一个月的时间，放在一个人的生命中而言，是短暂到可以忽略不计的时间长度，但是如果这段时间被赋予了特殊的意义，那就是铭记终生的回忆。在今天离开黄石的时候，带着这段时间里每一个温暖的回忆，轻轻地话别……

还记得第一次进隔离舱，我很紧张也很害怕。但是当我还坐在班车里的时候，就远远看到医疗队的战友已经在大门口等着我。2月底的天气还很冷，那天又下着雨，穿着单薄手术衣的战友说："你第一次下病房，我和你一起穿防护服，我要确保你的安全。"那一刻，我的心一下子就踏实了，深刻感受到团队的力量。那一天，战友把每个

细节都给我把控到位后才领着我进入病房。而之后每一次进隔离舱前，都会有战友陪我一起穿脱防护服，互相检查。再后来，在我把工作交接给黄石当地心理工作者，领着他们进隔离点的时候，我也是这样帮他们穿防护服的。我想这就是爱的传递。

还记得我干预的第一名患者，尽管自己因为感染了新冠肺炎而焦虑不安，但是听说我是心理医生，专门来给她疏导的时候，她一下子就激动得红了眼眶，说："他们（指床位医生）太忙太苦了，我不敢耽误他们的时间，其实我很害怕，但是我没想到他们帮我把心理医生找来了……"这名患者边哭边往后连连退步，她说："医生你快出去，我不能传给你，你来了我就安心了，我就不害怕了……"那一刻，我下定决心，我要在有限的时间里尽量为更多的患者解决心理诉求。后来，我收到很多黄石患者在结束心理干预后发来的感谢短信，也收到很多我在南通的患者发来的关心和问候。我为自己被需要而感动，也为自己的这份职业而自豪。感谢每一位患者，我在为你们服务的时候，其实你们也在疗愈我的内心。

还记得第一次在队里做团体心理治疗，面对的都是有医学背景的战友，有的甚至是各自专业中的领军人物，我担心自己不能驾驭局面。但是他们参与时都很认真，每个环节配合度都非常高，离开时都对我表示了感谢。我在回访治疗感受的时候，都给予了肯定。正是他们给我的支持和鼓励，使我在后面开展工作时越来越自信。这是我第一次参加这样重大事件下的危机干预。但是经过这一次，我想今后无论在什么情况下开展心理危机干预工作，都会泰然处之。

在黄石，有太多经历让我刻骨铭心。最难忘的还是身边人带给我的温暖：一起共事的黄石当地心理工作者周主任，已年近八旬，每一次的工作例会从不缺席，有时候我们说有事会给她电话让她不要出门，她总是不答应。那时候黄石交通还处于管制状态，她就常步行一小时来工作，她说："你们这么远从江苏过来了，我这点路算什么。"这种敬业精神也深深打动了我。和我同组的戴主任，看我每天晚上还在学习关于危机干预方面的知识，担心我休息不够，就把每日写工作简报的活揽了过去。他不习惯使用电脑，就用手机一个字一个字输入。我的导师同在武汉从事心理援助工作，一有最新的工作方面的消息就第一时间发给我，倾听我在工作中遇到的困难，给予我意见和帮助，同时还不忘指导我开展和疫情相关的科研。其实在危机干预中，心理医生也很容易遭受到二次创伤。我在家里的同事，几乎每天都发信息来关心我的生活和工作，有的还经常和我通电话帮助我排解不良情绪。其实等我把当天的工作弄好都很晚了，有时候和他们通完电话甚至都深夜了，但他们依然默默在大后方支持着我。还有我在这里的队友们，大家一起互相鼓励，互相关心。第一批队员离开后，我们继续留守黄石的没有从事护理专业的，所以他们离开的那天，还特意叮嘱我们一定要保护好自己……刚来的时候，我们只是南通各家医院点头之交的同行，但是这段经历让我们建立起"战斗"友谊，从此以后我们彼此间又多了一个称呼：战友！

还记得刚来黄石的时候，儿子给我写了一封信，信里说他把妈妈借给黄石去帮助那里生病的人，但疫情过了黄石一定要把妈妈还给他。经过一个多月的努力，我们终于不负使命，圆满完成任务。儿子，黄石今天把妈妈还给你了，但是黄石也永远存在妈妈的心里了。春天的黄石非常美，磁湖就像咱们的濠河一样孕育了黄石儿女，磁湖畔的樱花也绽开了，以后妈妈一定会带你来黄石看樱花，看看妈妈的第二故乡，一段记载着我生命中特殊经历的温暖的城市。

> 王婷婷，江苏省中西医结
合医院，护师

不负韶华斗"疫"魔

2020年的春天是令人难忘的。一场疫情的暴发，一次国家的动员调度，我义无反顾地递交了"援鄂医疗队申请表"，也很荣幸能被选中成为江苏省中西医结合医院援鄂医疗队成员。2月10日晚上突然接到医院通知，2月11日启程出征湖北，目的地：湖北黄石。到达黄石的第二天，我们就投入紧张的培训中了，培训的主要内容是个人的防护要求及穿脱防护服、佩戴护目镜流程等，有专门的考核组老师和专家进行考核，人人必须考核过关。

因为工作需要，我被安排到黄石市中心医院隔离区。第一次进入病房，第一个班次负责病区消毒等工作，印象特别深刻。穿着防护服，戴着防护用具，艰难地完成一些平时看来很轻松的工作。有一个病人使用着呼吸机还问我："有没有吃饭？吃不吃面包？我的面包没有问题的，可以放心吃。"他已经很痛苦了，还在想着我们医护人员有没有吃东西，真的非常感动。

后来由于黄石市中医医院与黄石市中心医院两家医院的 ICU 合并，转来了一位老奶奶。她是先到黄石市中心医院 ICU，病情转好一些后转到呼吸科病房的。刚来的时候不讲话，谁跟她讲话也不搭理，就闭着眼睛，给她做一些检查，她都没任何反应，吓坏了我们，不知道哪出了问题。后来从原黄石市中医医院 ICU 的护士长那了解到，奶奶特别怕生，她觉得大家都不要她了不管她了，所以才会这样。我亲眼看见护士长在她身边陪了她很久很久，跟她说话安慰她，后来护士长特别交代我，在不耽误其他病人的情况下，多照顾下奶奶。值夜班的时候我去巡房，正好走到奶奶房间，给她整理好床铺，只听见奶奶用微弱地声音说："你能不能先别走，等我睡着了你再走。"我愣住了，心里好不是滋味。因为是隔离病房，家属都不可以进来照顾，奶奶一定很想念家人，我立刻答应了奶奶的请求，一直陪着她到睡着才离开。

支援黄石的时间虽然短暂，却是宝贵的，终生难忘的。我们和黄石当地医院的老师也建立了友谊。这份友谊不同于往常，虽然没有太多了解，但感觉很坚固，临撤退的时候很不舍。都说撤退是一件开心的事情，但看见黄石的市民自发组织送我们，看着黄石一天天恢复人间烟火味儿，心里好感动。在未来的人生道路上，这段宝贵的经历也会时刻提醒自己，作为医务工作者的我们要有担当，更要肩负起我们这一代人的责任，不负韶华，将自己的绵薄之力奉献给祖国。

> 魏庆娟，徐州市铜山区人民医院，主任医师

再赴前线

我是一名普通的呼吸科医生，在自己平凡的岗位上兢兢业业工作了20多年，没有轰轰烈烈的事迹，也没有惊人的壮举，只想着用自己掌握的专业知识，并怀着一颗善良和真诚的心，服务每一位患者，做最好的自己。

2003年我还年轻，当院领导通知我到县传染病院抗击"非典"的时候，我没有迟疑，义无反顾地奔赴前线。17年后的今日，新冠病毒肺炎在湖北武汉暴发，我作为一名呼吸科医生，责任促使我请战驰援武汉。我的愿望就是，控制疫情、挽救生命，让人们早日摘掉口罩自由呼吸。

到阳新后的前两天是战前总动员，以及防护知识培训，穿脱防护服操作训练，对接防疫工作流程，系统熟悉，等等。我作为大姐，仔细指导监督大家穿脱防护服，一遍遍练习，确保做到防护万无一失。第三天我被安排到发热门诊上班（白班、夜班交替），每一位来发热门诊就诊的患者，听说

我们是江苏省来的医生，都充满了感激，说得最多的一句话就是"谢谢你们来救我们"。其中有一位60多岁的阿姨，感冒后发热一周，伴恶心、呕吐，老伴陪着她来就诊。我看她很难受，起身想扶她坐下，她的老伴立即用胳膊肘挡在我前面把板凳拿到距我1.5米以外的地方坐下，诉说病情、测量体温，他说："万一有病毒不要传染到你。"我真的很感动。还好通过抽血化验、胸部CT等检查，老人的病情不支持新冠，我联系收住普通病房治疗，望她很快康复。

2月16日上午9点左右，我接到通知，司机20分钟左右到阳新接我转移阵地。来不及多想，也来不及与同事告别，我立即收拾行李。坐上车后，师傅说我们到黄石，那边缺呼吸专科医生。黄石当时的情况非常不乐观，危重病人多。一路上，除了到路口卡点有防疫人员测体温、登记信息外，几乎没有行人。开车大约一小时，来到黄石磁湖宾馆，负责接待的同事说我被分配到黄石中心医院ICU上班。第二天上班换上防护服后，进监护室，我负责管理一位50岁左右男性患者，他两次气管插管，病情严重。有时失眠，情绪急躁，一直应用镇痛镇静剂缓解症状。我通过与责任护士详细了解情况，结合监护指标、化验指标和胸部CT变化，认为这名患者要尽快拔管（插管是很痛苦的），拔管后予无创通气过渡。前提是患者要有信心能好起来，并充分信任医师。我向他表明身份，与他心理沟通，告诉他凡事我都会陪着他，随后吩咐护士撤镇静剂，撤保护性约束带，锻炼自主呼吸，当天下午患者顺利拔管。

接着胃管、导尿管依次拔出，患者康复出室转普通病房隔离观察。在我们大家共同努力下，相继又有5个重症患者病情好转，转出ICU室。

面对新冠病毒疫情，祖国召唤，义不容辞。面对此次疫情，想到年过半百我还能为国家做点贡献，真的很开心，别人说我是英雄，我觉得自己只是一名普通的呼吸科医生。

用爱相守 抗疫必胜

> 魏银丽,南通市第一人民医院,主管护师

疫情暴发牵动着全国人民的心,也牵动着我,每天睁开眼看着与日剧增的病患人数,都有一种痛涌上心头。感动于逆行者的勇敢与大爱,感受于疫区人民的无助与痛苦,感念于医护人员的责任与担当,在医院组建支援湖北医疗队时,我义无反顾报了名。

2月24日凌晨,带着领导的信任与牵挂、家人的不舍与担忧、同事的叮咛与支持、朋友的担心与祝福,我成为江苏省支援湖北黄石第二批医疗队中的一名成员随队出征,我们一行37人带着不获全胜决不撤退的信念,誓与新冠病毒抗战到底。

怀揣着同一个使命,为着同一个目标,我们来到了黄石。但想象中的作战和亲历战场还是不一样的。这期间我经历了第一次穿防护服,第一次戴防护口罩,第一次体验了戴三层手套导致的双手麻痛感,第一次体会到缺氧的痛

苦，第一次觉得能自由呼吸是多么奢侈的事……很感恩，在这里我有幸遇到一起共事的好战友，当我咳嗽不舒服时，他们不断鼓励我、关心我；当我身体疲累时，他们主动承担脏累活；当我工作中遇阻时，他们和我共同应对想办法。我们就这样从陌生到熟悉，彼此之间不断磨合。

在黄石的一个月，看着守护的城市慢慢复苏，看着看护的患者慢慢康复，心中每时每刻都被感动着。比较难忘的是我护理的第一名重症患者。刚接手时患者昏迷，气管插管，用着有创呼吸机，由于血氧情况尚可，所以主任们都很重视，希望可以将他救治好，因此在护理方面要求格外高，不容一丝马虎。因为是我到黄石后护理的第一名患者，而且是如此重视，刚开始时我有些忐忑，感觉到无形的压力，但是多年的工作经验让我相信我可以胜任。之后的工作中，病情观察、生命体征监测、气道管理、营养支持、生活护理我均一一认真落实且规范操作，不敢有任何松懈。患者行俯卧位通气，我总是一再观察，确保管道通畅，确保各项指标正常。尽管患者昏迷，但我们还是在插管固定器上写上加油的话，期盼有一天他醒了能看到。终于有一天，当我给他采集动脉血气，常规解释操作目的后，他的右手轻轻抓了一下我的手，那一刻，我知道，他能活下来了，那是我第一次体会到直击心灵的震撼和感动，那种感觉我将终生难忘。

脱下防护服，洗去一身疲倦，我不辱使命，踏上了回程。临行时黄石为我们举行了最高礼遇的送别仪式，不少市民自发在路边送别，沿途的交警向我们敬礼，警车为我们开

道送行,许多市民都哭了。我们感动于黄石人民的深情厚谊,感动于黄石人民的十里相送。尽管我们回来了,但是黄石却成了我们一生的牵挂,成为了我们的第二个故乡。

> 吴婷，徐州医科大学附属医院，护师

爱在人间，爱在心中

新年伊始，新型冠状病毒来势汹汹，举国既过年关，也过难关。面对疫情，广大医护人员不计报酬、无论生死、义无反顾地从全国各地支援湖北。我十分荣幸成为这支队伍中的一员，于2020年2月11日参加江苏省对口支援黄石医疗队，在一线见证了这场伟大的战斗，通过自己的本职工作，感受到人间的大爱和温情。

到达黄石后，经过短暂、高效的培训后我被安排在黄石市中医医院呼吸科重症病房工作。抗疫病房的日常工作并不轻松，防护服很热，口罩很闷，还要高度集中精力，以前一些简单的护理工作在这种情况下会耗费更多的体力。结束一天工作后，在脱下防护服前，我们还要进行喷洒消毒。即使隔着防护服、护目镜、口罩等，刺鼻的消毒液的气味仍熏得睁不开眼睛、咳嗽不止，脱下防护服后，自身的衣物常常已经被汗水浸透。每当这个时候，我都暗暗鼓励自己，穿上白衣后，我就是一名战士。

身处重症病房，除了完成日常的护理工作外，还要负责照顾病人的生活，常常需要我们更加细致地护理。虽然我之前没有重症监护室的工作经验，但每当病人需要时，我随叫随到，从不退缩。在黄石工作的这段时间，发生了许多让我难忘的事情。有次夜班期间，一位病重的奶奶在下半夜我为她更换液体的时候，轻轻拉着我的衣服，轻声地说着话。隔着防护我听不太清楚，贴近后，断续听到了奶奶在说："谢谢……谢谢你们……"奶奶病情很重，正承受着病痛的折磨，甚至意识可能都不是十分清醒，但心里却在感谢着我们！那一刻我觉得自己所有的付出都是值得的。黄石的生活很艰苦，但也充满了爱和感动。许多次夜班交接班后，白班的同事们都会主动留下来加班，帮助消毒、打扫病房，减轻夜班的负担。穿戴着各种防护，经过几个小时工作，她们也很疲惫，但为了他人能轻松些，每个人都宁愿辛苦自己。

在援鄂期间，有许许多多的人在默默支持和关爱着我们，抗击疫情的战斗从来不是医务人员在孤军奋战，而是万千志愿者、警察、后勤人员等等在携手奋战。大家面对困难和挑战时，不畏艰险，心往一处想、劲往一处使的大爱精神和大无畏精神让我震撼。黄石期间的点滴感动我都会铭记于心。回顾这段特殊的时光，有辛酸，有欢笑，有付出，有回报，有奋斗，也有成长，这些都将是我人生中一笔宝贵的财富。

> 夏月，江苏省中西医结合
> 医院，护师

危难之际彰显青春活力

2020年2月11日，我和医院7名护理同事一起跟随江苏援黄石医疗队，共赴战"疫"前线。

白衣持甲，医者仁心。没有震天的口号，没有华丽的言语，我们逆行而上全力守护人民的生命安全和身体健康。

没有演习，一上场就是生死较量。

我有多年参加江苏省应急救援小组工作的历练及8年急危重症护理经验。当医疗队到达黄石后，即被分配在黄石市中医医院重症监护室。这个临时改建的隔离ICU病区有14张床位，收治的病人病情危重。监护室需要CRRT以及机械通气俯卧位的昏迷患者一般都由我负责。每隔2小时检查一次血气分析，精细的容量管理，专业的气道管理，我从接班开始就仔细查看患者管路固定是否牢固、湿化是否合适、药物配置是否及时、镇痛镇静是否达标、面部是否清洁、患者体位是否舒适……时刻盯着床边血滤机，每小时的容量计算，电解质情况，生命体征变化，及时跟医师沟通，调整治疗方案……除了专业的治疗，还需要恰当的心理、情感支持与细致的生活护理。我既是患者专业的护士，又是他们贴心的护工。有些重症患者皮肤干燥脱屑瘙痒，我特地把医院配给我保护皮肤的维E乳膏带去给患者涂擦，提高患者舒适度。

有位病重的老爷爷大便失禁，床单脏了要换，因为穿防护服，戴几层口罩，平时是闻不到气味的，但是那天刺鼻的味道还是让我觉得不对劲！当掀开被子的时候，我其实心里蛮崩溃的，因为大便失禁，病人稀便流了整整一床，加上需要俯卧位通气、气管插管，生命体征也不平稳，更换床单、清洁患者的难度就更大了。一时间感觉无从下手，只能用纸和湿纸巾一点一点擦干净，再小心翼翼地更换床单，还要关注生命体征的变化及照看好各种管路，此时的我恨不得长出三头六臂。

但让我更崩溃的是更换的过程中，病人的粪水还在不停地往外流，刚换的干净床单又被污染，虽然体力大量消耗，但脑子在不停地思考怎么解决病人在大便失禁的情况下进行俯卧位通气，我想到了用造口袋试一试。使用造口袋之后，情况暂时得到控制。但是由于病人稀便特别多，造口袋的容量又比较小，还是需要频繁更换，我想到将精密集尿袋的接头处用剪刀剪圆润，润滑之后轻轻插进患者的肛门，稀便可以直接从管道流进尿袋。这是一个相对密闭的引流系统，减少感染和暴露的概率。因为病人是俯卧位，尿袋管路也不会压到肛门周围的皮肤，护士的工作量也相对减轻，结果证明效果还是很显著的！忙碌的工作让我暂时忘却了防护用具压迫的不适感与憋闷。

"她年龄虽小，但工作能力及学习能力却极强，善良又耐心，穿戴着各种防护设备，戴了4层橡胶手套，丝毫不影响她的救治操作，动作十分迅速；话不是很多，总是默默干活。"同在黄石中医医院的同事这样评价我。经常听到病区有人喊："夏月，快来！这个患者针不好扎！"只要我去了，基本上都"一针见血"，渐渐地我获得"穿刺小能手"的称号！

不负青春韶华，不负性命所托

> 谢永鹏，连云港市第一人民医院，主治医师

2020年1月，新冠肺炎疫情暴发，武汉告急！湖北告急！作为一名共产党员，我主动请战，加入连云港市第一人民医院援鄂青年突击队。

我们援鄂青年突击队由11名医护组成，其中党员10名。实战证明，这是一支"特别能吃苦，特别能战斗，特别能奉献"的精锐白衣战队。援鄂期间，我们累计成功救治122名确诊患者，其中危重症患者15名，无一例死亡。

临行的时候，心里还是有所害怕，不知道能否平安回来与家人再聚。但作为医务工作者，疫情就是命令，即使前方荆棘满布，生死难测，为了一个共同的信念，为了能让更多的家庭不会支离破碎，我毅然地迈出了最坚决的一步。

抵达阳新当天我了解到县医院ICU只有5张床位，但全院目前共有15名危重患者分散于普通病区，极不利于"危重症患者集中救治"的原则。作为援鄂青年突击队，来了

就是要"干重活、干累活"的，为此，我们经过36小时不眠不休的奋战，使ICU床位扩增到了20张，并全面接管ICU的所有救治工作。

作为青年突击队的队长、ICU治疗组组长，我很荣幸第一批进入ICU，带领大家一起奋战。我们每天护送危重病人转运检查，推呼吸机，抱氧气筒，提监护仪，不停地奔波在生命的最后一道防线上，与时间赛跑，与病毒抗争。有时候一场抢救要持续奋战十几个小时，当患者病情趋向稳定时，我们的身体可能疲惫到虚脱，但内心却是喜悦的。

ICU每天的工作都是超负荷的，我们面临的是一场输不起的战争。45岁的赵某，本是从武汉回阳新欢度春节的，但万万没有想到病魔也随之而来。一家10口，8人确诊，2人疑似。父亲抢救无效撒手人寰，77岁的老母亲并发急性大面积脑梗，昏迷在ICU。在一家人绝望不知所措，每日以泪洗面之时，我们医疗队的到来给这个家庭重新燃起希望。我们不能再让这个家失去一个亲人！经过我们夜以继日地抢救和陪伴，最终将老母亲从死神手中夺了回来，并同家人一起康复出院。送行之日，她的儿子泣不成声地连声道谢。

经过我们青年突击队的共同努力，ICU内15位危重患者逐步转危为安，全部康复出院，无一例死亡。

3月28日，我们圆满完成援鄂任务，撤离阳新。十里长街，阳新人民含泪相送。46天的奋战，我们对阳新倾注了太多感情，离别之时，万分不舍！

作为江苏援鄂医疗队的 80 后青年党员，作为援鄂青年突击队的一员，无论在疫情防控的最关键时期，还是在救死扶伤、为港城人民生命健康保驾护航的日常工作中，我们新时代的青年人都应该坚定必胜信心，发扬青年人的斗志！

> 徐剑,江苏省省级机关医院,主治医师
> 徐大伟,宿迁市人民医院,副主任医师

忆黄石

日子短暂而惆怅,
那朝夕的身影,
那微笑的脸庞,
那眼角的滚烫……

翻开时,
病毒肆虐,让人畏惧又彷徨,
一双双惊恐的目光,
从公寓到街上,
从矿山到菜场,
从湖畔到江旁,
你拼尽全力奔跑和呼喊,
也把目光投向了东方。

翻开时，

那一群白衣已然整装起航，

那朝阳下的脸庞，

如此坚毅的模样，

让你看到了希望，

也让你感受到了力量！

翻开时，

那香樟树挺拔着身姿，吐露新芽；

那磁湖边的樱花树，争相开放；

那舒展的面容像三月里的桃花一样芬芳，

那共处的时光如同长江水一般轻轻荡漾，

那一声声问候和鼓励燃起了重生的希望；

那携手的战场从此成了第二故乡！

我有一个梦想，

我想把这一切好好珍藏，

我想让时光慢慢流淌，

我想把未来镌刻在心上！

徐剑是江苏省省级机关医院重症医学科主任，江苏省省级机关医院援黄石医疗队队长；徐大伟是宿迁市人民医院重症医学科副主任医师。同为江苏重症医学的同门师兄弟，徐剑去了湖北一线抗疫，徐大伟则在后方坚守战斗。医疗队顺利完成对口支援任务、平安归来后，徐剑把前线的经历告诉了徐大伟，徐大伟即兴创作，并和徐剑共同商量、打磨，如此便有了《忆黄石》。——编者注。

黄石的"兄弟"

> 徐胜宏，南京市儿童医院，
> 主管护师

作为一名平凡的护士，从没想到自己会和"战士"联系起来。2020年春，突如其来的新冠肺炎疫情却让我成了一名真正的战士。

我和其他11位战友作为南京市儿童医院的代表一起奔赴抗疫前线，我们也体会到了什么是一夜成军，什么是兵贵神速。

我被分派到黄石市中医医院重症病区。在这里，收治的大多是合并基础疾病的老年患者。说实话，作为儿科医生，我被分到这里，心里是有些害怕和担忧的，但想到躺在病床上连翻个身都要喘息半天的爷爷奶奶们，他们心里又承受着多少恐惧？在他们面前我们有什么好害怕的？

爷爷奶奶们看到我们江苏医疗队过来，都特别高兴，经常要拉着我们说他们有希望了，他们终于盼到我们来了。自从看到江苏医疗队支援黄石的新闻，他们就一直在盼着、盼着。在他们眼里,我们带过去的不仅是先进的技术,更多的是希望。有一位大叔,才50多岁,年纪并不算大,但病情让他喝口水氧饱和度就会下降到80多,要缓好一会才能喝第二口,可见他的肺部炎症有多么严重。但是他看到我的那一刻,就挣扎着要坐起来,他动了动脸上的面罩,说:"看到你们来了,我太开心了!你们来了,我就知道我能活了。我已经看到我旁边的床位走了三个了,太可怕了,我以为自己挺不过来了,但是我挺过来了。有你们在,我肯定死不掉了,对吧?"对于这个"对吧",我不知道如何作答。作为一名医务人员,我见过太多的生死,但我觉得我永远体会不到,他的恐惧有多深,病情对他的打击有多大!我看到的是他期待的眼神,还有那监护仪上不断下降的氧饱和度数值和越来越急促的报警音。"会的,会好的,大家都会好的!"我及时阻止了他要继续往下说的意思。他可能也是真的缺氧比较严重,虽然嘴上还说着"没事没事",但是也乖乖配合躺好,把因手舞足蹈弄偏的面罩再戴好。

  后面的每天,他都要找我说两句他的病情。就这样,每天他一看到我,就让我看他是不是又比昨天好了点。渐渐地,我也习惯了每天一上班就去他床前看一眼他。我们像是无话不谈的朋友,我看着他从戴着无创呼吸机到高流量吸氧,然后到鼻导管吸氧;从卧床不起到能下床,到慢慢可以下床行动自如。看着他的进步,是每天最开心的事。随着他病情渐渐好转,他和我聊的内容也渐渐多了起来。说他儿子不爱读书,开直播卖面包,倒也能做得很红火。

他生病期间每天都要去他儿子直播间，做他粉丝支持他。说他爱人每天都视频通话鼓励他。他说他算年纪可以做我的叔叔了，但是他更愿将我看成是他的兄弟。我能看到他脸上洋溢的幸福。他出院的那天，我一早就兴奋地跑去他的床边祝贺他，我一定要和他合影留个纪念。我看他的行李已收拾得非常整齐，显然是期待着这天太久了。看到我来了，他也十分高兴，整理了头发和衣服，站好姿势再喊我过去。我们靠得很近，他的手重重地搭在了我的肩上，这上面承载了近一个月的感情，或许远远不止。照好了照片，他说他要PS一下，最近他没事喜欢捣鼓这个，PS出来的照片可好了。第二天，当他发来PS好的照片时，我看到上面加了一句话："非常感谢你，我的好兄弟徐胜宏！"

人间四月天，我从湖北来

> 杨慧，句容市人民医院，副主任护师

3月20日，在湖北黄石市领导和人民的热烈欢送中，我离开了我战斗的地方。当回想起出征时的情景，我感慨万千！年初时新型冠状病毒肆虐，我主动请缨，希望前往湖北，与湖北人民一起抗击疫情。家人和朋友不理解，我说：作为医护工作者，此时不出征，何时出征？此时不战斗，何时战斗？只有大家好，个人才会好，家庭才会安。

当我接到支援湖北的战斗任务时，心中很是忐忑。在我院领导的关心和鼓励下，我毅然踏上征程。临行前，我买了一盒巧克力给流泪的儿子，说："你每天吃一颗，等你吃完了这一盒，妈妈一定平安回来。"

在黄石大冶，我全身心地投入战斗，有时每天工作十几个小时，把所有的拼劲献给了患者。我坚信，生活不缺少爱，只是缺少表达，去支援湖北，就是爱的表达。这是一种大爱！我常常对身边的战友说，生在这样的国家，生在这样的时代，我们是多么幸运！看到领导的愁眉，看到患者的眼泪，更看到鲜艳的国旗，奋战的白衣天使，疾行的志愿者，还有千千万万严守纪律的普通百姓，我从他们身上获得了一种力量。我努力工作，一直向前，绝不松懈，直到胜利。

这一个多月的经历，虽使我的身体略感疲惫，但我的内心是充盈和满足的。我要感谢黄石的领导和人民，他们热情周到，把我当作贵宾，使我倍感荣幸；感谢家乡的领导和乡亲，他们牵挂我，关心我；感谢我的亲人和朋友，他们时时惦记我，为我担心！现在，我凯旋了，在这人间四月天！

健康是多么的宝贵！我们用眼泪、力量换来的成果不允许有失，境外输入病例逐渐增多，我们要发扬这种支援湖北的大爱的精神，互相帮助；我们要用这种"天下兴亡，匹夫有责"的精神去承担我们的责任。我们一定能渡过难关，明天一定如这春天般美好！

生命如花，我们是花的守护者！大爱无疆，我们是爱的播种者！我骄傲，为这段向死而生的经历骄傲，为替祖国分忧担责的经历骄傲！疫情过后，愿我们珍惜每一天，珍惜身边的每一个人，每一份亲情、友情。放下重负和欲望，好好感受这个春天吧——鸟儿自由地飞翔，花儿尽情地开放，虫儿任性地弹唱，人们欢快地说笑——我们必能更好地与大自然和谐共处，诗意地生活在天地间！

生命如花，本应绚丽！

白衣作袍　荆楚留芳

> 余芳，高邮市临泽中心卫生院，主任护师

作为此次江苏援黄石医疗队队员，进驻大冶市人民医院，38天战"疫"，留下我的汗水、我的辛劳、我的坚守。

夜受命，朝出发，毅然逆行。2月12日凌晨抵达，雨雪霏霏。勇往直前，白衣化作战袍。

精心救护，不辱使命。其实，当初报名，就是一种职业的使然——我是一名护士，职业成就了我！我是一名护士长，单位培养了我！我是一名人大代表，人民给了我信任，党和政府给了我荣誉！在大冶工作期间，也紧张，也害怕，也很累，想得更多的是给患者以精心的救护。反复的洗手、消毒外，想得最多的是责任和使命！从隔离九病区、七病区再到六病区，从一个个患者的信任笑容中、感激江苏的话语中体会到职业的崇高，在患者治愈出院的喜悦中感受到了付出的快乐，在护理姐妹们密切配合中领悟到了同心的体贴，在领导、同事、亲友的问候中理解到了真挚的关怀！

严格规范，力求精细。诚然，疫情突发，病人短时间

涌入，隔离病房由普通病房改造，条件有限，流程欠佳。作为护理部门主管的我，在积极工作的同时，除主动向所在病区护士长提出合理化建议外，还会同南通市一院护理部刘主任、常州二院的刘护士长和病区的虞护士长一起进行"战时"护理查房，对照诊疗规范检查瑕疵与不足，针对病区现状进行研究与讨论，重申制度，落实措施，制作提示单、督查表、舱内外护理规范等，促进了护理精细化管理，简化了护理流程，提升了护理效果。

守望相助，同气连枝。援鄂期间，也做了一点纯工作之外的"小事"，不经意间收获了满满的感动。把从家里带去的饼干、零食和苹果带给43床一名9岁小朋友。尽管护目镜遮住了我的面庞，小家伙明亮的大眼睛透露着笑意，看着我的防护服说：谢谢江苏余芳阿姨！

利用调休，和几位医生带上慰问品、慰问金探望大箕铺镇小箕铺村吕家湾出院患者吕师傅。他是开颅手术后患上肺炎的，在隔离6病区中他是最重的，神志模糊，咳嗽反射、吞咽反射消失，护理工作量最大，吃喝拉撒全是我们护士包了。很幸运，他奇迹般康复了。在他家，他可爱的5岁小女儿还要单独和我们合影。隔了一天，村里的干部和家属赶到我们驻地送上了锦旗和感谢信！

记得返乡的前两天，我随医疗队去到保安镇沼山村开展植树活动，春光明媚的阳春三月，种下一棵棵连心树，一起播撒着春的希望。

我们回家，恰是春分。不说再见，38天的聚首，必将是一辈子的记忆！2020，我们一起战斗！

ICU 病房里的温暖故事

> 余金凤,淮安市盱眙县人民医院,主管护师

不知不觉来黄石已经 10 天了。2 月 11 日深夜抵达,经过短暂的休整,第二天进行穿脱防护服的培训;第三天深入病房,学习当地医院的信息系统、工作流程及护理文件的书写;第四天医疗队的所有成员被分配到所接管医院不同的岗位上。我被分配到 ICU 病区,这里收治的是最重的病人,也是最高危的科室,让我不免有点紧张。

时间过得很快,我已进入 ICU 病区实战 6 天了。这 6 天来和病人发生了很多小故事,想分享给大家。上班的第一天,一位老奶奶从普通病房转至 ICU 病房,可能预知病情加重,也有可能是到了陌生的环境,当我巡视病房走到她面前时,她拉着我不停地诉说,她说的是方言,我一句也听不懂。老人见我没听懂,突然号啕大哭!我顿时不知所措,抚摸着老人的手,告诉她不要着急,安抚她的情绪,同时拿起她的手机拨通了署名为女儿的电话。我告诉老人

的女儿我和老人沟通困难，如果老人有事就打她的电话她再打电话到护士站告诉我们老人的需求，她连忙答应，并安慰了老人一会，老人慢慢停止了哭泣。接下来的时间里，老人的女儿打了几次电话到护士站，告诉我老人想喝水了，老人想小便，老人嫌窗户开着风太大，想把窗户关上，等等。那一夜老人睡得很安稳。此后的日子里，我们就这样沟通着，老人的女儿成了我们之间的"翻译"，而我成了老人最贴心的"女儿"，体贴周到的服务让老人很满意。每次通话快结束时，老人的女儿都说："谢谢你，远道而来的天使！等疫情结束，欢迎到我家来做客！"

一天，我给一位年轻的患者输液，核对她的腕带时，发现她才28岁，我问她是否感觉好点了，她说已经3天没发热了，咳嗽也好多了，也可以在床边做轻微的活动了，就是血糖还高。我告诉她控制血糖方面的知识，如饮食、运动等。她笑着说："你们江苏来的医生护士都很和蔼，很善良，虽然层层防护下看不清你的脸，但我知道你一定很可爱！"她加了我的微信，说等我有空时能不能和她聊聊天，我欣然答应了。后来，我在她的微信朋友圈看到她抓狂地说，她很想回家，什么时候可以恢复自由身！我告诉她快了，你的肺部CT显示好多了，我们一起加油！一起努力！因为我也想回家。她回复说：有你们这么好的医生护士，我一定会很快康复的！未来可期，我们都笑了！像这样感人的小故事，每天都在发生。

阳新的天气很好，每天艳阳高照，温暖如春，我相信不久的将来，全民将摘下口罩，沐浴到春风中！

"逆行人"的青春誓言

> 袁琴琴，常州市第二人民医院，护师

2020年2月11日，这本应该是一个平凡无奇的日子，但因为疫情的发生，让我一生都会记住这个特殊的日子。

"我是袁琴琴，常州市第二人民医院呼吸与危重症医学科一名普通的护士，从事呼吸重症护理工作6年。而且我还没结婚，没有家庭和孩子，我比别的同事更适合！"这是我主动请战时，对呼吸科护士长说的第一句话，也是最真心的一句话。也许是主动请战，也许是专业对口，更因为"战场"急需，我被组织选上，和其他6名医护人员，组成"常州市第二人民医院援黄石医疗队"，即刻出发。当时，疫情处在胶着与攻坚最困难的时刻，我们勇敢集结，火速援鄂，成为媒体和人民群众口中所称赞的"最美逆行人"。

"疫情需要我们，病人需要我们，我们就是来冲锋的！"这是我心底最真实的誓言。从踏上湖北这块英雄土地的那刻起，紧迫感油然而生。在当下，对于时间最好的珍惜就是与时间赛跑，抢救更多的病人。在进驻黄石市大冶人民医院的第三天，我完成了下临床前的所有培训、准备与考核工作，熟练掌握了院感的实战知识，一切只为尽快进入抢救诊治病人的角色。2月14日，是情人节。第二天，我们就将正式进入隔离病房，在这个特殊的情人节，我跟同事为彼此剪掉了长发。看着长发落地，此刻我感觉到落下的是一切挂念，卸下的是一切思想包袱。

我所在的病区，合计30张床位，全部收治确诊的重症病人。特殊情况下的特殊病人，面对每天的生死别离和起伏的呼吸心跳，一切语言描述都显得苍白无力。我知道，在这个病房，不仅需要过硬的护理技术，也需要一往无前必胜的勇气，更需要医者的仁心。病人中有年轻的，更多的是年长的。有的在不断咳嗽，有的高热不退，有的胸闷明显，有的因低氧血症无力言语，还有的显得烦躁不安……凌晨2点我会给口干的病人喂水，天冷我就将自己的热水袋、取暖器让给病人，再累我也会坚持给咳嗽痰多的病人一天三四次地拍背震荡排痰，辅助行动不便的病人排便。由于日复一日戴着多层密封手套，我的手指开始肿胀、麻木、疼痛，为了不影响工作，我一直咬牙坚持着，直到感染加重，医生告诉我必须立即手术。在经历两次切开引流术后，稍作休整的我，又踏上了工作岗位。

我们的付出让病人真心感受到了温暖，病房也温馨祥和起来。我护理的年纪最大的病人是一位92岁的老红军，参加过天津战役、解放海南岛战役，获得过无数的奖章。

虽然基础疾病很多，生活又不能自理，但老爷爷依然非常热爱生活。每天我会给他擦洗身子，帮他把最爱的军帽戴好，给他把无创呼吸机调整到最舒适的模式。老爷爷总是说："革命胜利来之不易，许多战士长眠他乡，我能活着，还能得到你们这么好的照顾，我已经很知足了！"我心里知道，老爷爷能康复，不仅会鼓舞病房所有病人，也会鼓舞所有的医护人员。就这样，我们大家一起互相鼓励，互相加油，在这个"忧郁"多雨的日子，我努力成为病房里的"小太阳"。我能做的，就是用自己春天般的语言、朴实的行动和乐观的情绪，感染病房里每一个病人。

深夜里，我坐在开往医院的公交车上，车厢里正播放着《歌唱祖国》，歌声在寂静的车厢里激情回荡，瞬间让我泪流满面。我想这段抗疫经历无疑会成为我人生中最宝贵的精神财富，这里的每一天都会变为不可磨灭的回忆。车窗外，几处樱花偷偷冒出花芽，它们和我们一样熬过最寒冷的冬天，盈盈立在枝头静待盛开。

> 苑冬梅，南京医科大学第二附属医院，主管护师

别样的幸福

病毒无情，人间有爱，在这段与病魔抗争的日子里，我作为一名共产党员，一名危重症专科护士，必须勇往直前奔赴一线，作出我应有的贡献。从 2020 年 2 月 10 日接到成为首批援黄石医疗队成员通知，到 3 月 27 日黄石实现新冠肺炎确诊病例"清零"，我们在黄石奋战了 47 天，这段经历刻骨铭心。

刚到黄石时心情是紧张、忐忑的，因为对即将进入的工作环境等一切都是未知，所以在准备进入支援单位（黄石市中心医院）工作之前，必须在感控老师的严格监督指导下进行穿脱防护服的流程培训及考核，必须做到人人过关。我在从事重症监护的 12 年里，从来没有穿过防护服工作过，特殊时期穿着厚重的防护服工作几个小时会非常闷热，护目镜经常形成雾气影响操作视野，这对我们的身心都是一次考验。

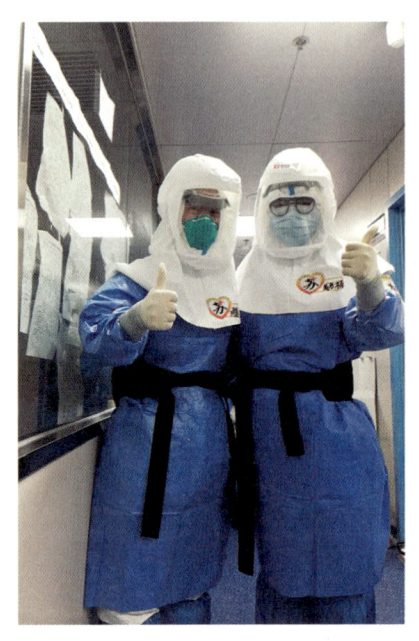

我在重症监护室工作时有幸跟踪护理过几例ECMO(体外膜肺氧合)患者。对于 ECMO 的工作原理及护理重点相对熟悉，但是在黄石市中心医院护理的一位 ECMO 患者使我参与和经历了很多的第一次。其中记忆最深刻也是最紧张的时刻，我参与了这位患者的两次转运工作。一次是协助 ECMO 患者院内转运行 CT 检查，另外一次就是3月20日黄石市中心医院与黄石市中医医院进行整合，协助 ECMO 患者完成 9 公里的院外转运。危重患者转运是 ICU 的重要工作之一，存在着各种风险，这位患者病情危重，转运难度非常大，风险极高，稍微不慎就可能有生命危险。所有参与转运的人员明确分工，每一个细节反复确认，谁负责呼吸机，谁负责 ECMO 机器，谁负责气管插管，谁负

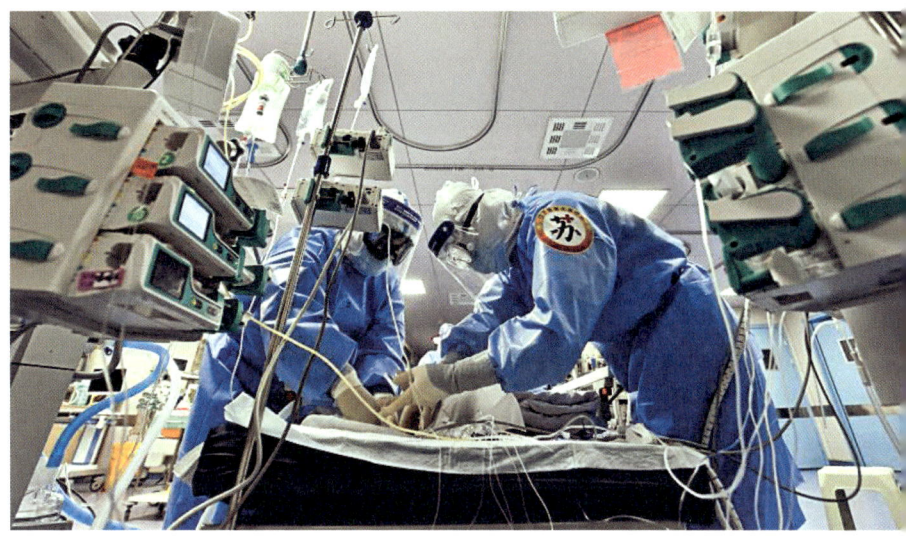

责监护仪监测生命体征，谁负责静脉通路保证通畅，等等。转运前再次检查气道充分吸痰，了解生命体征，检查每一条管道通畅情况，每一个药物的泵入速度，转运呼吸的每一个参数的设置、氧气压力的检测、ECMO机器的运转情况、电梯通道的准备等等。转运过程中转运人员精神高度集中，一刻也不松懈，紧盯着检测仪器设备上的数值。转运结束返回监护室后迅速连接呼吸机，泵注药物，评估气道，评估生命体征，等等，这一切都是为了最大程度地保证患者的安全，为患者的救治争取每一分，每一秒。

  乌云笼罩下，用希望驱散阴霾；黑夜漫长时，用勇敢静待花开。在许多人心目中我们是"最美逆行者"，是英雄，其实我们就是普通人，做着我们应该做的事情。但是，我们也因此获得了一种幸福感，每个人的幸福来源不一样，可能我觉得被别人需求就是我最大的幸福！

"打气"比"灌输"更重要

> 张惠力，常州市疾病预防控制中心，主管医师

"我们现在做的流行病学调查的意义有多大？"这是我来到黄石第三天，在去调查一例确诊病例的路上，一位参与调查的黄石市疾控中心流行病学调查人员的发问，却像一个"灵魂拷问"让我思考了很久。

其实，意义有多大，我不用多说明，他也懂得。我思考的是，为什么他要质疑。在对确诊病例的调查过程中，他条理清楚，关键点、重点、要点也问到了，是一个经验丰富的流行病学调查人员。但是，在写流行病学调查报告的时候，他却很敷衍，还是按照原有的极其简单的模本草草了事。我很不解，问他为什么"惜字如金"，他回答"没人看"。

我明白了，"没人看"才是他们敷衍的根本原因。曾经，疫情开始时，他们也是满腔热忱，誓把病毒传播的来龙去脉查个清楚。但随着病例数目增多、工作量增大等外部因

素影响，他们渐渐不再愿意多查、多问、多写。

我该怎么办？可以直接接手，自己去调查，但一人之力又能做多少？可以拿出模本，像老师一样一字一句地灌输。显然，这不是他们真正需要的。他们需要的，是自己的工作有获得感和成就感。

而我真正该做的，是为他们打气。我要做个倾听者，像朋友一样去倾听他们工作中的点点滴滴，那些缺憾，那些不满；还有那些收获，那些快乐；更重要的是那些诉求，那些想法。我要做个好助手，针对一个案例、调查技巧都可以坐下来一起讨论、商量，再去想办法帮助他们实现自己有价值的想法，在实现的过程中让他们感受到工作的意义；我要做个表扬者，在大大小小的指挥部会议上，在各类培训交流会上，要把他们的工作辛劳和成绩"夸"出来，让他们体会到工作被认可的感觉。

在为他们"打气"的过程中，原本想"灌输"的东西，他们会逐渐接受，并且加以实现：流行病学调查报告从开始的2页纸，到最后的10页纸就是一个很好的例证。

要留下一支带不走的流行病学调查队伍，为他们"打气"，提升他们的职业荣誉感。

约定

> 张蒙，江苏省人民医院，护师

凌晨5点半的黄石很静也很美，道路上几乎没有什么车和行人。假如没有新冠肺炎，这个点我估计已经起床，穿上西装，打扮成最帅男人的模样，准备好大把的红包去迎接我最美的新娘！现实的世界没有假如！我刚接班就收到两个特殊的医嘱：一个病人准备俯卧位通气，另一个病人结束俯卧位通气。就是说上班衣服得先湿两次。整理好两个病人床单位已经是凌晨了。有人问我，穿防护服是什么感觉？我想起了小时候父母外出打工，我和奶奶、哥哥一起手割麦子，每人分了一片麦子，当我把分给我的那片麦子割完的时候，我坐在地上大哭了起来。这种感觉像极了割麦子的样子！

凌晨4点开始交班，交完班之后开始一层一层地剥去身上的防护，然后开始全身冲洗，洗发露、沐浴露一遍又一遍，生怕遗漏了哪个旮旯。以前5分钟能结束的洗澡环节，像打篮球多了两个加时赛。因为我们都明白，我们不能被

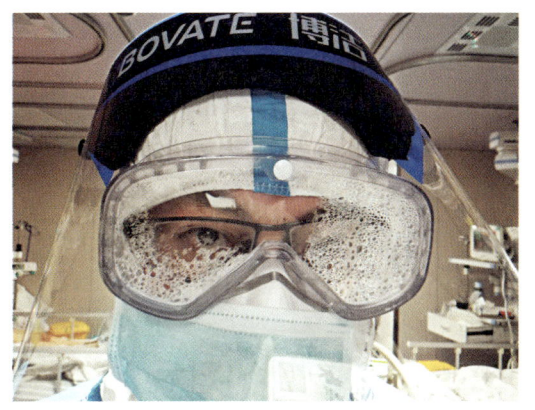

病毒攻破,我们身后不只是援黄的队友,还有黄石人民、江苏人民,我们深爱的人。

今天有个值得高兴的事情,就是黄石中心医院和黄石中医医院两家医院ICU会师了!也意味着我和她的约定很快就能实现。

当我决定要报名援鄂抗疫时,我和未婚妻沟通了,她同意我推迟领证、推迟结婚,同意我报名出征,但要求我必须平安回来!当我被选上第三批省人医援鄂抗疫人员时,我才敢告诉父母,几乎不视频通话的父亲和我视频通话:不要怕苦,防护好,平安回来!

在黄石工作的半个月里,遇到了友善、能干、团结的黄石医疗队!我们互相帮忙、互相合作,治愈一例又一例病人!我们相信冬天总会过去,春天终将到来!新冠会被消灭,樱花会绽放!黄石加油!湖北加油!中国加油!

一切困难都将不再是困难

> 张晓辉，苏州大学附属第一医院，主治医师

阳春三月，春暖花开，江苏对口支援湖北黄石战"疫"已经打响了一个月。这一个月，我们远离家乡，远离亲人，在没有硝烟的战场和病毒搏斗，同黄石人民结下了深厚的感情。眼看着治愈患者越来越多，住院患者越来越少，战"疫"胜利在望。

在黄石中心医院重症病房，我们从素不相识到现在的生死之交，经历了感动、震撼、悲壮和温情。自从我们到了黄石之后，似乎每天都有讲不完的故事，每时都有流泪的冲动，或因为病人的坚强、家属的期盼、医者的坚守，亦有大后方江苏、黄石两地的支持。这些，让我们泪点越来越低，而内心越来越强大。因为只有我们强大了，病毒才会被战胜，我们才能回家。

护目镜下，我们的眼神坚毅、沉稳，防护服外醒目的江苏医疗队大大的 LOGO 清晰有力，给病人带来了希望和

信心，增强了与死神掰手腕的勇气与力量。

　　在黄石市中心医院重症病区里的故事就像一本书，而这些故事的主人公们既有一个个有勇气有担当的热血男儿，也有柔情似水的巾帼英雄。黄英姿院长，英姿飒爽、利落干练；李卿主任，温文尔雅、稳重大气；毕立清主任勇猛坦荡；张晓辉、赵大国、徐剑都是重症"宝刀"，随时出击；徐盼盼、孙湘、朱文霞都是重症"利剑"，他们气场十足。气管插管、CRRT（连续肾脏替代疗法）、ECMO、俯卧位通气等等抢救行动在重症病房里轮番上演。在这里，医生对护士的爱护，护士对医生的体贴，完全就像在家一样。我们有着一个共同的目标，那就是守护着生命堡垒的最后一道大门。忙碌的工作让我们从起先的担忧中走出来；规范的管理，精湛的技术，默契的配合，让我们有更多空间和时间与死神抢夺生命。为了患者，我们和黄石中心医院的同事冲在了最危险的前线，但我们不怕，就像我们告诉病人的那样："不怕，有我们！"我们真的不怕，因为我们背后有几千万江苏和黄石人民的支持。

　　病房里每刻都是加油声，句句饱含着守护生命的深情："来握握手，笑一笑，我们一起加油！"这些点点滴滴值得每一束樱花为之动容。我们创造了一个又一个奇迹，在兄弟重症团队的共同努力下，越来越多的病人转出重症病房，每每看到那竖起的大拇指，我们被病人的坚强所感动的同时，也被自己的努力感动着。

　　故事还在继续，我们还在奋斗，一切困难将不再是困难，因为我们是黄石人民的希望，更是江苏人民的期盼。

医患真情动人心

> 张新星,苏州大学附属儿童医院,主治医师

一个多月的黄石工作和生活,虽然短暂,但有不少经历甚是难忘,有几件小事格外印象深刻。

一天刚下班到驻地,就接到大冶市人民医院儿科卢主任的紧急电话,请我们过去会诊。接到电话我们立马赶到大冶市人民医院。过去以后了解到一名患儿接触确诊新型冠状病毒肺炎的爷爷后出现了发热、咳嗽症状,隔离点专车将其送到医院,昨日已就诊过,并做了核酸检测,结果为阴性。患儿家长十分焦虑,院领导指示立即请江苏医疗队的儿科专家过来会诊。我们再次详细询问了患儿的病史,查看患儿的血常规、胸部CT结果,综合判断,给予了合适的诊治,家长非常感激。

在我们查房过程中遇到一个特殊的家庭,患儿只由奶奶一人陪护。入院第二天查房,在交流的过程中,了解到患儿家中还有一个姐姐,妈妈五年前离家出走至今未回,爸爸在外打工,爷爷去年患病离世,平时奶奶一个人照顾两个孩子,十分不易。聊到伤心处,患儿奶奶多次落泪。

此后我们多次把水果、零食送给患儿奶奶。在后续的查房过程中，患儿奶奶多次表示，家中经济困难，无钱医治，想自动出院。因为患儿病情尚未达到出院指征，我们多次劝说，并尽量帮她解决困难。下班后我向院党委办公室反映了此事，希望能够一起想办法帮患儿家庭渡过难关。院党委经过商量后，决定资助3 000元给患儿作为住院相关费用。得知这个消息，患儿奶奶激动得再次落泪，最终患儿住院10天后好转出院。出院后患儿爸爸写了一封感谢信，对来自江苏援鄂医疗队、苏州大学附属儿童医院的我们表示感谢。

援鄂期间，我经历了一次"爱的接力"，虽是微不足道的小事，但看到家长幸福的样子，心里很满足。当时在武汉驰援的苏州大学附属第二医院的施主任接到患者求助，一位新冠感染病人刚刚生下宝宝，宝宝就立刻转到武汉儿童医院新生儿隔离病房治疗，她十多天未见到孩子一眼，非常焦虑。施主任接到求助后，立即想到了同在湖北黄石支援的我，请求帮助。施主任和我说，天下儿科是一家，就想到我是不是有认识的武汉儿童医院的医生能够帮忙。接到电话后，我立即联系了在武汉儿童医院工作的同学，同学又即刻联系了她的同事，拍摄到孩子的照片，微信转给我，我又立即转给施主任。当把宝宝照片送到妈妈手上时，妈妈都不敢相信，看到孩子腕带上的名字后，激动得一直舍不得放下，对我们一再表示感谢。

看着一个个孩子出院后的笑脸，听着家长们一声声的感谢，想到医生救死扶伤的天职，在抗击疫情一线的工作虽然繁重，但我们的心中总会涌起一股股暖流。

疫情防控"多面手",患者眼中"知心人"

> 张亚,淮安市洪泽区人民医院,主治医师

2020年2月11日,我积极响应号召,报名参加江苏援助湖北黄石一线医疗队,并服从安排,在黄石市阳新县人民医院重症监护室工作。上一线有风险,目前毕竟有3000多医护人员被感染了,但危难时刻,国家需要时,必须要有人冲在前面,守住防线。

记得2月17日凌晨1点在ICU病房,我经历了让我印象深刻的一次抢救。那天只听到对讲机里护士紧张呼叫:"张医生、张医生,9床病人不配合治疗,在大喊大叫!"我立马冲进准备间,换上厚厚的防护服,及时来到9床旁边。9床患者是一位医疗界的同行,还很年轻。他声嘶力竭地喊着:"医生救救我,我不能死,我还要救很多人!"患者一边喊叫着,一边用头撞击着床!他的言语比较混乱,紧张、焦虑、无助伴随着恐惧!几天前他就有过精神异常。

面对这样一位同行,我深深感受到身上职责的沉重。

于是，我一边安慰着他，一边盯着监护器上跳动的数字：心率132次/分，血压96/58 mm Hg，患者激动时，脉氧从98%直接降至70%，很危险。当务之急要让他立马镇静下来。可是近两天患者不肯口服药物。目前他用的是右美托咪定泵入，效果不佳。现在只有选择短效药物为主，推注安定，但这样做可能会加重呼吸抑制的危险，到时候就需要紧急气管插管，这对医务人员来说也就意味着要直面呼吸道传播，感染风险很大。经过短暂的思考，我还是果断决定了——推安定！我安抚患者对他说："不要担心，我们是江苏来的医生。你的病情，我们专家组都研讨过了，肺部情况恢复得很好，要有信心，一定会没事的。"我知道现在不能告诉患者事实，其实他的肺部很糟糕，氧储备很低，但必须给患者信心，帮助他克服焦虑，尽快平静下来。边安抚患者边嘱咐护理老师准备抢救用物："准备推安定，准备气管插管包，准备呼吸机，准备多巴胺……"护理老师们立即行动，并问我："要喊麻醉医生来进行气管插管吗？"我立马说："不要了，我自己来。"我心里很清楚患者情况，我们等得了，但是患者此时等不了。我平时工作主攻RICU（呼吸重症），凭借多年的经验，可以熟练地操作麻醉插管，这时候多一个人暴露意味多一份被感染风险。我给患者推过安定之后，他睡着了，脉氧逐渐达到98%，幸运的是所有的准备都没用上，我和护理老师都松了一口气！观察了半个小时，患者生命体征渐渐平稳。

2月18日早上我再次来到9床前，这位患者的精神已经好了很多。虽然隔着厚厚的防护服看不清长相，但他听出了我的声音，对我说："对不起，这两天我像做了一场梦……"我为他的好转感到欣慰，对他说："你又迈过了一道坎，一定会好起来的，还有很多人等着你去救治。"我为这位同行患者打气，也是给自己打气。

> 周玲瑞，连云港市第一人民医院，护师

再见面愿你春光灿烂

总想着用文字去记录这段特殊的经历。

记得从家乡出发的那天，外面下着小雨，我坐在靠车窗的位置上，盯着车窗上的雨珠，想象着接下来的工作中可能经历的事情。心里只有一个愿望，就是希望这场疫情可以像车窗上的尘土一样，在雨水的冲刷下消失，而我愿意做其中的一滴雨，助力这场疫情早日结束。

第一次进入隔离病房，穿上厚厚的防护服，戴上护目镜，安静的病房里传来各种仪器工作的声音，偶尔混杂着病人的咳嗽和喘息声。虽然在进入隔离区之前已经进行了无数次的穿脱防护装备练习，但第一次真正进入隔离病房，我还是有些紧张，呼吸也变得急促起来，不一会儿，目镜上满是雾气。我告诉自己要尽快放松，我慢慢地调整呼吸，尽量让呼吸慢下来。慢慢地，目镜上的雾气凝成水珠滚落，目镜也变得清晰了，我也很快地适应，专注地投入工作中。

隔离病房里很多看似简单的工作此时变得困难起来：偶尔模糊的目镜影响视线，双层手套影响触感，厚重的防护靴影响走路的速度……但这些困难最后都被一一克服了。

记得有一天夜班巡视病房时，我发现37床的患者抱着手机还未入睡，我笑着问他："什么电视剧这么好看呀，都不睡觉啦？"他似乎有些不好意思，解释道："一天到晚都躺在床上，夜里反而精神起来了，看看剧打发时间。你要不要一起看？"我摆了摆手。过一会，他说："你是不是连云港的周护士？就是那个爱笑的护士。"我很惊讶，在包裹严实的防护服下他是怎么知道的？"看眼睛听声音就知道啦！"他笑着说，"平时我都是通过声音和眼睛区分你们的。前几天夜里睡不着也是你跟我聊天的。"细聊几次后，我感觉到他其实挺焦虑的，住院期间他有好几晚失眠。我也能理解，在面对不可预知的危险时，大部分人都会焦虑恐惧。我和他讲了一些最近出院患者的例子，希望他积极应对，建议他睡不着时可以听一些有助睡眠的轻音乐。

还有一天白班，我记得是2月28日，当天有5位患者在我的班上出院，我在病房的走廊给他们进行出院消杀。其中10床患者，她和女儿都感染上新冠肺炎，她的女儿因合并其他疾病，病情较重，暂时不能出院。临走的时候母亲一直在鼓励女儿，她还说她是幸运的，住院期间还有女儿陪伴，她说希望女儿快快康复出院。当天在送他们离开隔离病房的路上，38床患者一直在和他的爱人语音通话。原来他的爱人也感染上新冠肺炎，住在楼下确诊病区。走出隔离病房大门后，他一直对着楼上的窗户挥手，我朝着那个方向望去，有一个人也在向他挥手。我想，这可能是住院以来他和爱人真正意义上的第一次见面。站在隔离病房门口，出院的5位患者向我挥手告别，谢谢我们的工作。我很开心，希望更多的患者可以走出这道门。

有一天，我突然发现办公室的桌面是樱花盛开的背景，我相信，再过不久，春暖花开，大地复苏时，我们可以一起出门，欣赏盛开的樱花。疫情结束后，希望我们每一位参与抗疫的白衣战士可以笑谈这段经历，每一位康复出院的患者可以摘下口罩，继续美好的生活。

这一次我是以一名白衣战士的身份来湖北，下一次我希望以一名游客的身份来湖北，来阳新，到那时愿你春光灿烂。

心怀牵挂，无畏前行

> 朱传龙，江苏省人民医院，主任医师

结束医院一天的工作后，回到驻地洗澡、吃晚饭，接着便和团队开会讨论诊疗方案。一切工作结束后，夜已深了。时针指向 12 点，虽然在一整天高强度的工作下，身心已极度疲惫，但神经却还保持着高度紧张，担心睡眠不好可能影响第二天的工作，每天要吃一粒安眠药方才入睡。

自 2 月 13 日开始以江苏援黄石医疗队员的身份在黄石市中心医院工作起，以上便是我每天从医院下班后的固定流程。安眠药是来黄石前就在行李中备好的。支援任务下来后，我就已经做好了随时赶赴前线的心理准备。虽然在出发的前一晚才接到通知，但我和妻子以最快的速度购置和打包了所有的必需用品。

我所在的病区老年患者居多，大部分有糖尿病、高血压、脑梗死等基础病。由于担心老年人长期卧床形成血栓，我们需要每天帮助老人活动肢体。有的老人大小便失禁弄脏床铺，我们又要穿着笨重的防护服不厌其烦地为其清理干净再换上纸尿裤。

除了生理方面需要格外注意，老人们的心理状态也是一个问题。有一位新冠肺炎高龄患者，从重症病房转到我们隔离病区进行康复治疗。老人左侧肢体长期偏瘫，有听力障碍。刚从重症病房转过来的时候，老人不配合治疗，不吸氧、不吃药也不吃饭。实在没办法，我们只好给家属打电话。通过电话才知道他儿子家在武汉，因为封城不能来黄石。老人生病后一直是孤身一人，没有亲人在身边。了解这个情况后，我们决定每天以他儿子的口吻给老人写一封信，早上查房的时候读给老人听，通过亲人的言语鼓励他战胜病魔，早日康复出院。经过一个星期这种特殊的治疗方式，老人的身体康复得越来越好。

工作之余，和家人的视频通话是我在黄石的最大慰藉。2月13日是我女儿的生日，也是她第一次过没有爸爸陪伴的生日。那天是我到达黄石的第三天，下班抽空和女儿打了电话。电话里女儿特别懂事，她跟我说："爸爸，你在外面不要想家，安心工作。"我们家是一个双职工家庭。我爱人是儿科医生，常常要上夜班。因为工作繁忙，同时也为了保护好家人，春节那天我们商量决定，把两个年纪尚小的孩子送去外公家。在一线抗疫，家里的老人和两个孩子是我最放心不下的牵挂，但即便如此，我也始终没有后悔过自己的选择。我是一名党员，当初选择传染病这个专业的时候，就已经做好了思想准备——在国家出现大的疫情的时候，我一定要冲锋在前。

护患情缘

> 邹莉莉,南通大学附属医院,主管护师

"莉莉,是你吗?真的是你?太好了……"这亲切的称呼,至今犹在耳畔。思绪将我拉回那个没有硝烟的战场。

一方有难,八方支援。在黄石市中医医院奋战一个月后,胜利的曙光在向我们招手。3月12日,我们来到黄石开发区铁山区隔离点,开始了我们另一站点的工作。

隔离点的病人是从各家医院出院的患者,当我们来到一个一个房间查房,询问病人情况,监测各项指标时,我意外地遇到了从我所在的黄石市中医医院重症病区出院的杨叔。

敲开417的房门时,我一眼认出是我熟悉的杨叔,与此同时,杨叔看见我防护服上的名字,盯着我的眼睛激动地问:"莉莉,是你吗?真的是你?太好了,你真的来看我了!"我眼眶有些湿润,握着杨叔的手,哽咽着说:"是我,杨叔,我来看你了。"看着现在精神抖擞、说话中气十足的杨叔,真的跟当时在病床上的他判若两人。

记得初到重症病区时，杨叔就给我留下了深刻的印象。病情危重但意志力顽强的他辗转轻症病区、危重病区，后又转到我们重症病区。他口唇有些青紫，鼻塞高流量吸氧，氧浓度达到60%，半卧位躺着，看见我防护服上写着"江苏"，喘着气跟我说："你们辛苦了，你们来就好了！你们放心，如果这个病房就剩下我一个人没出院，我一定不会耽误你们，我会回家，这样也让你们早点回家！"我听了心疼地拍拍他的肩："不会的，你这么坚强，一定会成功，我们一起努力，早日平安回家！"

杨叔的坚强，我们的努力，核酸检测三次阴性，肺部病灶吸收，杨叔终于盼来了出院的日子！我万万没有想到，当我转战隔离点工作时，我们能再一次相遇，杨叔一个劲儿地说着感激的话语，还不忘告诉我，他每天都练我教他的锻炼肺功能的呼吸操，说着还做起来，说让我检查他做得对不对。我笑着连连点头："对对对，你做得很标准，你是个听话的好学生。"他高兴地拍着手，像个孩子。最后还关切地叮嘱我："我们都有了抗体，你们现在一定要注意防护，注意安全！"临走时杨叔把我送到房间门口，久久不愿返回房间。

我们互留了微信，我会时时了解他的情况，他也像我的亲人一样，叮嘱我多吃饭，好好休息。

当樱花开满，胜利号角吹响，我们告别黄石时，杨叔还没结束隔离不能来相送，但他用微信发来了感谢、送别的话语，我们相约等疫情结束，请杨叔来南通！

我期盼那一天早日到来！

黄石,我们永远的牵挂

> 左靖芳,江苏省肿瘤医院,主管护师

2月的黄石,安静得让人窒息,清冷的空气,空荡的街道,像被按下了暂停键似的。13日,我受命担任黄石市中心医院呼吸科业务护士长。我们接管的两层楼都是由普通病房临时改成的隔离病区,主要收治重症患者。队员们在严格的防护培训考核后迅速进入战斗状态。短短两天时间就完成了病区布局的合理化改造、人员渗透式整合,修定完善了工作流程、制度等,还利用休整时间拍摄制作《江苏省援黄石医疗队穿脱防护用品流程》图片及视频供大家学习。

可看似做足的准备工作,在现实中还是遇到困难。原本驾轻就熟的操作,在层层防护牵绊下变得举步维艰。有的队员为了适应隔离区的缺氧和高负荷工作,自己穿着厚重的三层隔离服在驻地进行爬楼练习;有的队员在隔离区因初期不适应呕吐,为了节约防护物资,不耽误病人救治,

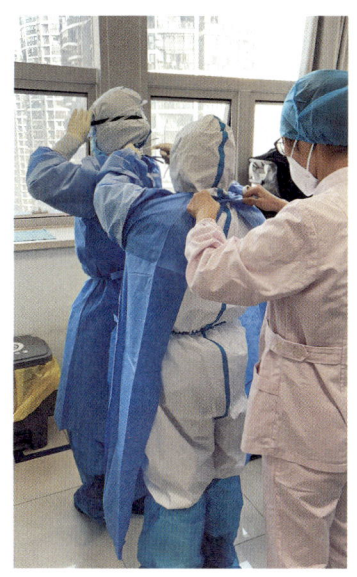
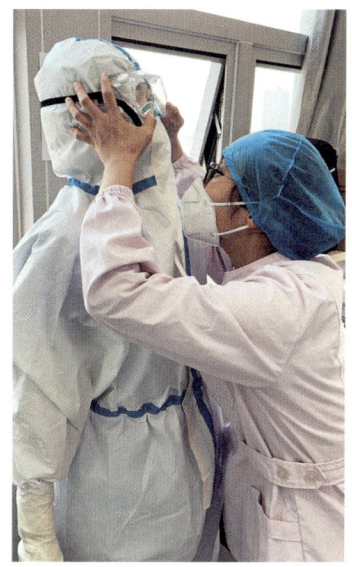

硬生生把呕吐物咽了下去；有的队员为了让戴着三层手套被勒得麻木疼痛的手还能灵活操作，戴着手套反复练习，练到双手连筷子都举不起来；有的队员因面部皮肤过敏满脸破溃，为了不让大家担心，偷偷在脸上贴满了水胶体，直到我发现后强制"命令"他休息，他仍坚持工作；有的队员母亲患病，在我们驰援期间病情突然恶化，她强忍悲痛，仍坚持在临床一线。当我们安慰她时，她却说妈妈一定希望看到她的坚持和坚强，会理解和尊重她的选择，也一定会为她的表现感到骄傲……

　　重症隔离病房，没有家属和护理员。队员们一方面要做好基础护理和专科护理，还要承担清洁打扫、搬运垃圾，甚至是料理转运尸体的工作。连日的紧张工作，没有一个人叫苦叫累，没有一个人犹豫退缩。因为我们知道，身着这身白衣，坚持是我们当下唯一且不能犹豫的选择。

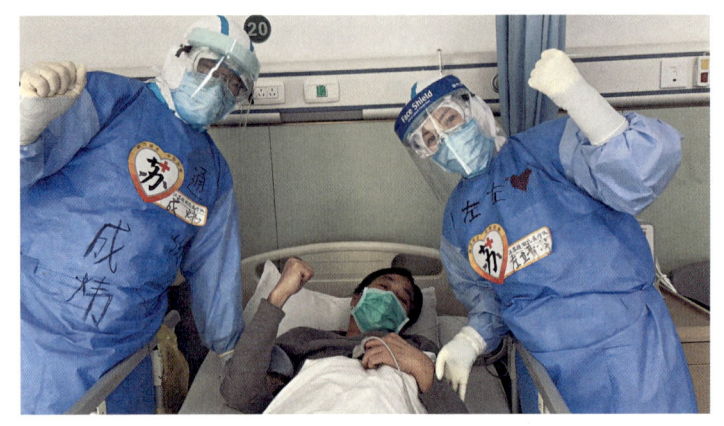

3月27日,黄石所有确诊患者全部清零,所有队员零感染。这座美丽的城市,终于在樱花盛开的4月按下了重启键。从美丽的磁湖之畔启程,看着一路上向我们挥手送别的黄石百姓、列队敬礼的警察,我的眼泪不由得流下来。我的心中既有回家的喜悦,也充满了对黄石的不舍。那一刻我脑海里浮现我在黄石遇到的清洁工、班车司机、志愿者……这些我叫不出名字的人,每天都在为我们提供着无微不至的服务。所以这本就是一场没有旁观者的战役,每一个人都在用自己的绵薄之力守护着我们的家园。我们有鲜花,有荣誉,但那么多叫不出名字的,被淹没在光环下的人们,又何尝不是英雄?

去时风雨锁寒江,归来落樱染轻裳。在这前有先行者、更有后来人的战场,我们能见证这座城市的勇敢,参与这座城市的感动。它是我青春芳华最刻骨铭心的回忆,更是见证我不断成长的宝贵财富。黄石,以及在这座城市和我们共同奋斗过的每一个人,必然成为我们永远的牵挂。

> 仓霞，兴化市人民医院，主管护师

被理解与尊重是一件幸福的事！

世界就像一个巨大的钟表盘，每个人都是不可或缺的小齿轮。我作为泰州第三批支援湖北的医疗队队员之一，从未想过有一天可以用自己所学的专业知识在危难时刻为国家贡献自己的一份力量。这对我来说是一件幸事，越近距离对抗疫情，才能越深刻地理解自己作为"齿轮"存在的意义。

渐渐地，我开始明白这场没有硝烟的战争，从来都不仅是医务人员在抗争，而是整个社会乃至人类的抗争。酒店的工作人员、接送班车的司机、志愿者、响应号召的普通群众……每个人都在用自己的方式与疫情抗争。

2月15日，经过理论与技能培训并通过严格的考核、熟悉相关流程和环境后，我与同去的其他三位队员首先进入阳新县人民医院重症监护病房工作。在这里，一起搭班的老师很照顾我，让我负责病情相对平稳的病人。

虽然整个护理工作不算太重，但还要承担起清洁、陪护、心理指导等好多角色，所以真正工作起来并不轻松。经过一段时间的磨合，我慢慢变得得心应手。遇到紧急情况，我也能够合理有效处置。习惯了在ICU里的氛围与工作节奏，当初的害怕与紧张慢慢消失了。

每天穿防护服，我们都得提前准备好护目镜、面屏，用碘伏涂抹待干，虽然提前做了功课，但仍会有起雾的现象。戴着三四层橡胶手套的手变得僵硬。面屏、护目镜压得头部痛，口罩上的铁条也压得鼻尖刺痛。在为病人进行护理操作时，动作笨拙、缓慢、不灵活。有一次，为病人穿刺没有成功，这位病人不仅没有责备我，反而一个劲地对我说："不好意思，我的血管条件太差了！"听她如此安慰，内心真是有说不出的滋味。我也连忙表示歉意："对不起，阿姨，谢谢你的理解！"我当时就在想，有什么比被理解、被尊重更让人欣慰呢？我感受到了我所做事情的价值与意义！

说到离别大家都会觉得伤感，但是这次我感受到了从未有过的开心。因为这次的离别没有悲伤，有的只是祝福。今天ICU病房有5位患者出院。清晨和煦的阳光，给阳新的天空换上了笑脸，展露出希望的曙光。

这场没有硝烟的战争，让所有人措手不及。病毒是无情的，但只要我们万众一心，奋力向前，定能战胜疫情。望着一个个健康出院患者的背影，我们甚是欣慰。道一声珍重，不说再见！加油！

2月24日临下班的时候，有一位女患者喊住我，问能不能拍一张我工作时的照片,说是要留个纪念。"我有个礼物要送给你,等我出院时再给你!"女患者跟我说,笑容十分真诚。她说:"虽然我看不清你们长什么样子,但我能通过声音来辨别你们是谁,能看到你们衣服上的名字。因为遇见,所以感恩,谢谢你们江苏医疗队的默默付出。"没想到第二天,我就收到了女患者的礼物,是她给我画的一幅身穿防护服的肖像画,正是以她给我拍的照片为模本。心里满是感动,我想这是对我工作最好的褒奖。

如今,我调出 ICU,进入普通病房继续奋战。这里的患者病情并没有 ICU 里那么严重与复杂,但因为同样是面对新冠病魔,我们依然不敢掉以轻心,各项防护标准并没有降低。我也将继续做好自己的工作,与队友们并肩作战,直到抗疫取得最后的胜利!

生死一线，用专业摆渡生命之舟

> 郭晓伟，江苏省中医院，护师

2020 年 2 月 18 日，是我到达黄石支援的第 8 天。

在晚上 7 点至夜里 12 点这个时间段，我作为组长带领另外 2 名江苏护士和黄石市中医医院的 3 名护士负责整个 ICU 重症患者的治疗和生活护理。气管插管、CRRT、ECMO、俯卧位通气……分秒必争，这又是一个充满挑战的夜晚。

提前到岗，认真穿好层层叠叠的防护服，把自己包裹得密不透风。从最初的胸闷气促到现在的处之泰然，微胖的身板儿成为我抗"疫"最大的资本。班前交接与充分评估，今晚的重点就在 3 床了，气管插管接呼吸机辅助通气，吸入氧浓度 100%，血氧分压却持续走低，不到 40mmHg，乳酸持续走高，无尿，CRRT，血管活性药物多管齐下……果不其然，接班后没多久，心电监护器尖锐报警，在去甲肾上腺素、肾上腺素持续静脉泵入的情况下，患者心率只有 45 次 / 分，血压 66/30mmHg，呼吸、脉氧饱和度均测不出。我判断患者心跳呼吸骤停，脑海中 CPR（心肺复苏）的步骤瞬间扑面而来，呼叫医生，指挥护士执行药物医嘱，监测病情。我双手展开，交叉重叠，熟练而准确地定位，开始胸外心脏按压，"11、22、33、44……"保持按压节奏，保证按压深度。我开始感到气透不过来，我张大嘴，像急性呼吸窘迫综合征的患者那样喘气。我知道越是在这个时候，手中的动作越是不能停。我的鼻子嘴巴藏在口罩狭小的空间里，努力调整着呼吸，双手依然交叉重叠有节奏地进行着胸外按压。5 分钟后患者心率达到 70 次 / 分，我们终于松了一口气！

就在这时，一名护士向我汇报马上要转来一个新病人，目前患者无创通气，脉氧饱和度低。考虑到新患者病情危重，我们决定将他安排在单人间 2 床，准备床单元、心电监护仪、无创呼吸机……5 分钟后患者到了，心电监护显示脉氧饱和度只有 50%，血气分析中的氧分压只有 32.8mmHg。"准备插管！"医生果断决策，护士们分头行动，开放静脉通道，准备插管用物。此刻的患者，神志清楚，在简易呼吸器辅助下喘着粗气，眼神里充满了恐惧。他盯着我，右手紧紧地攥着我的手，传递着求生的欲望。我也用力握了握他的手，隔着 2 层口罩，扯着嗓子在他耳边呼喊："别紧张，有我们在，放慢呼吸，深呼吸……"他点头了，尝试着调整呼吸。另一边护士建立好了静脉通道，遵医嘱给予了他小剂量的镇静剂，患者的呼吸从 40 次 / 分下降到了 35 次 / 分；脉氧饱和度从 50% 上升到了 78%；收缩压从 120mmHg 下降到了 100mmHg，患者已处于镇静状态，RASS 评分为 0 分，捏着简易呼吸球囊辅助他通气的我能明显感觉到他的呼吸抵抗。从专业角度来看，此刻还不是气管插管的最佳时机。我一边观察着他的胸廓起伏，一边配合他的呼吸捏球囊，持续了 3 分钟，患者的呼吸下降到了 25 次/分，脉氧饱和度上升到了 85%。插管的"窗口期"到来，医生熟练地使用喉镜找到会咽部，被石蜡油润滑过的气管导管顺利地送入了患者的气道，他咳嗽了几声。我迅速用左手拔出气管导管中的导丝，右手将无菌吸痰管插入到导管内吸痰，然后充气囊—接呼吸机—肺部听诊—固定导管，一气呵成，再看监护仪上的脉氧饱和度数值是 100%。

那一刻，我的心里有着说不出的激动与欣喜，防护服内肌肤上的汗珠也和我心一样欢腾着。或许每个人的生命里都曾获得过数个 100，我也不例外。考试时 100 分的试卷，工作上 100 分的态度，这些都是我生命里引以为傲的喜悦。可此刻我却觉得这些都不及这样的 100 让我激动，它让我从内心油然而生一种自豪感，它让我觉得我所有的汗水都流得有意义，它让我感受到我给别人的生命带去了光亮。

是的，我们是用护理的专业知识、技能和丰富的临床经验来应对疫情，摆渡生命之舟的。

5 小时的值守，2 小时的换防，回到驻地已经快要天亮了。

早安，黄石。

> 黄利民，南通市第六人民医院，院长

护送救命血浆，12小时一刻也没离开视线

作为一名有着25年党龄的老党员和一名曾参加过2003年抗击"非典"的老将，时隔17年，面对党和人民的重托，2月24日，我义无反顾地随南通支援黄石第二批医疗队37名医护人员一起开赴抗疫一线，用实际行动践行一名共产党员和医者的铁肩担当和无私奉献。

那天，我有一个特殊的任务。一路上，我抱着一个特殊的箱子，它是南通首批新冠肺炎康复者捐献的550mL"血浆"，也是真正意义上的救命血浆。因为，新冠肺炎康复者血浆适用于病情进展较快的重型和危重型患者，在缺乏疫苗和特效药的前提下，新冠肺炎患者康复时期的血浆是临床特异性治疗最可及的资源。我把它们当作宝贝一样带在身边。

从南通出发，在无锡乘坐动车，于中午12点左右抵达武汉汉口火车站，然后再乘坐大巴于下午1点40分抵

2月24日凌晨4点,南通支援黄石第二批医疗队37名医护人员集结完毕,开赴抗疫一线。

2月24日下午，满载江苏人民深情厚谊的新冠肺炎康复者捐献的550 mL血浆抵达黄石，举行了交接仪式。

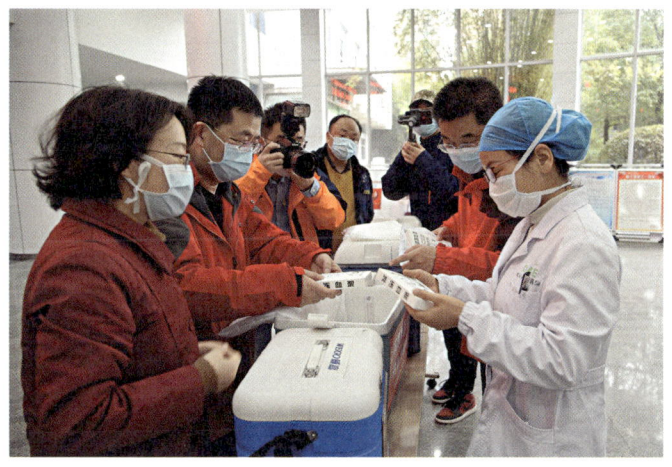

2月24日下午，黄利民亲手将南通首批新冠肺炎康复者捐献的550 mL血浆交到江苏支援黄石医疗队领队鲁翔手中。

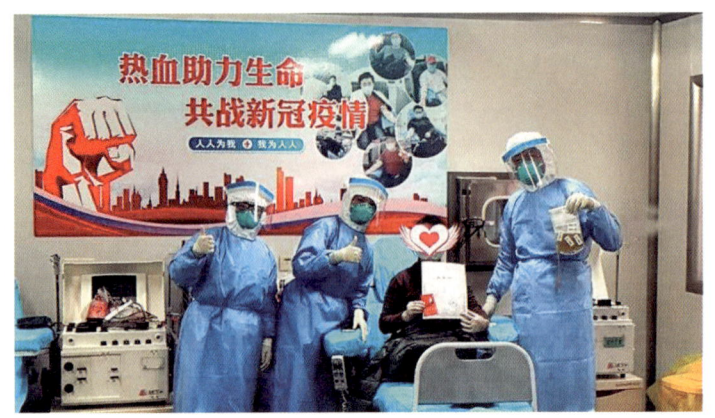

2月24日晚,在黄石市中心医院重症监护室治疗的新冠肺炎患者用上了江苏南通新冠肺炎康复者捐献的血浆。

达黄石。虽然换乘了多次交通工具,但这一路上我始终牢牢地看管着这批血浆,生怕有一丝疏忽,它们一刻也没有离开过我的视线。

一路奔波,一路感动。在火车上,乘务员看着我拿着装有血浆的箱子,都纷纷帮着清出一条路让我先走。下午4点,血浆安全交到黄石市副市长李丽手中。在交接现场,大冶市人民医院医护人员早已等着为两名重症患者取血浆,看着医护人员将血浆带上120救护车,我顿感如释重负。也许是奇妙的缘分,也许是家乡的护佑,援黄石大冶市的南通启东市第三人民医院护士长占红霞在自己的"前线日记"中写道:"只因为往治疗车上多看了一眼,就让我浑身颤抖,心脏怦怦直跳,脑袋发昏,甚至有点呼吸不畅!只因我看到了那两个熟悉的字——南通,我离开了十多天的家乡,就这么突然出现在了这个重症病区里!"南通护士与南通血浆"不期而遇"。那一瞬间，作为一个南通人，作为一个"逆行者"，我的心里充满了浓浓的信心和豪情！

当晚，在黄石市中心医院重症监护室治疗的新冠肺炎患者就用上了我们江苏南通的康复者捐献的血浆。病人还说，输了血，明显感觉人加快了康复速度。输血的时候没感觉，后面一天比一天状态好，就感觉自己捡回了一条命。2月26日，他在朋友圈记录："输入血浆44个小时后，情况好转，下床能脱氧走路，今天复查CT也是自己走去的。医生告诉我，CT复查结果在好转，这是我二十几天以来听到的最好的消息。"2月27日下午，他记录道："今天状态感觉没有昨天好，看来恢复还有个过程。江苏医疗队的护士小姐姐说我是第一个在ICU里能站着跟她拍照的病人。"2月29日，在ICU治疗9天后，这位病人顺利从ICU转入了普通病房。

3月5日，得知输入了南通新冠肺炎康复者血浆的黄石新冠肺炎患者顺利康复出院，这让我感到分外高兴！

> 2020年3月17日，黄石市人民政府正式授予江苏援黄石医疗队鲁翔等362名队员"黄石市荣誉市民"称号。

362名"黄石市荣誉市民"名单

序号	姓名	性别	民族	单位	专业	职称/职务
1	鲁 翔	男	汉	南京医科大学附属逸夫医院	老年医学	院长/主任医师/总指挥
2	吴红辉	男	汉	江苏省卫生健康委员会	管理	二级巡视员/健康促进处处长/副总指挥
3	黄英姿	女	汉	东南大学附属中大医院	重症医学	副院长/主任医师/医疗救治组组长
4	哈维超	男	回	南京医科大学第二附属医院	管理学/公共卫生/药学	副院长/研究员/宣传信息组组长
5	汪海波	男	汉	江苏省卫生健康委员会	管理	药政处副处长/物资保障组组长
6	吴苏凌	男	汉	江苏省卫生健康委员会	管理	宣传处一级主任科员/委直机关团委书记
7	姚 欣	男	汉	江苏省人民医院	呼吸	主任医师/科副主任
8	朱传龙	男	汉	江苏省人民医院	感染	主任医师/科副主任
9	陈 念	女	汉	江苏省人民医院	感染	副主任医师
10	毕立清	男	汉	江苏省人民医院	危重症	副主任医师
11	韩 涛	男	汉	江苏省人民医院	危重症	主治医师
12	周 楫	男	汉	江苏省人民医院	呼吸	主治医师
13	曹 娟	女	汉	江苏省人民医院	呼吸	主管护师/护士长
14	韩洁姁	女	汉	江苏省人民医院	呼吸	主管护师
15	马玉娇	女	汉	江苏省人民医院	危重症	主管护师/护士长
16	吴爱萍	女	汉	江苏省人民医院	危重症	副主任护师
17	廖妍妍	女	汉	江苏省人民医院	危重症	主管护师/护士长
18	刘 丽	女	汉	江苏省人民医院	呼吸	护师
19	俞 燕	女	汉	江苏省人民医院	危重症	护师

序号	姓名	性别	民族	单 位	专 业	职称/职务
20	杨 静	女	汉	江苏省人民医院	呼吸	护师
21	张 蒙	男	汉	江苏省人民医院	危重症	护师
22	王 昱	男	汉	江苏省人民医院	危重症	护师
23	张卫红	女	汉	江苏省人民医院	感染管理	主任医师
24	李占结	男	汉	江苏省人民医院	感染管理	住院医师
25	朱晓娟	女	汉	南京医科大学第二附属医院	感染性疾病	副主任医师
26	朱祎娜	女	汉	南京医科大学第二附属医院	呼吸科	副主任医师
27	冯旴珠	男	汉	南京医科大学第二附属医院	呼吸科	主任医师
28	汤忠泉	男	汉	南京医科大学第二附属医院	感染性疾病科	主治医师
29	牛常明	男	汉	南京医科大学第二附属医院	重症医学科	副主任医师
30	程 志	男	汉	南京医科大学第二附属医院	重症医学科	主治医师
31	周 蓉	女	汉	南京医科大学第二附属医院	重症医学科	主任护师/护士长
32	余 舒	女	汉	南京医科大学第二附属医院	重症医学科	主管护师
33	安伯萍	女	汉	南京医科大学第二附属医院	呼吸科	主管护师
34	范 萍	女	汉	南京医科大学第二附属医院	呼吸科	主管护师
35	戴 娟	女	汉	南京医科大学第二附属医院	呼吸科	护师
36	赵世敏	女	汉	南京医科大学第二附属医院	呼吸科	主管护师
37	李明艳	女	汉	南京医科大学第二附属医院	感染性疾病科	主管护师/护士长

序号	姓名	性别	民族	单位	专业	职称/职务
38	苑冬梅	女	汉	南京医科大学第二附属医院	感染性疾病科	主管护师
39	郭亮	男	汉	南京医科大学第二附属医院	感染性疾病科	护师
40	徐剑	男	汉	江苏省省级机关医院	重症医学科	主治医师/科主任
41	王文俊	男	汉	江苏省省级机关医院	呼吸科	主治医师
42	蔡崔春	女	汉	江苏省省级机关医院	内科	副主任护师/护士长
43	李洁	女	汉	江苏省省级机关医院	呼吸	主管护师
44	胡彧波	男	汉	江苏省省级机关医院	ICU	护士
45	柏健	男	汉	江苏省省级机关医院	ICU	主管护师
46	李霞	女	汉	江苏省省级机关医院	ICU	主管护师
47	沈蔚	男	汉	江苏省省级机关医院	ICU	护士
48	王婧	女	汉	江苏省省级机关医院	急诊	护士
49	刘小芹	女	汉	江苏省省级机关医院	内科	主管护师
50	周继圣	男	汉	江苏省肿瘤医院	危重症	护师
51	刘腾飞	男	汉	江苏省肿瘤医院	手术室	主管护师
52	谢宏超	男	汉	江苏省肿瘤医院	普外科	护师
53	陈剑超	男	汉	江苏省肿瘤医院	手术室	护师
54	吴雷	男	汉	江苏省肿瘤医院	麻醉护理	护师
55	林宁	女	汉	江苏省肿瘤医院	内科	副主任护师

序号	姓名	性别	民族	单 位	专 业	职称/职务
56	陈 燕	女	汉	江苏省肿瘤医院	放疗	护师
57	余荣玲	女	汉	江苏省肿瘤医院	放疗	主管护师
58	左靖芳	女	汉	江苏省肿瘤医院	放疗	主管护师
59	张 蔷	女	汉	东南大学附属中大医院	呼吸内科	副主任医师
60	丁 明	男	汉	东南大学附属中大医院	呼吸内科	主治医师
61	李 卿	女	汉	东南大学附属中大医院	重症医学	主治医师
62	程科萍	女	汉	东南大学附属中大医院	感染管理	副主任/副主任技师
63	李晓青	女	汉	东南大学附属中大医院	重症护理	护士长/副主任护师
64	穆传勇	男	汉	苏州大学附属第一医院	呼吸与危重症医学科	主任医师
65	张晓辉	男	汉	苏州大学附属第一医院	呼吸与危重症医学科	主治医师
66	孙 蔚	女	汉	苏州大学附属第一医院	感染病科	副主任医师
67	陈 丽	女	汉	苏州大学附属第一医院	感染病科	主治医师
68	华 菲	男	汉	苏州大学附属第一医院	心脏大血管外科（重症）	副主任医师
69	赵大国	男	汉	苏州大学附属第一医院	重症医学科	主治医师
70	章 菲	女	汉	苏州大学附属第一医院	护理学	主管护师
71	仲 瑜	女	汉	苏州大学附属第一医院	护理学	护师
72	朱文霞	女	汉	苏州大学附属第一医院	护理学	护师

序号	姓名	性别	民族	单位	专业	职称/职务
73	孙 湘	女	汉	苏州大学附属第一医院	护理学	主管护师
74	朱利玉	女	汉	苏州大学附属第一医院	护理学	主管护师
75	茅秋霞	女	汉	苏州大学附属第一医院	护理学	主管护师
76	闫 晓	女	汉	苏州大学附属第一医院	护理学	护师
77	徐盼盼	女	汉	苏州大学附属第一医院	护理学	护师
78	柏振江	男	汉	苏州大学附属儿童医院	重症医学科	副主任医师
79	陈庆会	男	汉	苏州大学附属儿童医院	感染性疾病科	主治医师
80	郭宏卿	女	汉	苏州大学附属儿童医院	新生儿科	副主任护师
81	朱安秀	女	汉	苏州大学附属儿童医院	风湿免疫科	副主任护师
82	韩 珺	女	汉	苏州大学附属儿童医院	呼吸科	主管护师
83	缪林忠	男	汉	苏州大学附属儿童医院	手术室	主管护师
84	徐宾新	男	汉	苏州大学附属儿童医院	手术室	护师
85	朱碧琳	女	汉	苏州大学附属儿童医院	重症医学科	主管护师
86	崔尚卿	男	汉	苏州大学附属儿童医院	新生儿重症监护病房	护师
87	赵 韦	女	汉	苏州大学附属儿童医院	肾脏免疫科	主管护师
88	虞 景	男	汉	苏州大学附属儿童医院	感染性疾病科	副主任医师

序号	姓名	性别	民族	单 位	专 业	职称/职务
89	张新星	男	汉	苏州大学附属儿童医院	呼吸科	主治医师
90	张少华	男	汉	南京市儿童医院	护理	主管护师/护士长
91	蒋银珠	女	汉	南京市儿童医院	护理	主管护师/护士长
92	居雅蓓	女	汉	南京市儿童医院	护理	主管护师
93	徐胜宏	男	汉	南京市儿童医院	护理	主管护师
94	陈 阳	男	汉	南京市儿童医院	护理	护师
95	陈 凡	女	汉	南京市儿童医院	护理	护师
96	夏 镭	男	汉	南京市儿童医院	护理	护师
97	马良超	男	汉	南京市儿童医院	护理	护师
98	唐 珩	男	汉	南京市儿童医院	呼吸科	副主任医师
99	顾海燕	女	汉	南京市儿童医院	呼吸科	主治医师
100	李 灼	男	汉	南京市儿童医院	重症医学科	主任医师
101	杜自强	女	汉	南京市儿童医院	重症医学科	主任医师
102	冯 健	男	汉	南通大学附属医院	呼吸科	主任医师
103	黄晋博	男	汉	南通大学附属医院	呼吸科	主治医师
104	赵 华	男	汉	南通大学附属医院	感染性疾病科	副主任医师
105	朱雪娟	女	汉	南通大学附属医院	感染性疾病科	主治医师
106	姜岱山	男	汉	南通大学附属医院	重症医学科	主治医师
107	邹莉莉	女	汉	南通大学附属医院	呼吸专科	主管护师
108	范春霖	女	汉	南通大学附属医院	呼吸专科	主管护师
109	赵炎梅	女	汉	南通大学附属医院	呼吸专科	护师
110	陈 宇	女	汉	南通大学附属医院	呼吸专科	护师
111	丁玲玲	女	汉	南通大学附属医院	感染性疾病科	主管护师

序号	姓名	性别	民族	单 位	专 业	职称/职务
112	张佳佳	女	汉	南通大学附属医院	重症医学科	主管护师
113	刘平莉	女	汉	徐州医科大学附属医院	呼吸内科	副主任医师
114	甘玉英	女	汉	徐州医科大学附属医院	呼吸内科	主治医师
115	杨广德	男	汉	徐州医科大学附属医院	感染性疾病科	主治医师
116	吴兴飞	男	汉	徐州医科大学附属医院	神内ICU	护师
117	蒋明琛	男	汉	徐州医科大学附属医院	重症医学	主管护师
118	孙志玲	女	汉	徐州医科大学附属医院	呼吸	主管护师
119	赵苏利	女	汉	徐州医科大学附属医院	呼吸	护师
120	王雅丽	女	汉	徐州医科大学附属医院	呼吸	主管护师
121	吴婷	女	汉	徐州医科大学附属医院	呼吸	护师
122	韩倩倩	女	汉	徐州医科大学附属医院	感染性疾病科	主管护师
123	徐萍	女	汉	徐州医科大学附属医院	感染性疾病科	主管护师
124	卜林	男	汉	徐州医科大学附属医院	重症医学	主治医师
125	丁明	男	回	江苏大学附属医院	呼吸科	主任医师
126	黄汉鹏	男	汉	江苏大学附属医院	呼吸科	副主任医师
127	包泉磊	男	汉	江苏大学附属医院	感染科	副主任医师/感染科副主任
128	胡振奎	男	汉	江苏大学附属医院	重症医学科	主治医师
129	孙国付	男	汉	江苏大学附属医院	急诊ICU	主管护师
130	陈良莹	女	汉	江苏大学附属医院	重症医学科	主管护师(护士长)

序号	姓名	性别	民族	单位	专业	职称/职务
131	陈慧丹	女	汉	江苏大学附属医院	CCU	主管护师
132	秦宜梅	女	汉	江苏大学附属医院	NICU	护师
133	邢虎	男	汉	江苏大学附属医院	感染管理	副主任医师
134	黄玉民	男	汉	扬州大学附属医院	呼吸与危重症医学科	副主任医师
135	吴丰芹	女	汉	扬州大学附属医院	呼吸与危重症医学科	主治医师
136	李晔	男	汉	扬州大学附属医院	感染性疾病科	主治医师
137	高宏彪	男	汉	扬州大学附属医院	ICU护理	主管护师
138	余娟	女	汉	扬州大学附属医院	ICU护理	护师
139	姚丽华	女	汉	扬州大学附属医院	呼吸内科护理	主管护师
140	吴晓燕	女	汉	扬州大学附属医院	呼吸内科护理	护师
141	刘高园	女	汉	扬州大学附属医院	呼吸内科护理	护师
142	吴明景	男	汉	南京医科大学附属逸夫医院	呼吸科	副主任医师
143	石磊	男	汉	南京医科大学附属逸夫医院	呼吸科	主治医师
144	高伟	男	汉	南京医科大学附属逸夫医院	感染科	副主任医师
145	胡明星	男	汉	南京医科大学附属逸夫医院	感染科	主治医师
146	赵炜	男	汉	南京医科大学附属逸夫医院	重症医学	主任医师
147	陈娇	女	汉	南京医科大学附属逸夫医院	重症医学	主治医师
148	丁婧婧	女	汉	南京医科大学附属逸夫医院	感染管理	主管护师

序号	姓名	性别	民族	单 位	专 业	职称/职务
149	李 敏	女	汉	南京医科大学附属逸夫医院	呼吸科	主管护师
150	孙晓兰	女	汉	南京医科大学附属逸夫医院	呼吸科	主管护师
151	王 好	女	汉	南京医科大学附属逸夫医院	重症医学	主管护师
152	钟莉莉	女	汉	南京医科大学附属逸夫医院	感染科	护师
153	孙 政	男	汉	南京医科大学附属逸夫医院	重症医学	护师
154	徐 帅	女	汉	南京医科大学附属逸夫医院	感染科	护师
155	张晓雨	女	汉	南京医科大学附属逸夫医院	呼吸科	护师
156	宋广清	女	汉	南京医科大学附属逸夫医院	呼吸科	护师
157	周叶青	男	汉	南京医科大学附属逸夫医院	重症医学	护师
158	贺镜羽	女	汉	南京医科大学附属逸夫医院	感染科	护师
159	左 静	女	汉	南京医科大学附属逸夫医院	呼吸科	护师
160	张 申	男	汉	南京医科大学附属逸夫医院	感染科	护师
161	魏 瑜	女	汉	江苏省中医院	呼吸科	主任中医师/呼吸科副主任
162	史志雪	女	汉	江苏省中医院	呼吸科	主管护师/呼吸科护士长
163	高 娟	女	汉	江苏省中医院	呼吸科	主管护师/总带教
164	余 乐	女	汉	江苏省中医院	呼吸科	护师
165	徐 欢	女	汉	江苏省中医院	呼吸科	护师
166	薛玉蕾	女	汉	江苏省中医院	感染科	主管护师/总带教

序号	姓名	性别	民族	单位	专业	职称/职务
167	徐婷婷	女	汉	江苏省中医院	感染科	护师
168	郭晓伟	女	汉	江苏省中医院	ICU	主管护师
169	王任重	男	汉	江苏省中医院	ICU	护师
170	薛媛	女	汉	江苏省第二中医院	呼吸科	主管护师/科护士长
171	钱宇	女	汉	江苏省第二中医院	EICU	主管护师/护士长
172	毕红萍	女	汉	江苏省第二中医院	急诊科	主管护师/护士长助理
173	田秋月	女	汉	江苏省第二中医院	呼吸科	护师
174	邱岠	女	汉	江苏省第二中医院	CCU	护师
175	李维露	女	汉	江苏省第二中医院	ICU	护师
176	王源	男	汉	江苏省第二中医院	ICU	护师
177	朱康琦	男	汉	江苏省第二中医院	急诊科	护师
178	田月香	女	汉	江苏省中西医结合医院	呼吸科护理	主管护师/护士长
179	刘杰	女	汉	江苏省中西医结合医院	重症护理	副主任护师
180	马洁	女	汉	江苏省中西医结合医院	重症护理	主管护师
181	秦悌芳	女	汉	江苏省中西医结合医院	重症护理	主管护师
182	姜利霞	女	汉	江苏省中西医结合医院	重症护理	护师
183	王婷婷	女	汉	江苏省中西医结合医院	重症护理	护师
184	葛玮	女	汉	江苏省中西医结合医院	重症护理	护师
185	夏月	女	汉	江苏省中西医结合医院	重症护理	护师
186	夏维海	男	汉	兴化市人民医院	重症医学科	副主任医师
187	杨奇	男	汉	兴化市人民医院	呼吸科	主治医师

序号	姓名	性别	民族	单 位	专 业	职称/职务
188	吕 锋	男	汉	兴化市人民医院	感染性疾病科	副主任医师/副主任
189	朱安华	女	汉	兴化市人民医院	感染性疾病科	副主任护师/护士长
190	沈琴琴	女	汉	兴化市人民医院	感染性疾病科	护师
191	张 颖	女	汉	兴化市人民医院	感染性疾病科	护师
192	曹蕴娇	女	汉	兴化市人民医院	重症医学科	主管护师
193	王新安	男	汉	兴化市人民医院	重症医学科	护师
194	臧 娅	女	汉	兴化市人民医院	呼吸科	护师
195	杨 芸	女	汉	兴化市人民医院	呼吸科	护师
196	阮晓莉	女	汉	兴化市人民医院	呼吸科	护师
197	仓 霞	女	汉	兴化市人民医院	呼吸科	主管护师
198	孟 醒	男	汉	南通瑞慈医院	呼吸内科	主治医师
199	张小铨	男	汉	南通瑞慈医院	呼吸内科	主治医师
200	徐刘媛	女	汉	南通瑞慈医院	ICU护理	护师
201	成 炜	男	汉	南通市通州区人民医院	呼吸科	副主任医师
202	杨平玉	女	回	南通市第一人民医院	ICU护理	主管护师
203	黄 燕	女	汉	南通市第一人民医院	ICU护理	护师
204	魏银丽	女	汉	南通市第一人民医院	ICU护理	主管护师
205	高秋燕	女	汉	南通市第一人民医院	ICU护理	主管护师
206	赵瑞峰	男	汉	南通市第二人民医院	重症医学	主治医师

序号	姓名	性别	民族	单位	专业	职称/职务
207	王小丹	女	汉	南通市第二人民医院	ICU护理	护师
208	刘金龙	男	汉	南通市第二人民医院	ICU护理	护师
209	陈小潍	女	汉	南通市妇幼保健院	ICU护理	副主任护师
210	徐梦瑶	女	汉	南通市妇幼保健院	ICU护理	护师
211	沈晓伟	男	汉	南通市妇幼保健院	重症医学	主治医师
212	张逸峰	男	汉	南通市妇幼保健院	重症医学	主治医师
213	陈敏敏	女	汉	南通市第四人民医院	ICU护理	护师
214	张 平	女	汉	南通市第四人民医院	ICU护理	主管护师
215	王志平	男	汉	南通市第四人民医院	重症医学	副主任医师
216	戴伟华	男	汉	南通市第四人民医院	精神卫生	副主任医师
217	王培涓	女	汉	南通市第四人民医院	精神卫生	主治医师
218	龚凌雁	女	汉	南通市第六人民医院	重症医学	主治医师
219	龚 健	女	汉	启东市人民医院	重症医学科	主任医师
220	王智兰	女	汉	南通市中医院	重症医学	主任中医师
221	陈晓虎	男	汉	南通市中医院	急诊与重症	主治中医师
222	费 榕	女	汉	海安市人民医院	ICU护理	护师
223	于晶晶	女	汉	海安市人民医院	ICU护理	护师
224	吕 军	男	汉	如皋市中医院	副院长、中医内科	主任中医师
225	陈 勇	男	汉	江苏省疾病预防控制中心	流行病学	副所长/副主任医师

序号	姓名	性别	民族	单位	专业	职称/职务
226	胡冉	男	汉	江苏省疾病预防控制中心	流行病学	主管医师
227	吴晓松	男	汉	江苏省疾病预防控制中心	消杀	副所长/副主任技师
228	田野	男	汉	江苏省疾病预防控制中心	消杀	主管医师
229	郭宏雄	男	汉	江苏省疾病预防控制中心	微生物检验	研究员
230	戚宇华	女	汉	江苏省疾病预防控制中心	微生物检验	副研究员
231	邓秀英	女	汉	江苏省疾病预防控制中心	微生物检验	副主任技师
232	陈强	女	汉	江苏省疾病预防控制中心	微生物检验	技师
233	丁咏霞	女	汉	江苏省疾病预防控制中心	微生物检验	副主任技师
234	王福如	男	汉	江苏省疾病预防控制中心	流行病学	副主任医师
235	陈晓峰	男	汉	无锡市疾病预防控制中心	流行病学	副主任医师
236	刘宇	男	汉	句容市疾病预防控制中心	流行病学	主管医师
237	袁帅	男	汉	扬州市疾病预防控制中心	流行病学	主管医师
238	黎俊宏	男	汉	常州市疾病预防控制中心	微生物检验	副主任技师/检测中心副科长
239	张惠力	男	汉	常州市疾病预防控制中心	流行病学	主管医师
240	黄利民	男	汉	南通市第六人民医院	行政	院长
241	朱卫华	男	汉	南通市肿瘤医院	行政	医务科
242	金小洁	女	汉	南通市肿瘤医院	重症医学	副主任医师

序号	姓名	性别	民族	单 位	专 业	职称/职务
243	马 丽	女	汉	南通市肿瘤医院	ICU护理	护师
244	马 航	男	汉	南通市第一人民医院	呼吸科	主任医师
245	张 敏	女	汉	南通市第一人民医院	呼吸科	主管护师
246	葛培培	女	汉	南通市第一人民医院	呼吸科	护师
247	李 飞	女	汉	南通市第一人民医院	ICU	主管护师
248	俞 冲	男	汉	南通市第三人民医院	感染科	副主任中医师
249	顾红艳	女	汉	南通市第六人民医院	呼吸内科	副主任医师
250	马 珺	女	汉	南通市第六人民医院	呼吸内科	主治医师
251	钱数银	女	汉	南通市第六人民医院	呼吸科	主管护师
252	谢小敏	女	汉	南通市第六人民医院	呼吸科	护师
253	唐礼霞	女	汉	南通市第六人民医院	护理	护师
254	朱伯金	男	汉	海安市人民医院	感染科	副主任医师
255	于 敏	女	汉	海安市人民医院	感染科	护师
256	季申健	男	汉	启东市第三人民医院	感染科	主治医师
257	占红霞	女	汉	启东市第三人民医院	感染科	主管护师
258	李 慧	女	汉	如东县人民医院	感染科	主管护师
259	桑合珍	女	汉	如东县人民医院	感染科	主管护师
260	阳 韬	男	汉	镇江市第一人民医院	呼吸内科	主治医师

序号	姓名	性别	民族	单位	专业	职称/职务
261	张慧绘	女	汉	镇江市第一人民医院	呼吸内科	主管护师
262	李维亚	女	汉	镇江市第一人民医院新区分院	ICU	主管护师
263	冷牧薇	女	汉	镇江市第一人民医院新区分院	呼吸科	主管护师
264	孙 玮	女	汉	镇江市中医院	呼吸科	主管护师
265	肖 花	女	汉	镇江市中医院	重症医学科	主管护师
266	张小辉	男	汉	丹阳市中医院	重症医学科	主治医师
267	蒋亚根	男	汉	丹阳市人民医院	护理	主管护师
268	张美玲	女	汉	句容市人民医院	感染科	医师
269	杨 慧	女	汉	句容市人民医院	院感管理	副主任护师
270	孙玉洁	女	汉	镇江市丹徒区中医院	护理	主管护师
271	徐 鲜	女	汉	镇江市丹徒区人民医院	护理	护师
272	居 超	男	汉	高邮市人民医院	感染科	主治医师/感染科副主任
273	陆兆双	男	汉	高邮市人民医院	呼吸科	副主任医师
274	余 芳	女	汉	高邮市临泽中心卫生院	护理	社区主任护师/护理部主任
275	韦 佳	女	汉	高邮市中医医院	护理	主管护师
276	赵 慧	女	汉	高邮市中医医院	护理	主管护师
277	韩海峰	男	汉	宝应县人民医院	感染科	副主任医师
278	房 慧	女	汉	宝应县中医医院	护理	护士
279	毛婧婧	女	汉	宝应县柳堡镇中心卫生院	护理	护师/护士长
280	缪丽莉	女	汉	仪征市人民医院	呼吸科	主治医师/医务科副科长
281	刘齐琴	女	汉	仪征市人民医院	医院感染管理科	副主任医师/感控科科长

序号	姓名	性别	民族	单位	专业	职称/职务
282	许庆敏	女	汉	仪征市人民医院	呼吸专科	主管护师
283	洪慧娟	女	汉	仪征市人民医院	感染性疾病科	护师
284	尤宜	女	汉	扬州洪泉医院	呼吸内科	主任医师/呼吸科主任
285	魏海明	女	汉	扬州洪泉医院	护理	主管护师
286	刘婵娟	女	汉	扬州市江都人民医院	护理	主管护师
287	高悦	女	汉	扬州市江都人民医院	护理	护师
288	刘峰	女	汉	常州市第一人民医院	呼吸与危重症医学科	副主任医师
289	臧雪锋	男	汉	常州市第一人民医院	重症医学科	副主任医师
290	王德生	男	汉	常州市第一人民医院	感染科（国家级重症专科护师）	主管护师
291	李静波	女	汉	常州市第一人民医院	ICU	主管护师
292	李雪梅	女	汉	常州市第一人民医院	呼吸科	主管护师
293	万亚媛	女	汉	常州市第一人民医院	呼吸科	护师
294	吴佳	女	汉	常州市第一人民医院	感染科	护师
295	曹琦	男	汉	常州市第二人民医院	呼吸科	主治医师
296	施宇佳	女	汉	常州市第二人民医院	感染科	主治医师
297	程宇	男	汉	常州市第二人民医院	重症医学科	主治医师
298	刘清	女	汉	常州市第二人民医院	呼吸	主管护师

序号	姓名	性别	民族	单 位	专 业	职称/职务
299	肖 圆	女	汉	常州市第二人民医院	感染科	主管护师
300	袁琴琴	女	汉	常州市第二人民医院	感染科	护师
301	陈佳琦	女	汉	常州市第二人民医院	呼吸	护师
302	王克俭	男	汉	常州市中医医院	呼吸科	主治医师
303	潘鹏杰	男	汉	常州市中医医院	重症医学科	护师
304	仲崇俊	男	汉	南通市第一人民医院	行政	党委书记
305	朱 杰	男	汉	南通市第一人民医院	呼吸与危重症	主任医师
306	姚 坚	男	汉	南通市第一人民医院	呼吸与危重症	副主任医师
307	郭伟伟	男	汉	南通市第一人民医院	重症医学科	主治医师
308	刘春慧	女	汉	南通市第一人民医院	护理	副主任护师
309	严红燕	女	汉	南通市第一人民医院	ICU护理	副主任护师
310	魏庆娟	女	汉	徐州市铜山区人民医院	呼吸内科	主任医师
311	李传文	男	汉	徐州市铜山区人民医院	呼吸内科	主任医师
312	庄 蕾	女	汉	徐州市铜山区人民医院	呼吸内科	副主任医师
313	王 丽	女	汉	徐州市铜山区人民医院	呼吸内科	主管护师
314	陈晓宇	女	汉	徐州市铜山区人民医院	呼吸内科	护师
315	夏 峰	男	汉	徐州市贾汪区人民医院	呼吸内科	副主任医师

序号	姓名	性别	民族	单位	专业	职称/职务
316	李明	男	汉	徐州市贾汪区人民医院	重症监护室	副主任医师
317	王元刚	男	汉	徐州市贾汪区人民医院	呼吸内科	主治医师
318	张影	女	汉	徐州市贾汪区人民医院	重症监护室	主管护师
319	朱艳飞	女	汉	徐州市贾汪区人民医院	重症监护室	主管护师
320	付贵化	男	汉	沛县人民医院	内科(感染性疾病科)	副主任医师
321	席风贵	男	汉	沛县人民医院	护理	护师
322	李娜	女	汉	沛县人民医院	护理	主管护师
323	李小民	男	汉	连云港市第一人民医院	重症医学科	院党委书记、主任医师
324	李春华	男	汉	连云港市第一人民医院	呼吸科	呼吸科副主任、主任医师
325	马皖苏	女	汉	连云港市第一人民医院	感染科	主治医师
326	谢永鹏	男	汉	连云港市第一人民医院	重症医学科	主治医师
327	陈亚男	男	汉	连云港市第一人民医院	感染管理科	主治医师
328	杨丽萍	女	汉	连云港市第一人民医院	危重症护理	副主任护师/科护士长
329	葛婷	女	汉	连云港市第一人民医院	危重症护理	护师
330	张洁	女	汉	连云港市第一人民医院	呼吸科护理	主管护师/护士长
331	吕明艳	女	汉	连云港市第一人民医院	呼吸科护理	护师
332	庄君	女	汉	连云港市第一人民医院	感染科护理	主管护师

序号	姓名	性别	民族	单位	专业	职称/职务
333	周玲瑞	女	汉	连云港市第一人民医院	感染科护理	护师
334	赵绍林	男	汉	连云港市第一人民医院	检验	主任技师
335	张长青	男	汉	涟水县中医院	呼吸科	主治医师
336	朱丽娟	女	汉	涟水县中医院	呼吸科	主管护师
337	薛雯雯	女	汉	金湖县人民医院	感染性疾病科	护士
338	鲁 莹	女	汉	金湖县中医院	呼吸科	护士
339	张 雷	男	汉	盱眙县中医院	呼吸科	副主任中医师/肺病科副主任
340	赵重阳	男	汉	盱眙县中医院	重症医学科	主治医师/ICU 副主任
341	徐玲玲	女	汉	盱眙县中医院	重症医学科	主管护师
342	羊海峰	男	汉	盱眙县人民医院	感染性疾病科	副主任医师
343	余金凤	女	汉	盱眙县人民医院	感染性疾病科	主管护师
344	刘 洋	女	汉	淮安市洪泽区中医院	感染性疾病科	初级
345	高寿娟	女	汉	淮安市洪泽区人民医院	重症医学科	主管护师
346	张 亚	男	汉	淮安市洪泽区人民医院	呼吸内科	主治医师
347	夏光进	男	汉	盐城市大丰人民医院	呼吸内科	副主任医师/呼吸科副主任
348	葛德芹	男	汉	盐城市大丰人民医院	呼吸内科	主治医师
349	季 娟	女	汉	盐城市大丰人民医院	呼吸内科	主治医师
350	陈素明	男	汉	盐城市大丰人民医院	感染科	主治医师

序号	姓名	性别	民族	单 位	专 业	职称/职务
351	王大勇	男	汉	盐城市大丰中医院	感染科	副主任中医师
352	陈松华	男	汉	盐城市大丰人民医院	重症医学科	主治医师
353	柏 静	女	汉	盐城市大丰人民医院	呼吸内科	主管护师/护士长
354	束 丽	女	汉	盐城市大丰人民医院	呼吸内科	主管护师
355	单燕芳	女	汉	盐城市大丰人民医院	呼吸内科	护师
356	周 萍	女	汉	盐城市大丰人民医院	呼吸内科	护师
357	沈晓燕	女	汉	盐城市大丰人民医院	重症医学科	主管护师
358	卞 博	男	汉	盐城市大丰人民医院	重症医学科	护师
359	葛陈娟	女	汉	盐城市大丰人民医院	感染科	主管护师
360	康 璐	女	汉	盐城市大丰人民医院	感染科	主管护师
361	张岭玲	女	汉	盐城市大丰人民医院	感染科	护师
362	徐 红	女	汉	盐城市大丰人民医院	感染科	护师

迟日江山丽 英雄凯歌还

4月13日，最后一批驰援武汉的江苏援湖北医疗队——第七批江苏援湖北医疗队省人民医院队、国家紧急医学救援队（江苏）部分队员回到江苏。至此，我省从1月25日起先后派出的13批22支医疗队全部返苏。欢迎英雄回家！

在此，我们也要向继续坚守武汉，加入由20名专家组成的国家专家组的邱海波、郑瑞强、潘纯和李全海、齐俐、张萍、石祥荣、陈旭锋、杨旭娟、刘辉等10名专家致以崇高的敬意！

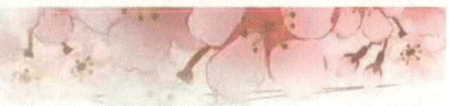

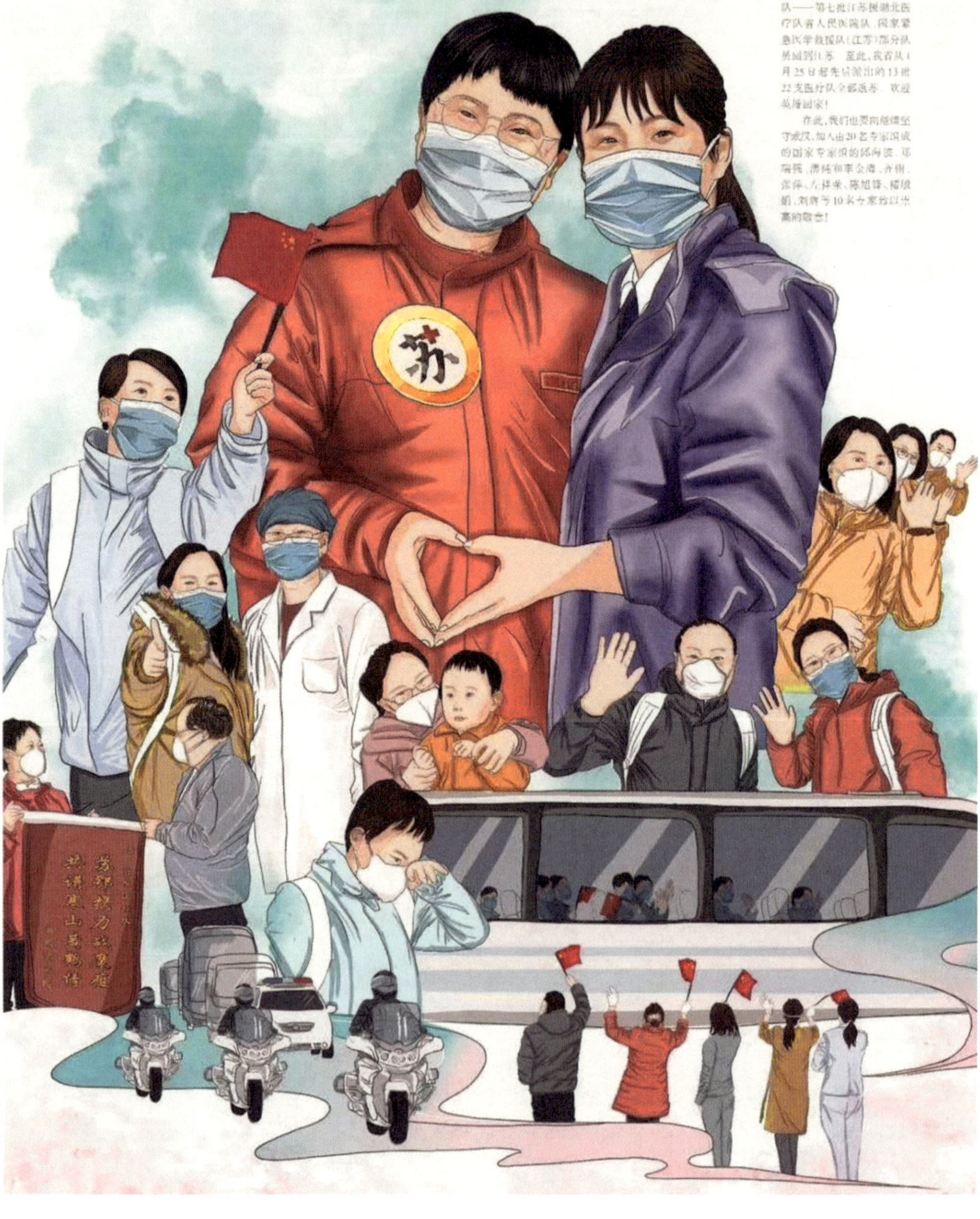

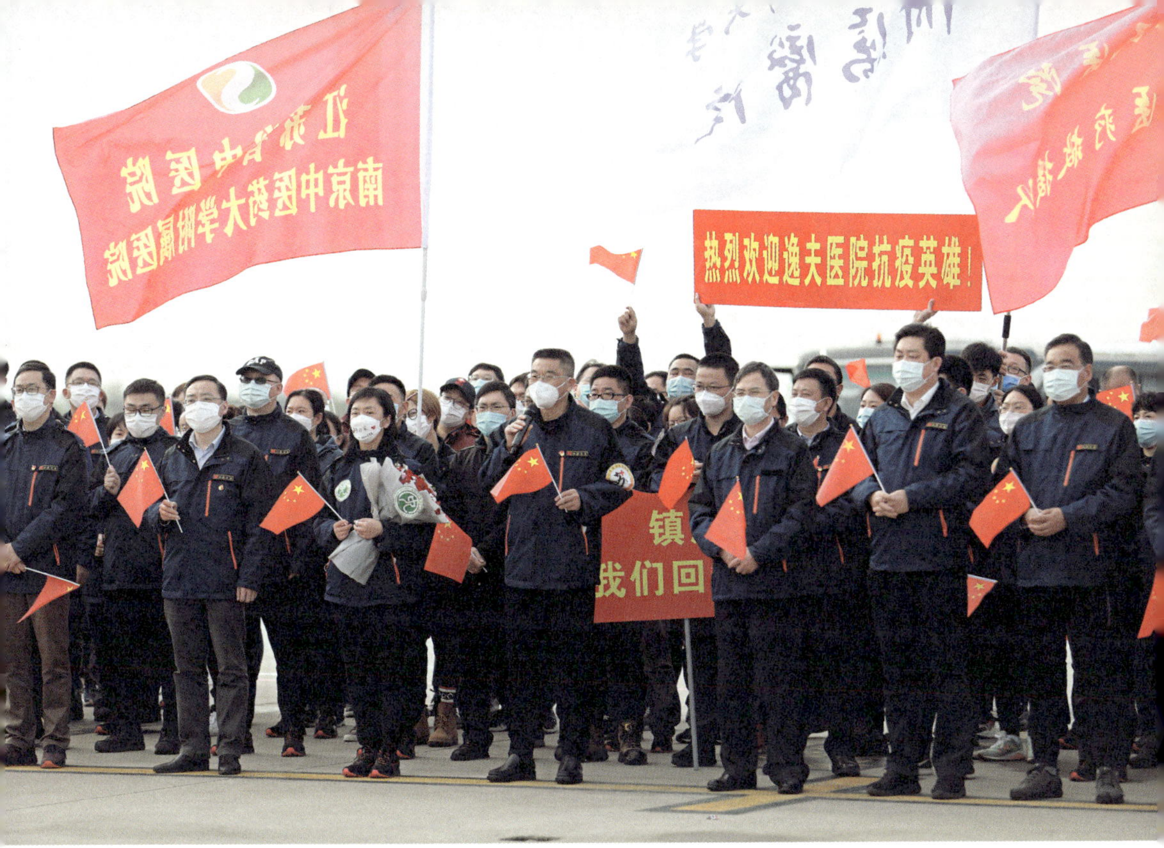
南京中医药大学附属医院
热烈欢迎逸夫医院抗疫英雄！

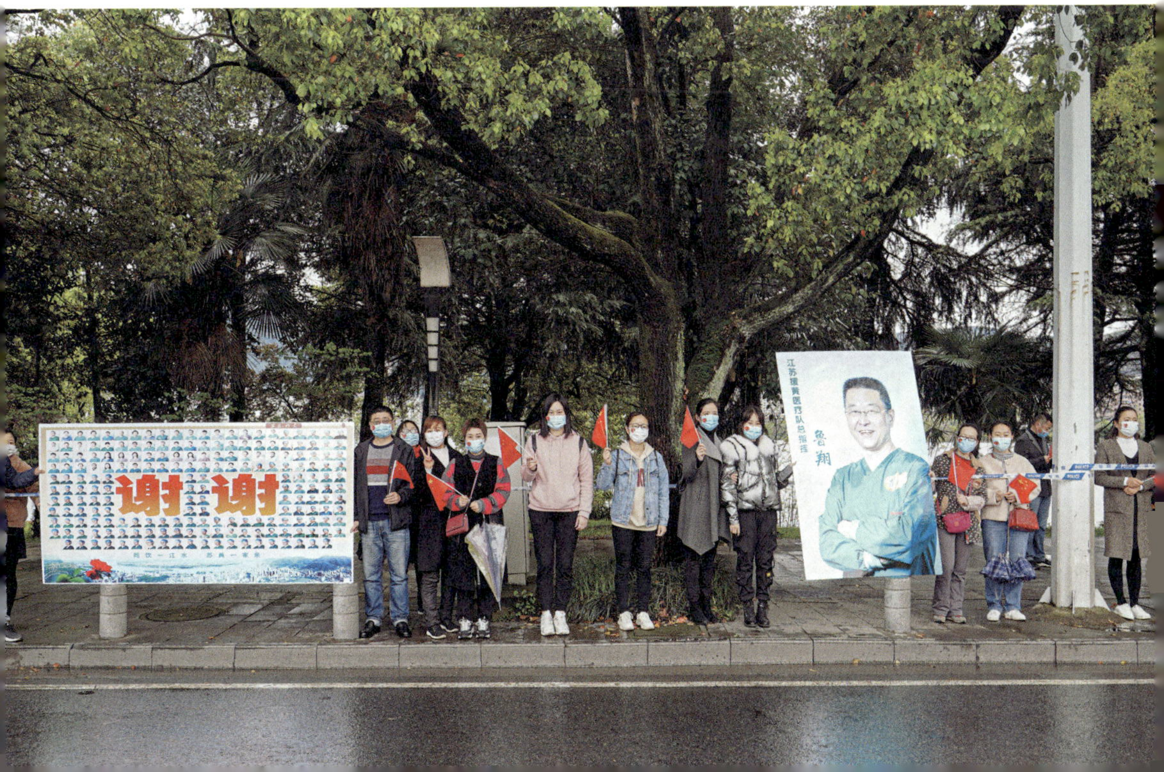
谢 谢
江苏援黄医疗队总指挥
鲁翔

后记

联手战"疫"展现制度优势与力量

这次新冠肺炎疫情,是新中国成立以来在我国发生的传播速度最快、感染范围最广、防控难度最大的一次重大突发公共卫生事件。在这场人民战争、总体战、阻击战中,党中央高度重视,习近平总书记亲自指挥、亲自部署,各级党委政府积极响应,各界人士危难时刻挺身而出、迎难而上,全国人民理解配合、积极支持,充分展现了中国特色社会主义的制度优势。江苏坚决有力地贯彻党中央、国务院的决策部署,采取切实有效的措施,有力保障人民群众生命安全和身体健康,同时全力支持湖北主战场决战决胜,坚决把中央赋予的政治责任扛起来,不折不扣地"落细落实"。我身处一线,在湖北黄石战"疫"47天,既是医务人员,又是领队,深刻体会疫情防控中展现出的制度优势与力量,这集中表现为四个"前所未有"。

"全国一盘棋,统一领导"前所未有

面对突如其来的新冠肺炎疫情,党中央在第一时间作出直接由中央政治局常委会领导应对新冠肺炎疫情工作的决策,第一时间成立了应对新冠肺炎疫情工作领导小组及国务院联防联控机制，并派出中央指导组靠前指挥，大力加强对全国疫情防控的统领，加强主战场防控领导力量，协调解决重大事项。疫情防控决策与执行，自上而下，高效贯通，紧密结合，形成了决策准、行动快、成效显的高效抗疫格局。

江苏深入贯彻习近平总书记关于对口支援湖北地市疫情防控"责任包干、落细落实"的重要指示，切实加强江苏支援湖北疫情防控工作的组织领导、统筹协调、服务保障，坚决完成中央交给江苏的各项任务，成立江苏省支援湖北疫情防控领导小组和前方指挥部，惠建林副省长任总指挥，坐镇黄石。领导小组和前方指挥部在省委省政府和省疫情防控领导小组统一领导下开展工作。

中央一声令下，省委、省政府、省卫健委闻令即动，从1月25日大年初一起，江苏先后派出近3 000人的庞大队伍驰援荆楚，是全国派出医务人员最多的省份。2月11日，江苏对口援黄石医疗队出征黄石。江苏人再次展现了敢于担当、勇于尽责的鲜明品格；指挥力量的统筹协调，各支队伍的正常运行，彰显了江苏经得住考验的治理体系和治理能力。

同样，湖北各级领导干部靠前指挥，冲在一线，号召广大党员干部要讲政治、守纪律、强作风，拿出应有的干劲、冲劲、拼劲和韧劲，坚决打赢疫情防控阻击战，不负党和人民的重托和期望。作为江苏对口援黄石医疗队领队，我多次参加黄石市委常委会，能充分感受到当地政府的党政主要负责同志，都对抗疫的全过程了解深入，对抗疫大局指挥有力，对抗疫工作投入身先士卒。

从社区防控、个人防控、医院救治、患者康复，到政府承担医疗费用，全国范围内人员、物资统一调配，无不体现中国共产党卓越的领导力、中国特色社会主义制度的优越性。党统一指挥，全政府发动，全社会参与，全国一盘棋，步调一致的抗疫斗争，这种全局性的统一领导前所未有。近期境外各国疫情严峻，新增病例数快速增长，更加反衬国家层面统一管理、联防联控的重要性。

"白衣破楼兰，义无反顾"前所未有

一声令下，一夜成军。疫情发生以后，全国医疗卫生系统广大医务工作者义无反顾奔赴抗疫第一线，全国派至抗疫一线的医疗力量有4万余人。他们舍小家、保大家，义无反顾投入病人救治、疫情防控的战斗中，展现了救死扶伤、医者仁心的崇高精神。江苏一位医务人员家属临别之言"衣白褂，破楼兰，赤子切记平安还"，道尽惦念和支持。

江苏先后派出13批次医疗队、2 802名医疗队员，覆盖全省重症科、呼吸科、感染科等专业人员，占比达80%。江苏省人民医院、南京鼓楼医院、南京医科大学附属逸夫医院等所有驰援医疗队的组建，都是当日完成。疫情就是命令，白衣天使变成了白衣战士，立下誓言：不破楼兰终不还。

根据党中央科学防治、精准施策的总要求，医务人员想尽办法加大救治力度，多渠道扩增收治床位，尽早实施医疗

干预，尽可能让患者在轻症阶段得以治愈，加大重症患者救治力度，提高收治率和治愈率，降低感染率和病亡率。在投身武汉抗疫的初期，防护物资、医疗救助设备不足，确诊患者数量剧增，生活保障不够充分，医务人员克服难以想象的困难，日夜拼搏在病床前。防护服里衣衫湿透，频繁消洗的双手皲裂，脸上的压痕道道，但他们不言苦不言累，用行动实践着希波克拉底誓言，用大爱彰显南丁格尔精神。

抗疫主战场上每天与新冠病毒拼力"交战"的还有院感、疾控团队。发热门诊、隔离病房的布局、流程、消毒隔离规划，组织多部门开展应急演练，对一线医护人员自身防护培训，流行病学调查，密切接触者追踪排查……他们利用手中的技术武器，控制病毒，阻断传播途径，防止疫情扩散，保护人民群众。

江苏对口援黄石医疗队分别进入黄石市区、大冶市、阳新县等地的8家医院，整合资源，优化布局，扩增ICU床位，确保实现"应收尽收、应集尽集、应治尽治、应查尽查"。经过40多天紧张拼搏，从江苏医疗队进驻黄石后，新发病人增长迅速回落，住院病人从最高峰800多人降到零。

除了到武汉、黄石主战场之外，更多的医务工作者坚守在江苏各个城市、医院防疫抗疫一线。前线、后方严守"四道防线"，步步推进、层层深入，形成了全面动员、全面部署、全面加强疫情防控的战略格局。

共产党员时刻听从党召唤，专拣重担挑在肩。奔赴前线、留守后方抗疫的医务人员中，党员发挥了先锋模范带头作用，团员是抗疫的生力军和突击队，群众充分发挥了积极性、主动性、创造性，他们齐心协力，关键时刻站出来，危急关头豁出去。他们胸怀救死扶伤的朴素而崇高的信念，勇敢地冲在疫情防控的最前线，以出色的表现在这场"大考"中交出合格答卷。

"八方聚合力，倾囊相助"前所未有

疫情发生以来，伟大民族精神得到空前激发。在党和政府坚强领导下，全国人民团结一心，众志成城，展现出对自己同胞的爱心和情义。他们自发组织起来，捐钱捐物，让爱心在抗疫一线汇聚，再次证明中华文明之邦的民族凝聚力、巨大向心力。

江苏医疗队抵达黄石，社会各界关怀纷至。江苏省委组织部、省委统战部、省红十字会、省慈善总会、省侨联、高校校友会等部门和机构纷纷为黄石市捐款捐物，一大批江苏企业慷慨解囊，奉献爱心。据不完全统计，江苏捐赠黄石的各类款物合计已经超过一亿元。

江苏10个市的新冠肺炎康复患者还捐献了3 550毫升"爱心血浆"，由江苏援黄石医疗队第二批队员带往黄石前线，全部用于病情进展较快、重型和危重型患者。常州一位不愿意透露姓名的老先生捐赠了50万现金，东台为黄石送去40万枚鸡蛋和满满一车白菜……广大人民群众的拳拳爱心源源不断汇聚前线，这样的善行不胜枚举。

打疫情防控阻击战，实际上也是打后勤保障战。国家采取积极措施，支持医用防护服、口罩等疫情防控急需医

疗物资的生产企业迅速复工达产、多种方式扩大产能和增加产量。很多企业自发调整生产线，放弃利润、追加投入，在后勤保障分战场为国分忧、为民解难。

"全民总动员，配合理解"前所未有

为有效防止疫情扩散和蔓延，全国30个省份及时启动重大公共突发卫生事件一级响应，实行最严格的科学防控措施。通过网络网格、线上线下、前线后方，上下打通、条块融合、系统集成、整体联动，全民总动员，打响这场人民战争。

老百姓充分理解，发扬中华民族顾大局、识大体的优良传统，用实际行动保卫自己和同胞的生命安全。"不传谣、不信谣，不制乱、不添乱，不出门、不聚会，要出门、戴口罩，有可疑、早隔离"成为公众的行为自觉。在医疗战线上，无论是病人，还是病人家属等密切接触需要隔离者，他们克服生活完全被打乱的困难，强忍亲人分离的痛苦，也表现出前所未有的配合和理解。

人人上阵、人人参战，是打赢这场保卫战的关键因素。所有人一鼓作气，咬紧牙关，坚持到底，以众志成城、齐心协力的强大合力汇聚起抗击疫情的磅礴力量。人民，是我们打赢武汉保卫战、湖北保卫战最坚实的靠山，更是创造奇迹、写下功绩的时代功臣。

图书在版编目（CIP）数据

用心用情：江苏援黄石医疗队战"疫"手记 / 鲁翔主编. -- 南京：江苏凤凰教育出版社，2020.8
　ISBN 978-7-5499-8130-4

　Ⅰ.①用… Ⅱ.①鲁… Ⅲ.①纪实文学－作品集－中国－当代②疫情管理－概况－黄石－摄影集 Ⅳ.①I25②R181.8-64

中国版本图书馆CIP数据核字（2020）第108466号

书　　名	用心用情——江苏援黄石医疗队战"疫"手记
主　　编	鲁　翔
责任编辑	李明非
特约编辑	董　玲
装帧设计	夏晓烨
责任印制	石贤权
出版发行	江苏凤凰教育出版社（南京市湖南路1号A楼　邮编210009）
苏教网址	http://www.1088.com.cn
照　　排	南京新华丰制版有限公司
印　　刷	南京爱德印刷有限公司　电话（025-57928017）
开　　本	787毫米×1092毫米　1/16
印　　张	23.75
版　　次	2020年8月第1版
印　　次	2020年8月第1次印刷
书　　号	ISBN 978-7-5499-8130-4
定　　价	68.00元
网店地址	http://jsfhjy.taobao.com
公 众 号	苏教服务（微信号：jsfhjyfw）
邮购电话	025-85406265，85400774　短信02585420909
盗版举报	025-83658579

苏教版图书如有印刷、装订等质量问题，请与印刷厂联系调换
提供盗版线索者给予重奖